Materials made available through
Commissioner Kitty Jung's
District 3 Special Fund

# Frío

# Frío

Laurie Halse Anderson

Traducción de María Angulo Fernández

**Roca**editorial

Título original: *Wintergirls*

Copyright © Laurie Halse Anderson, 2009

Primera edición en este formato: marzo de 2015

© de la traducción: María Angulo Fernández
© de esta edición: Roca Editorial de Libros, S.L.
Av. Marquès de l'Argentera 17, pral.
08003 Barcelona
info@rocaeditorial.com
www.rocaeditorial.com

Impreso por RODESA
Villatuerta ( Navarra )

ISBN: 978-84-9918-925-3
Depósito legal: B. 3.100-2015
Código IBIC: YFB

RE89253

A Scot, por crear el fuego que me protege del frío
cuando el viento sopla con fuerza.

[Perséfone], asombrada, extendió sus dos brazos para coger el bello juguete y la tierra de anchos caminos se abrió en la llanura... Y entonces gritó hacia lo alto con su voz... Pero ninguno de los inmortales ni de los hombres mortales oyó su voz.

*Himno homérico a Deméter,*
traducción de Luis Segalá y Estalella

El Rey ordenó que la dejaran dormir en reposo, hasta que llegase su hora de despertar.

*La bella durmiente del bosque,*
de Charles Perrault, 1696,
traducción de Eugenio Sotillos Torrent

Finalmente me lo dice; escupe las palabras junto con las migas de la magdalena de arándanos mientras los signos de puntuación se sumergen en el café.

Me lo dice en cuatro frases. No, en cinco.

No quiero oírlas, pero ya es demasiado tarde. Los acontecimientos entran a hurtadillas hasta atravesarme como un puñal. Y entonces llega a la peor parte

... cadáver hallado en la habitación de un motel, sola...

... mis muros se alzan y mis puertas se cierran secamente. Asiento como si estuviera escuchando, como si estuviéramos comunicándonos. Ella no se da cuenta.

La muerte de una chica nunca resulta algo agradable.

11

—No queríamos que te enteraras en la escuela o por las noticias —me explica Jennifer mientras se zampa el último trozo de magdalena—. ¿Estás segura de que estás bien?

Abro el lavavajillas y me zambullo en la nube de vapor que emerge de la abertura.

Ojalá pudiera arrastrarme hacia el interior y enroscarme entre un tazón y un plato. ~~Mi madrastra~~ Jennifer podría cerrar la puerta, girar el mando hasta que apunte ESCALDAR y apretar el botón ON.

El vapor se congela al rozar mi rostro.

—Estoy bien —miento.

Jennifer alcanza la caja de las galletas de pasas y copos de avena que, hasta ahora, estaba encima de la mesa.

—Debes de sentirte fatal —confiesa mientras arranca la cinta de la caja de cartón—. Peor que fatal. ¿Puedes pasarme un envase limpio?

Cojo una caja de plástico transparente del armario de la cocina y se la entrego desde el otro lado de la encimera.

—¿Dónde está papá?

—Tenía una reunión de catedráticos.

—¿Cómo te has enterado de lo de Cassie?

Desmenuza los bordes de las galletas antes de colocarlas en el interior de la caja, para que parezca que las ha cocinado ella en vez de comprarlas ya hechas.

—Tu madre llamó ayer por la noche con la noticia. Quiere que visites a la doctora Parker lo antes posible en lugar de esperar hasta tu próxima cita.

—¿Tú qué piensas?

—Que es una buena idea —dice—. Veré si puede recibirte esta misma tarde.

—No te molestes —contesto. Saco el estante superior del lavaplatos. Los vasos vibran y parece que emiten gritos sofocados cuando los toco—. No tiene sentido.

Durante unos instantes deja de desmigajar los bordes de las galletas.

—Cassie era tu mejor amiga.

—Ya no lo era. Iré a la consulta de la doctora Parker la semana que viene, tal y como habíamos acordado.

—Supongo que la decisión es tuya. ¿Me prometes que llamarás a tu madre y hablarás con ella sobre todo esto?

—Lo prometo.

Jennifer mira el reloj del microondas y, al percatarse de la hora, grita:

—¡Emma! ¡Cuatro minutos!

~~Mi hermanastra~~ Emma no contesta. Está en la sala de estar, hipnotizada por la televisión y con un tazón de cereales azules con sabor a arándano.

Jennifer mordisquea una galleta.

—Odio hablar mal de alguien que está muerto, pero me alegro de que ya no pasaras tanto tiempo con ella.

Coloco el estante superior del lavaplatos en su lugar y extraigo el inferior.

—¿Por qué?

—Cassie estaba muy mal. Podría haberte arrastrado con ella.

Alcanzo un cuchillo afilado, de esos para cortar carne, que está escondido en el cajón de las cucharas. El mango negro está caliente. Al sacarlo del cajón, la hoja corta el aire, dividiendo así la cocina en pequeñas lonchas. Ahí está Jennifer, envasando las galletas compradas en la tienda en un recipiente de plástico para la clase de su hija. Ahí está la silla vacía de papá, que finge no tener otra elección que asistir a estas reuniones tan tempranas. Ahí está la sombra de mi madre, que prefiere el teléfono porque una charla cara a cara supone mucho tiempo y, generalmente, acaba siempre a gritos.

Y aquí está una chica agarrando con fuerza un cuchillo. Hay grasa en la cocina, sangre en el aire y palabras de ira amontonadas en cada rincón. Estamos educados para no ver lo que hay ante nosotros, para no ver absolutamente nada.

… cadáver hallado en la habitación de un motel, sola…

13

Alguien acaba de arrancarme los párpados.

—Gracias a Dios tú eres mucho más fuerte que ella.

Jennifer vacía su taza de café y se limpia las migas de magdalena de la comisura de los labios. El cuchillo se desliza hacia el cajón de los cuchillos carniceros emitiendo un suave susurro.

—Sí —asiento. Cojo un plato sin rastro de sangre ni cartílagos. Pesa cuatro kilos y medio.

Jennifer tapa bruscamente el envase repleto de galletas.

—Tengo una reunión. ¿Podrías llevar a Emma al fútbol? El entrenamiento empieza a las cinco en punto.

—¿En qué campo?

—En el parque Richland, justo detrás del centro comercial. Toma. —Me ofrece el pesado tazón, adornado con la medialuna sangrienta que ha dejado su barra de labios en el borde. Lo coloco sobre la encimera y saco los platos, uno a uno, mientras los brazos no dejan de temblarme.

Emma entra en la cocina y deja el tazón de cereales, todavía con leche azulada en el interior, al lado del fregadero.

—¿Te has acordado de las galletas? —le pregunta a su madre.

Jennifer sacude el envase de plástico.

—Llegamos tarde, cariño. Coge tus cosas.

Emma camina torpemente hacia la mochila con los cordones de las zapatillas de deporte desatados. Debería estar durmiendo a estas horas, pero la esposa de mi padre la lleva al colegio más pronto cuatro días a la semana para que asista a clases de violín y de conversación en francés. Ya sabes, si estás en tercero ya eres lo suficientemente mayorcita para prepararte.

Jennifer se levanta. La tela de la falda se le ajusta tanto a los muslos que los bolsillos le quedan completamente abiertos. Se alisa la falda en un intento de disimular las arrugas.

—No permitas que Emma te engatuse para comprar patatas antes del entrenamiento. Si tiene hambre, que se coma una macedonia.

14

—¿Tengo que quedarme para después traerla a casa?

Sacude la cabeza.

—Los Grant lo harán. —Coge el abrigo del respaldo de la silla, introduce los brazos en las mangas y empieza a abrocharse los botones. Después añade—: ¿Por qué no te comes una magdalena? Ayer compré naranjas, si quieres. Y también podrías hacerte una tostada o descongelar un gofre.

~~Porque no puedo permitirme querer todo eso~~ porque no necesito una magdalena (410), porque tampoco quiero una naranja (75), ni una tostada (87) y porque los gofres (180) me provocan arcadas.

Señalo el tazón vacío que está sobre la encimera, justo al lado del montón de frascos de pastillas y la caja de cereales de arándanos.

—Tomaré cereales.

Clava la mirada rápidamente en el armario donde había colgado mi plan de alimentación. Venía junto al certificado de alta cuando me trasladé aquí hace ya seis meses. Yo misma arranqué ese plan tres meses después, cuando cumplí dieciocho años.

—Es muy poco para una única ración —dice con sumo cuidado.

~~Podría comerme la caja entera~~ probablemente ni siquiera llene el tazón.

—Me duele un poco el estómago.

Abre otra vez la boca. Titubea. Una ráfaga amarga de aliento matutino manchado de café atraviesa la tranquilidad de la cocina y me salpica. *No lo digas, nolodigas.*

—Confianza, Lia.

*Lo ha dicho.*

—Ésa es la cuestión. Sobre todo ahora. No queremos...

Si no estuviera tan agotada, lanzaría *confianza* y *cuestión* a la trituradora y la dejaría encendida durante todo el día.

Saco un tazón más grande del lavaplatos y lo coloco sobre la encimera.

—Estoy bien, ¿vale?

Parpadea un par de veces y acaba de abotonarse el abrigo.

—De acuerdo, lo entiendo. Átate los cordones, Emma, y sube al coche.

Emma bosteza.

—Espera —digo. Me arrodillo y ato los cordones de Emma. Doble lazo. Levanto la mirada y agrego—: No puedo seguir haciéndolo yo, ya lo sabes. Ya eres lo suficientemente mayor.

Me dedica una sonrisa burlona y me besa en la frente.

—Sí que puedes, tonta.

Mientras me incorporo, Jennifer se acerca tímidamente hacia mí. Espero. Es como una polilla, redonda y pálida, espolvoreada con un maquillaje semimate, armada para el día con el maletín típico de banquero, el bolso y el estárter remoto para el todoterreno de alquiler. Se agita, está nerviosa.

Espero.

Ahora es cuando deberíamos abrazarnos, darnos dos besos o, al menos, fingir que lo hacemos.

Se ata el cinturón alrededor de la cintura.

—Mira... solo intenta distraerte, ¿de acuerdo? Intenta no pensar demasiado en todo lo ocurrido.

—De acuerdo.

—Despídete de tu hermana, Emma —indica Jennifer.

—Adiós, Lia —comenta Emma mientras se despide con la

mano y me ofrece una sonrisita de arándanos—. Los cereales están muy buenos. Puedes acabarte el paquete, si quieres.

[003.00]

Echo demasiados cereales (150) en el tazón y salpican la leche desnatada (125). El desayuno es-la-comida-más-importante-del-día. El desayuno me convertirá en una cam-pe-o-na.

*... Cuando era una chica de verdad, con dos padres, una casa y sin cuchillos carniceros,* para desayunar se servía muesli con fresas frescas por encima. Siempre desayunaba mientras leía un libro apoyado contra el frutero. En casa de Cassie comíamos gofres acompañados con sirope de arce de verdad, y no ese falso sirope de maíz, *mientras leíamos los cómics del periódico...*

No. No puedo volver ahí. No pensaré. No miraré.

No contaminaré mis entrañas con cereales con sabor a arándano, ni con magdalenas, ni tampoco con trozos rasposos de tostada. La suciedad y los errores de ayer han recorrido mi interior. Ahora, mi interior brilla y es de color rosa, está limpio. El vacío es bueno. El vacío es fuerte.

Pero tengo que conducir.

*... El año pasado conducía el coche, con las ventanillas abiertas y la música a todo volumen. Era el primer sábado de octubre.* Volábamos hacia el centro donde haríamos los exámenes de Selectividad. Conducía yo para que Cassie pudiera aplicarse una última capa de laca de uñas.

Éramos hermanas secretas con un plan para dominar el mundo y el potencial burbujeaba a nuestro alrededor como si se tratara de champán. Cassie se reía. Yo me reía. Éramos perfectas.

16

¿Había desayunado? Por supuesto que no. ¿Había cenado la noche anterior, o almorzado, o cualquier cosa?

El coche que conducía delante de nosotras frenó repentinamente mientras el semáforo se tornaba ámbar para finalmente teñirse de rojo. Mi sandalia se quedó suspendida sobre el pedal. Los márgenes de la carretera se difuminaron. Un hormigueo oscuro me recorrió la espalda hasta envolverme los ojos, como si se tratara de una bufanda de seda. El coche de delante desapareció. El volante y el salpicadero se esfumaron. No había rastro de Cassie, ni del semáforo. ¿Cómo debía parar esa cosa?

Cassie gritó a cámara lenta.

::Nube/aire/explosión/mochila::

Cuando me desperté, una persona de primeros auxilios y un policía me observaban con el ceño fruncido. El conductor del coche contra el que había colisionado estaba gritando por el teléfono móvil.

Tenía la misma presión sanguínea que una serpiente congelada. Mi corazón estaba agotado. Mis pulmones necesitaban un descanso. Me clavaron una aguja, luego me inflaron como si fuese un globo de feria y me transportaron en ambulancia hasta un hospital de enfermeras con miradas de acero que tomaban nota de todas las cifras con bolígrafo. Estaban haciendo una redada contra mí.

Mamá y papá llegaron enseguida y esta vez, para variar, vinieron juntos. Se alegraban de que no hubiera muerto. Una enfermera le entregó mi expediente a mamá. Lo leyó detenidamente y explicó el desastre a mi padre. Entonces empezaron a pelearse, una avalancha de riñas que salían a borbotones por las sábanas antisépticas hasta llegar al vestíbulo.

Estaba estresada/programada/frenética/no, deprimida/no, con necesidad de atención/no, con necesidad de disciplina/con necesidad de descansar/con necesidad/tu culpa/tu culpa/culpa/culpa. Dejaron la huella de su guerra en este saco de huesos.

Se hicieron llamadas telefónicas. Mis padres me obligaron a ir al infierno a New Seasons…

Cassie se libró de todo, como de costumbre. Ni siquiera un

17

rasguño. El seguro le cubrió con creces todos los daños, así que acabó con el coche arreglado y altavoces nuevos. Nuestras madres mantuvieron una pequeña charla del tipo: *Todas las chicas pasan por esto, ¿qué le vamos a hacer?* Cassie pudo arreglárselas para presentarse al siguiente examen y se hizo la manicura en un centro de estética, el Enchanted Blue, *mientras a mí me encerraban y me introducían agua con azúcar en las venas vacías...*

Lección aprendida. Los coches necesitan combustible.

Y no necesitan los cereales con arándanos de Emma. Me estremezco y vierto la mayoría de los cereales empapados de leche por el triturador de basura. Después dejo el tazón sobre el suelo. Los gatos de Emma, *Kora* y *Pluto*, corretean por la cocina hasta hundir las cabezas en el tazón. Dibujo una cara con una lengua gigantesca sobre una nota adhesiva, escribo ¡RIQUÍSIMO, EMMA! ¡GRACIAS!, y la pego en la caja de cereales.

Como diez uvas pasas (16), cinco almendras (35) y una pera un tanto verde (121) = (172). Los mordiscos se deslizan por mi garganta. Tomo mis vitaminas y las estúpidas pastillas que evitan que mi cerebro explote: una alargada y púrpura, una gruesa y blanca y dos del color de la amapola. Las ingiero con ayuda de agua caliente.

Espero que me hagan efecto rápidamente. La voz de una chica muerta está esperándome en el buzón de voz del teléfono.

[004.00]

Tardo más tiempo del habitual en subir las escaleras.

Duermo en el lejano extremo del pasillo, en un espacio diminuto que sigue decorado como si fuera una habitación de invitados. Paredes blancas. Cortinas amarillas. El sofá-cama nunca está plegado, el escritorio viene de un mercadillo de segunda mano. Jennifer insiste continuamente en comprarme mobiliario nuevo y pintar o cubrir con papel las paredes. Le digo que todavía no he pensado qué quiero hacer. Probablemente, primero debería deshacer las maletas y abrir los montones de cajas polvorientas.

Mi teléfono está esperando entre la montaña de ropa sucia, justo donde aterrizó cuando lo lancé contra la pared a primera hora del domingo, de madrugada. No dejaba de sonar y me estaba volviendo loca, pero estaba tan agotada que no podía apagarlo.

*… La última vez que me llamó* fue hace ya seis meses, justo después de salir de la clínica por segunda vez. La había estado llamando cuatro o cinco veces al día, pero ella jamás me contestaba el teléfono o respondía mis llamadas hasta que, finalmente, lo hizo.

Me pidió que la escuchara y me dijo que la conversación no se alargaría mucho.

Yo era el origen de todos sus males, afirmó Cassie. Una influencia negativa, una sombra venenosa. Mientras yo estuve encerrada, sus padres la llevaron a rastras hasta un médico que le lavó el cerebro y la sobrecargó de pastillas y palabras vacías. Necesitaba seguir con su vida, redefinir sus fronteras, me explicó. Yo era la razón por la que había dejado de asistir a clases de francés y había suspendido la asignatura; la causa de todo lo asqueroso y peligroso de su vida.

Incorrecto. Incorrecto. Incorrecto.

Gracias a mí no abandonó sus estudios en el instituto. Yo fui la razón por la que no se tomó un frasco entero de somníferos cuando su novio la engañó con otra chica. La escuché durante horas cuando sus padres le riñeron a gritos por no tener la misma talla que un maniquí. Comprendía el porqué de sus terremotos, o de la mayoría de ellos. Sabía perfectamente el sufrimiento que suponía ser la hija de personas que no pueden verte, aunque estés delante de ellos dando pisotones al suelo.

Recordar todo esto era demasiado complicado para Cassie. Le resultó mucho más sencillo dejarme tirada una vez más. Por su culpa, mi verano no fue más que un páramo desértico. Cuando las clases volvieron a empezar miraba a través de mí por los pasillos, con sus nuevas amigas abrazándola por el cuello como si fueran collares de carnaval. *Me eliminó de la faz de su existencia.*

Pero ocurrió algo. En el tiempo muerto transcurrido entre el sábado por la noche y el domingo por la mañana, Cassie me llamó.

19

Por supuesto, no respondí a ninguna de sus llamadas. Seguramente marcó mi número porque estaba borracha o, simplemente, porque quería gastarme una broma. No estaba dispuesta a permitirle que me convenciera como a una tonta de volver a ser su amiga otra vez para que luego me dejara tirada en la cuneta una vez más.

… cadáver hallado en la habitación de un motel, sola…

No respondí a ninguna de sus llamadas. Ayer decidí no escuchar los mensajes que había dejado en mi buzón de voz. Estaba tan furiosa que ni siquiera miré al teléfono.

Todavía sigue esperándome.

Me siento sobre la pila de pantalones de pijama y sudaderas sin lavar y rebusco el teléfono hasta encontrarlo. Lo abro. Cassie me telefoneó treinta y tres veces. La primera llamada fue a las 11.30 de la noche del sábado.

Recuperar mensajes de voz

—¿Lia? Soy yo. Llámame.

Cassie.

Segundo mensaje.

—¿Dónde estás? Llámame cuando escuches el mensaje.

Cassie.

Tercer mensaje.

—No estoy de broma, Overbrook. Necesito hablar contigo, de veras.

Cassie el sábado, hace tan solo dos días.

—Llámame.

—Por favor, por favor, llámame.

—Siento haberme comportado como una zorra. Por favor.

—Sé que estás escuchando estos mensajes.

—Puedes enfadarte conmigo más tarde, ¿de acuerdo? Necesito hablar contigo, de verdad.

—Tenías razón… No fue culpa tuya.

—No tengo a nadie más con quien hablar.

—Oh, Dios mío.

Desde la 1.20 hasta las 2.55 de la madrugada, llamó sin dejar mensaje de voz quince veces.

El siguiente:

—Por favor, Lia-Lia —balbuceaba.

—Estoy muy triste. No puedo salir.

—Llámame. Esto es un desastre.

Dos llamadas más sin rastro de mensaje de voz.

A las 3.20, pronunciando las palabras como si le pesara la lengua:

—No sé qué hacer.

A las 3.27:

—Te echo de menos. Te echo de menos.

Entierro el teléfono en el interior del montón de ropa sucia y me pongo una sudadera más gruesa de la que llevo antes de ir hasta el coche. En New Hampshire el invierno llega antes.

[005.00]

He cronometrado perfectamente el tiempo y, sin embargo, estoy en un atasco de coches. Unas vacas obesas y unos toros que no dejan de bramar conducen los vehículos que me rodean. Avanzamos lentamente a diez kilómetros por hora. Puedo acelerar más. Frenamos. Rumian y mugen al altavoz de sus teléfonos móviles hasta que la manada cambia de marcha y vuelve a avanzar.

Veinticinco kilómetros por hora. No puedo acelerar tanto.

En algún punto entre la esquina de Martins con la Calle 28, rompo a llorar. Enciendo la radio, canto a pleno pulmón y la apago de inmediato. Golpeo el volante con los puños hasta que veo los moratones violetas y, con cada kilómetro recorrido, lloro con más intensidad. La lluvia empapa mi rostro.

... cadáver hallado en la habitación de un motel, sola...

¿Qué hacía Cassie allí? ¿En qué estaba pensando?

¿Le dolió?

No tiene sentido preguntarse por qué, aunque todo el mundo lo hará. Yo sé por qué. La pregunta más dura es: «¿Y por qué no?». No puedo creerme que se quedara sin respuestas antes que yo.

Necesito correr, volar, batir las alas con tanta fuerza que no sea capaz de escuchar otra cosa que el latir de mi corazón. Lluvia, lluvia, lluvia, empapándome.

¿Fue fácil?


No tomo ningún atajo, no me olvido de doblar la esquina donde está la carnicería, no me pierdo, ni siquiera a propósito. Llego a la escuela sin haberme fijado en el recorrido, automáticamente; llego tarde según los criterios del colegio, pero pronto según los míos. Los últimos autobuses acaban de aparcar justo delante de la puerta principal.

Salgo del coche y lo cierro.

El inclemente viento de noviembre me arrastra hacia el edificio. Y, como guinda del pastel, unos copos de nieve puntiagudos caen del cielo. La primera nevada. Mágica. Todos se detienen y miran hacia arriba. El tubo de escape del autobús se congela, atrapando así todo el ruido en una nube arenosa. Las puertas del colegio también se hielan.

Inclinamos la cabeza y abrimos la boca de par en par.

La nieve que se escabulle en nuestras bocas arrastra copos de contaminación, copos de palabras malsonantes y de tabaco, copos de fluidos de chicos y chicas y copos de mentiras. Durante un instante no somos experimentos fallidos o preservativos rotos o tramposos en los exámenes; somos lápices de colores y fiambreras. Nos columpiamos hasta llegar tan alto que nuestros zapatos agujerean las nubes. Durante un suspiro, todo parece ser mejor.

Y entonces se derrite.

Los conductores de autobús aceleran y la nube de hielo se hace añicos. Todos avanzamos arrastrando los pies. No tienen ni idea de lo que acaba de ocurrir. No son capaces de acordarse.

ella me llamó.

Regreso al coche, entro, enciendo la calefacción y me seco la cara con la camiseta. Son las 7.30 de la mañana. Emma ha acabado su clase de francés y ahora está sacando el violín del estuche. Se pasará más tiempo del necesario frotando el arco con colofonia y no el suficiente afinando las cuerdas. El Concierto de Invierno se celebrará en unas semanas, y todavía no se ha aprendido las canciones. Debería echarle una mano.

Cassie está en el depósito de cadáveres, o eso supongo. Anoche durmió allí, en un cajón plateado mientras sus ojos se acostumbraban a la oscuridad. Jennifer dijo que le harán la autopsia. ¿Quién le quitará la ropa? ¿Unas manos extrañas rozarán su piel mientras la bañan? ¿Puede verlas? ¿Llorará?

Suena el último timbre del colegio y los últimos estudiantes que estaban en el aparcamiento salen disparados hacia la puerta. Solo unos minutos más. No puedo entrar hasta que los pasillos estén vacíos y los profesores hayan empezado a adormecer a los alumnos con sus aburridas lecciones. Solo así no se percatarán de que me deslizo por los pasillos.

Me giro y despejo los asientos traseros, empujando todos los exámenes, sudaderas y libros de la biblioteca con préstamo vencido hacia un lado para que así Emma tenga espacio para sentarse cuando vaya a recogerla. Jennifer insiste en que se siente detrás. Es más seguro, o eso dice.

Pero no existe algo más seguro. De hecho, ni siquiera existe la seguridad, nunca ha existido.

Cassie pensaba que el cielo era un cuento de hadas en el que solo los estúpidos creían. ¿Cómo puedes encontrar un lugar en el que no crees? No puedes. Entonces, ¿dónde irá ahora? ¿Y si regresa, con la mirada inyectada en sangre?

7.35. Hora de ir al colegio y dejar de pensar.

[006.00]

No tendré *Honors Option*,[1] por lo menos no este año. Hoy

---

1. El *Honors Option* es un curso especialmente diseñado para estudiantes de mucho talento en el que se ofrece la oportunidad de crecer a nivel intelectual y personal. Sólo se aceptan estudiantes cuya nota media corresponda a matrícula de honor. *(N. de la T.)*

tengo literatura contemporánea universal, ciencias sociales (tema doce, el Holocausto), física, trigonometría (otra vez) y almuerzo. No tengo gimnasia gracias a una nota mágica de la doctora Parker. Al lado de mi nombre hay asteriscos y notas al pie que explican la situación.

*... Cuando era una chica de verdad*, mi madre me alimentaba con sus sueños de cristal, una cucharada cada cierto tiempo. Harvard, Yale, Princeton, Duke, Bachillerato, Universidad de Medicina. Prácticas, residencia, Dios. Me había cepillado el pelo y lo había trenzado con palabras largas, entretejiendo las raíces latinas y las ramas griegas en mi cerebro para que, en un futuro, memorizar la anatomía fuera más sencillo. ~~Mamá~~ La doctora Marrigan montó en cólera cuando la orientadora me echó a patadas del curso de *Honors* y me inscribió en la lista de planes de estudio universitarios. La orientadora sugirió que sería buena idea asistir a la misma universidad que mi padre, ya que estaban obligados a dejar que me matriculara. «Matrícula gratuita para hijos de catedráticos», nos recordó.

Sentí un gran alivio.

Esa noche, la doctora Marrigan me dijo que era demasiado inteligente para ser solo «la hija gandula de un catedrático». Quería que me examinara de forma privada, para así demostrar lo brillante que era y dejar claro que esa facultad no se ajustaba a mis necesidades. Pero entonces volví a fastidiarlo todo y me encerraron, otra vez, en el hospital. Cuando salí, cambié todas las normas.

Fantaseaba e imaginaba que me examinaba del test de Mensa, una prueba de inteligencia, para demostrar que no era una inútil total. Quizá mi nota dejaría al descubierto que era un genio fuera de serie. Haría cien mil fotocopias de los resultados del test, forraría las paredes de la casa de mi madre con ellas, llenaría un cubo de pintura roja y, con una brocha gorda, escribiría ¡JA! un millón de veces.

Pero había muchas posibilidades de que suspendiera. *Y la verdad, prefería no saberlo.*

* * *

Suena el timbre. Los estudiantes flotan de clase en clase. Los profesores nos atan a las sillas y vierten palabras en nuestros oídos.

Las sombras danzan en las paredes porque las luces del laboratorio de física están apagadas para que podamos ver una película sobre la velocidad de la luz y el sonido y otro rollo que no es importante. Los fantasmas están resguardados entre las sombras de la sala y titilan pacientes y pálidos. Los demás también pueden verlos, estoy segura. Todos tenemos miedo a hablar sobre aquello que nos contempla desde la oscuridad.

Ondas de partículas físicas serpentean por la clase.

me llamó treinta y tres veces.


Un fantasma me envuelve, me acaricia el pelo. Me adormece.


Suena el timbre. Mis compañeros de clase recogen los libros y salen corriendo hacia la puerta. He dejado un rastro de babas sobre el pupitre mientras dormía.

El profesor de física (¿cómo se llama?) me mira con el ceño fruncido. Cuando respira por la boca, puedo distinguir la porquería nocturna que le cubre la lengua y olisqueo los huevos fritos con la yema cruda que ha tomado para desayunar.

—¿Piensas quedarte aquí todo el día? —pregunta.

Sacudo la cabeza para decir que no. Antes de que intente hacerse el gracioso conmigo otra vez, cojo los libros y me pongo en pie. *Demasiado rápido.* El suelo intenta derribarme, pero mi profesor, nocturno y asqueroso, me está observando, así que saco fuerzas de donde no sé para salir flotando mientras diminutas estrellas danzan por mis ojos.

1.2.3.4.5.6.7.8.9.10.11.12.13.14.15.16.17.18.19.
20.21.22.23.24.25.26.27.28.29.30.31.32.33.


—Una muerta viviente —cuchichean los chicos en los pasillos.

—Cuéntanos tu secreto —murmuran las chicas en el baño. Yo soy *esa* chica.

Yo soy el espacio que hay entre mis muslos, por donde se cuela el resplandor del sol.

Yo soy la auxiliar de la biblioteca, la que se esconde en la sección de Fantasía.

Yo soy el monstruo del circo revestido de cera de abeja.

Yo soy los huesos que desean, encuadrada en un marco de porcelana.

Cuando me acerco, ellos se alejan. Las cámaras instaladas en sus ojos graban la espinilla de mi barbilla, la lluvia de mi mirada, el agua azul que ondea bajo mi piel. Captan cada sonido con los micrófonos que llevan colgados del cuello. Quieren tirar de mí para que me acerque a ellos, pero tienen miedo.

Soy contagiosa.


Camino de puntillas hasta la enfermería apoyándome en la pared para mantenerme de pie. Si echo a correr o respiro profundamente, las puntadas chapuceras que mantienen las partes de mi cuerpo unidas estallarán y la pegajosidad de mi interior empezará a manar hasta quemarse al rozar con el hormigón.

La enfermera se atusa las alas cuando entro sigilosa en la sala. Baja el volumen de la radio, donde suena un jazz tranquilo, me mira por encima del hombro con las manos apoyadas sobre las caderas y me lanza una mirada triste pero cómplice.

—Pensé que hoy te quedarías en casa —confiesa—. Ha tenido que ser un *shock* para ti. Cassie y tú estabais muy unidas, ¿verdad?

—No me encuentro muy bien —digo—. ¿Podría acostarme un ratito?

—Ya conoces las normas.

Es una bruja astuta disfrazada de enfermera.

—De acuerdo.

Me siento en la silla que hay junto al escritorio y dejo que me tome la temperatura y la tensión sanguínea.

Rodea mi brazo esquelético con la banda para tomar la presión.

—¿Aún te siguen pesando regularmente?

—Una vez a la semana. Estoy bien. No necesito subirme a tu báscula.

—No tienes buen aspecto —dice mientras anota los números—. Si vas a quedarte aquí tendrás que ingerir algo. Si no lo haces, vuelve ahora mismo a clase.

¿Quiero morir de dentro hacia fuera o de fuera hacia dentro?

Abre un tetrabrik de zumo de naranja, lo vierte en un vaso de papel y me lo ofrece al mismo tiempo que me quita el termómetro.

—Hablo en serio.

Decido aceptar el vaso de zumo. ~~Mi garganta lo quiere mi cerebro lo quiere mi sangre lo quiere~~ mi mano no quiere esto mi boca no quiere esto.

La enfermera quiere esto y yo necesito esconderme. Me obligo a tragármelo.

Dos chicos abren la puerta de la enfermería; a uno le sangra la nariz y el otro parece haber perdido los papeles al ver tanta sangre. La enfermera indica al que está sangrando que se siente con la cabeza inclinada hacia atrás mientras obliga a su amigo a sentarse con la cabeza entre las rodillas para que no se desmaye.

Tiro el vaso de papel en el cubo de basura, cojo el periódico que hay en su escritorio y me retiro a la camilla ubicada al fondo de la sala.

—Te tomarás otro zumo en quince minutos —me ordena la enfermera—. O, si lo prefieres, puedes coger una piruleta: sabor uva o lima.

—Vale.

Deslizo la cortinilla que hay junto a la camilla, me acomodo y empiezo a buscar el artículo en el periódico. Sección local, página 2. Está publicado junto a un anuncio de abrigos de piel, treinta por ciento de descuento.

La policía está investigando el fallecimiento de Cassandra Parrish, una joven de tan solo diecinueve años nacida en el pueblo de Amoskeag, en el estado de New Hampshire. Su cuerpo fue hallado a primera hora del domingo en la habitación del motel Gateway, en la calle River. Fue precisamente el dueño del motel el que encontró el cadáver y avisó telefónicamente a las autoridades a las 4.43 de la madrugada. Los primeros indicios sugieren que la joven Parrish podría haber muerto por causas naturales, pero la policía no descarta un crimen o abuso de drogas.

«Todavía estamos reuniendo información —ha comentado la portavoz de la policía, la sargento Anna Warren—. Tendremos un informe completo de la hora y la causa del fallecimiento cuando el juez de instrucción finalice la autopsia.»

La joven Parrish, conocida por sus amigas como Cassie, era una popular atleta y miembro del club de teatro en el instituto de Amoskeag. Su padre, Jerry Parrish, es el director de la escuela de primaria Park Street y su madre, Cindy, participa activamente en actividades de la escuela y en asuntos comunitarios. El comisario de la policía de Amoskeag, Nelson Bushnell, afirma que la pérdida de la familia Parrish ha sido «desgarradora».

«Cassie era lo que todos nosotros deseamos que nuestros hijos sean: brillante, trabajadora y amable», ha afirmado Bushnell. Cuando se le ha preguntado sobre los informes de antecedentes turbulentos de la joven Parrish, Bushnell ha sido claro: «Hoy en día, la mayoría de adolescentes intentan lidiar con sus problemas. Cassie había avanzado mucho en su lucha por mantener su salud. La última vez que hablé con su padre me dijo que estaba intentando decidir entre estudiar psicología o filología francesa en la universidad. Su fallecimiento ha sido trágico y sorprendente».

Los resultados de la autopsia se revelarán en una semana. En la rueda de prensa, la familia no dio datos sobre el funeral.

Me recuesto en la camilla y la almohada rellena de papel cruje en mis oídos como si de interferencias radiofónicas se tratara.

Suena el timbre. El pasillo se inunda de ríos de cuerpos y voces que susurran que Cassie fue asesinada/no, se ahorcó/no, fumó o esnifó droga hasta llegar a la Salida Final. Ya lo había intentado antes, ¿te había llegado el rumor cuando lo hizo bajo las gradas/en el centro comercial/en el campamento de verano? Se lanzó a las vías mientras se acercaba un tren a toda máquina/saltó sin paracaídas/se ató un cinturón de lastre y se sumergió en el océano.

Se entregó al gran lobo malo y no gritó cuando este le hincó el primer mordisco.

… cadáver hallado en la habitación de un motel, sola…

Los chicos ya se han ido. La enfermera me quita el periódico y me arropa con una manta muy fina.

—¿Me dejas otra? —pido—. Tengo frío.

—Claro que sí. —Se dirige hacia el armario donde guarda las provisiones mientras sus zapatos crujen sobre el suelo.

—¿Has oído algo sobre el funeral? —pregunto.

—La dirección ha enviado un correo electrónico —responde—. El velatorio se celebrará el miércoles por la noche en la iglesia de St. Stephen. La enterrarán el sábado —me explica a medida que se acerca con un montón de mantas—. Duerme un poco y no lo olvides: bebe más zumo de naranja cuando te despiertes.

—Lo prometo.

Me tapa con todas las mantas que ha traído (cinco) y las chaquetas de la caja de objetos perdidos porque estoy helada. Me acurruco entre las axilas de desconocidos, saboreo la sal y entro en un sueño profundo para olvidarme de todo.

[007.00]

Emma está hecha un ovillo en el asiento trasero mientras ve una película en el reproductor de DVD sobre su regazo. Come unas patatas de bolsa y bebe un granizado de la marca *Mountain Dew*.

—No se lo digas a Jennifer —aviso.

—Ajá.

—Hablo en serio. Se pondrá histérica.

—Ya te he oído. No se lo diré o se pondrá histérica.

Emma tiene los ojos pegados a la pantalla del reproductor y engulle patatas una tras otra, como si su boca fuera una cinta transportadora de color rosa.

Nos hemos perdido. Otra vez. Mi padre no quiere comprarme un GPS porque dice que tengo que aprender a orientarme por mí misma. ¿Cómo puedo saber dónde estoy si me pierdo constantemente? Se lo pediré a Jennifer. La Navidad está a la vuelta de la esquina.

Pasamos junto a un establo abandonado con el tejado completamente hecho polvo y un colchón manchado apoyado sobre una señal que marca el límite de velocidad. ¿Pero es que uno no se da cuenta si un colchón se cae de su coche? Quizás estaba en el remolque de un camión que transportaba las cosas de una chica hacia el hogar de algún tipo que conoció por Internet. Se entregó a él en cuerpo y alma. Él le prometió tres comidas al día y una casa, pero le avisó de que necesitarían más muebles. Él decidió no parar cuando el colchón se cayó del camión. Una esposa nueva se merece una cama limpia, o eso es lo que él decía.

Quizás una motera con traje de cuero, un tanto marimacho y muy robusta, está conduciendo por la carretera, a unos dos kilómetros de distancia detrás de mí. En cualquier momento, algún imbécil se le cruzará y virará bruscamente de forma que la moto perderá el equilibrio y ella saldrá disparada y gritará por haber olvidado sus alas y la ley de la gravedad nunca olvida
y entonces chocará
contra el asqueroso colchón. Y sí, terminará con tres costillas rotas, el fémur fracturado y un esguince cervical, pero los conductores de la ambulancia jamás mencionarán eso. Hablarán del colchón manchado en la cuneta que salvó la vida de esa chica.

El olor de las patatas de Emma está provocando todo esto en mi cabeza.

Cuando al fin encuentro las canchas del parque Richland, el entrenamiento ya ha empezado. Emma quiere quedarse en el coche hasta que acabe la película.

—Tienes que salir ahí —digo.

Refunfuña y apaga el reproductor.

—Odio el fútbol.

—Entonces diles que quieres desapuntarte.

—Mamá dice que la temporada está a punto de acabarse y no puedo.

—Entonces sal ahí y juega. Pásatelo bien.

Me mira a los ojos a través del espejo retrovisor.

—Nunca me pasan la pelota.

Emma es un colchón que se cayó del remolque del camión cuando sus padres se separaron. No recuerdo la última vez que su padre la llamó. Jennifer está decidida a transformarla en la pequeña-niña-perfecta que se convertirá en la pequeña-señorita-perfecta cuyos brillantes logros demostrarán al mundo entero que Jennifer es, sin duda alguna, la madre perfecta.

No se puede culpar al colchón porque la gente no sea lo suficientemente cuidadosa de dejarlo bien atado.

Abro la puerta del conductor.

—Venga. Yo te pasaré la pelota.

Cierra la pantalla del reproductor y lo lanza en el asiento.

—No. Dijiste que tenías muchos deberes —me recuerda. De repente, no puede salir del coche tan rápido como quisiera—. Adiós, Lia. Conduce con cuidado.

Tardo dos décimas de segundo en darme cuenta de lo que acaba de ocurrir. *Uno. Dos. Tres.* Los olores se entremezclan con mis neuronas otra vez.

Bajo la ventanilla del coche.

—Emma. Espera.

Se acerca lentamente al vehículo con la pelota de fútbol bien sujeta entre los brazos.

—¿Qué pasa?

—He cambiado de opinión. Prefiero quedarme a ver cómo entrenas. ¿Dónde tengo que sentarme?

Abre los ojos de par en par.

—No, no puedes.

—¿Por qué no? Hay otras personas mirando.

—Umm, es que… —masculla mientras se mira los tacos de las zapatillas de deporte—. Puedes mirarme desde el coche. Así no tendrás tanto frío.

Se escuchan gritos desde el campo, niñas de nueve años animándose entre ellas para atacar a la presa. El fútbol es un deporte peligroso.

—Emma, mírame. —¿Cómo se ha escabullido la voz de Jennifer en mi garganta?—. ¿Por qué no quieres que salga del coche?

31

Emma patea la gravilla del suelo. Diminutas piedras rebotan en la chapa del coche y la pintura salta.

—El entrenador me preguntó si era cierto que tenías cáncer —confiesa finalmente mientras sigue golpeando las piedrecitas con el pie—. Le llegó la noticia de que estabas en el hospital y... ya sabes. Dije que sí. —Escuchamos el estridente sonido del silbato desde el parque—. Lo siento. No sabía qué más decir.

—No pasa nada —la calmo—. Lo comprendo. No te preocupes por eso.

Se le resbala la pelota de entre los brazos y se aleja rodando hacia la cancha de fútbol.

—¿No estás enfadada conmigo?

—Nunca podría enfadarme contigo, tonta.

Finalmente levanta la cabeza.

—Gracias, Lia.

—Y además tienes razón. Me espera una tonelada de deberes —arranco el motor y añado—: Mis profesores te adorarán por hacer que me aplique en los estudios. ¿Nos vemos más tarde?

Sonríe.

—Vale. Creo que aún quedan algunas patatas, por si tienes hambre.

Subo la ventanilla.

Ojalá tuviera cáncer.

Arderé en el infierno por pensar eso, pero es cierto.


[008.00]


La atmósfera en la gasolinera está cargada del olor a gasolina y la peste a grasa y fritanga proveniente del McDonald's que hay al lado. Hace cinco días pesaba 46 kilos. Tuve que comer el día de Acción de Gracias (la mesa estaba rodeada de buitres), pero desde entonces solo me he alimentado a base de agua y tortitas de arroz. ~~Tengo tanta hambre que podría roerme la mano derecha.~~ Me meto tres chicles en la boca, tiro a la basura la bolsa de patatas de Emma y lleno el depósito. Doy asco.

* * *

... *La primera vez que me ingresaron* estaba de color púrpura, azul, negro y rojo porque me había desmayado y había colisionado contra el coche de delante mientras Cassie gritaba como una loca y yo perdía el control del volante. Aquel cuerpo pesaba 42,2 kilos.

Mi compañera de habitación en la ~~cárcel~~ clínica era un calabacín podrido y alargado que lloraba desconsoladamente sobre la cama. Todo el personal de la clínica eran ballenas cubiertas de sudor. La enfermera que me administraba las medicinas estaba tan gorda que incluso la piel le tiraba; si realizaba algún movimiento rápido la piel se le desgarraría y toda la grasa amarillenta se desparramaría por todos lados, estropeando así su sudadera de Disney World.

Me comía los días a mordiscos, granos de maíz que estallaban en mi boca y se atascaban entre los dientes. Morder. Masticar. Tragar. Otra vez. Morder. Masticar. Tragar.

Era una buena chica porque no me agujereaba la piel (buscaban cicatrices) ni escribía poesía depresiva (nos revisaban el diario personal mientras estábamos en las sesiones) y comía y comía. Me cebaron como a una cerdita rosa hasta estar preparada para venderme en el mercado. Me mataron con manzanas blandas, gusanos de pasta y pastelitos que salían del horno para congelarlos minutos después. Mordía, masticaba y tragaba día tras día y mentía, mentía, mentía. (¿Quién quiere recuperarse? Tardé años en adelgazar tanto. No estaba enferma; era fuerte.) Pero si era fuerte, permanecería allí encerrada. La única forma de salir de allí era engullir comida hasta que caminara como un pato.

Escupía toda la basura desde el fondo de mi garganta y pregonaba mis sentimientos, mis problemas y mis muslos. Los médicos asentían con la cabeza y me regalaban pegatinas para premiar mi honestidad. Cuatro semanas después, se abrieron las puertas. ~~Mamá~~ La doctora Marrigan me llevó ~~a casa~~ a su casa y fingimos que nada de esto había ocurrido, excepto por el plan alimenticio, las nuevas normas, las visitas regulares, las básculas y el huracán de decepción de mi madre.

Cassie me comprendía. Escuchó atentamente todo lo que le conté *y me dijo que era muy valiente...*

Aparco el coche en el garaje mientras en mi cerebro gotea la gasolina. No recuerdo cómo he llegado a casa. Uno de estos días entraré en casa y el tipo que presenta el programa de noticias en la televisión estará denunciando un caso de atropello y fuga que acaba de ocurrir en el centro de la ciudad. La cámara mostrará sangre y cristales rotos sobre la acera. Un reportero entrevistará a una mujer que solloza porque fue testigo del accidente delante de los grandes almacenes de la calle Bartlett. Yo sentiré un extraño sabor en la boca porque estaré sujetando una bolsa de la compra de esos grandes almacenes entre mis manos. Saldré disparada hacia el garaje y descubriré el cadáver de una mujer sobre el parabrisas, todo manchado de sangre.

Este tipo de cosas pueden ocurrir.

Salgo para comprobar que el coche está en perfecto estado: me fijo en las puertas, en el capó, el parachoques, las luces, la rejilla del radiador y el maletero para asegurarme de que no he atropellado a alguien sin darme cuenta. No hay luces rotas ni abolladuras en las puertas. No hay ninguna mujer muerta sobre el parabrisas. Hoy, al menos, no.

[009.00]

Me dirijo directamente hacia el congelador y saco el resto del relleno que se utilizó para la cena de Acción de Gracias.

*... Cuando era una chica de verdad,* Acción de Gracias se celebraba en casa de la Yaya Marrigan, en Maine, o en casa de la abuela Overbrook en Boston. En casa de la Yaya cenábamos relleno de ostra. En la de la abuela Overbrook, el relleno se cocinaba a base de castañas y salchichas. A la Yaya le encantaba el pastel de calabaza sobre una corteza de nueces pacana y canela. Los pasteles de la abuela tenían que ser de picadillo de frutos se-

cos, grasa y especias porque así era como lo hacía su abuela. Las mesas estaban abarrotadas de personas altas que alargaban los brazos para alcanzar platos llenos de comida y hablaban demasiado alto; también asistían los primos, los tíos abuelos y amigos muy lejanos. El aroma a salsa de carne y cebollas hacía que mis padres se olvidaran de discutir y el amargo sabor a arándanos les hacía recordar cómo reírse. Mis abuelas vivirían para siempre y Acción de Gracias siempre se celebraría sobre manteles decorados con lazos, con vajilla de porcelana y pesados cubiertos de plata que yo misma abrillantaría desde mi taburete.

Murieron.

La última vez que celebramos Acción de Gracias, la semana pasada, todo se endulzó de forma artificial, se enriqueció con conservantes muy fuertes y se envolvió en plástico. Las hermanas de papá ya no vienen porque dicen que vivimos muy lejos. La familia de Jennifer prefiere ir a casa de su hermano porque tiene más habitaciones. (~~Mamá~~ La doctora Marrigan probablemente cenó sobre su escritorio, o quizá comió unas simbólicas bolas de puré de patata con salsa de carne en la cafetería del hospital.)

Estábamos nosotros cuatro, además de dos estudiantes de posgrado de mi padre. Una era vegetariana; comió tres raciones de boniato y la mayor parte del pan de calabaza que ella misma había traído. El chico era de Los Ángeles. Dijo que no comería absolutamente nada porque Acción de Gracias celebra el genocidio de los nativos de América. Cuando se marcharon, Emma le preguntó a papá por qué había venido el chico. Papá le respondió que el joven le estaba haciendo la pelota para conseguir una carta de recomendación. Jennifer dijo *que esperaba que se le atragantara.*


Sirvo un poco del relleno de Jennifer en un plato, tiro un par de cucharadas en el suelo para los gatos y después añado ketchup y lo caliento en el microondas el tiempo suficiente para que la salsa de tomate salpique todas las paredes. Dejo la puerta del microondas abierta para que el olor contamine toda la cocina.

Compruebo la hora. Diez minutos.

Me aplico unas gotas de ketchup en las comisuras de los labios, lanzo todo ese desastre a la trituradora, abro el grifo de agua caliente y enciendo el interruptor. Mientras la trituradora hace su función, intento desviar mi mente, *recitar la Constitución, hacer una lista de los presidentes por orden cronológico, recordar los nombres de los siete enanitos*. No puedo dejar de pensar que

me llamó.

Cierro la puerta del microondas. Llevo el plato sucio y el tenedor a la sala de estar, donde los coloco sobre un extremo de la mesa.
Siete minutos.
Realmente tengo que comer.

me llamó treinta y tres veces.

Una tortita de arroz de las grandes = 35. Una cucharadita de mostaza picante por encima y añades 5 calorías más. Dos cucharaditas = 10. Las tortitas de arroz con salsa picante saben mejor. Comes y recibes un castigo con el primer mordisco. Jennifer ya no compra salsas picantes. Dos tortitas de arroz, cuatro cucharaditas de mostaza = 90.
Ojalá pudiera vomitar. Lo intento y lo intento y lo intento, pero no soy capaz de hacerlo. El olor me pone nerviosa, mi garganta se cierra y, sencillamente, no puedo.

1 . 2 . 3 . 4 . 5 . 6 . 7 . 8 . 9 . 10 . 11 . 12 . 13 . 14 . 15 . 16 . 17 . 18 . 19 .
20 . 21 . 22 . 23 . 24 . 25 . 26 . 27 . 28 . 29 . 30 . 31 . 32 . 33 .

Jennifer llega a casa y me pide por favor que ponga el plato en el lavavajillas además de limpiar todo el desastre del microondas. Me disculpo y hago todo lo que me pide mientras ella intenta, con mucha dificultad, abrir una escurridiza botella fría de Chardonnay. Cuando ya he subido casi la mitad de los peldaños de la escalera, Emma abre de golpe la puerta principal con el uniforme de fútbol mugriento y las mejillas sonrojadas.
—¡Casi marco un gol! —exclama.
—Increíble —digo.
—¿Quieres que juguemos con la pelota?

Demasiados cabos que intentan derribarme y tirarme al suelo.

—No puedo, Emmacetita. Estoy enfrascada en los deberes. Además, ya es de noche. Mañana, ¿vale?

De repente, su sonrisa empieza a desmoronarse. Subo el resto de las escaleras.

*Cierra la puerta. Cierra la puerta.*

El cesto con las lanas y agujas de tejer es una de las pocas cosas que me molesté en desempaquetar cuando me trasladé aquí. Me siento en el borde de la cama y rebusco en el interior del cesto, entre el interminable proyecto de bufanda/manta, entre las agujas impares y los ovillos de lana de color naranja, marrón y bermejo hasta que finalmente encuentro el frasco de pastillas rojas Solo Para Casos de Emergencia. Cassie las consiguió, pero nunca me confesó de dónde las había sacado. Tomo una, solo una.

Las estrellas de plástico esperan sobre el gélido techo, observan el interruptor de la luz, nerviosas, preparadas para la llegada de la oscuridad, momento en que empezarán a resplandecer. Esta chica tiene que escribir un artículo sobre el genocidio además de acabar los problemas de trigonometría de la semana pasada y preparar un examen de recuperación acerca de los recursos literarios de una novela estúpida.

Esta chica se estremece y se arrastra lentamente bajo las mantas con la ropa puesta y se rinde a un libro de la biblioteca cuyo plazo ya ha vencido, un cuento de hadas con ratas, calabacines gigantes y maldiciones. Las frases construyen una valla a su alrededor, una barricada con formato Times New Roman y tamaño 10, para mantener alejadas las voces espinosas de su cabeza.

Cuando papá llega a casa, calienta la cena en el microondas. Se sirve más vino. Jennifer avisa a Emma de que ya ha pasado su hora de acostarse. Paso las páginas lentamente, pero ya he dejado de ver las letras, he dejado de entender las palabras.

Escucho sus pasos en cada peldaño.

Coloco la cara entre las páginas del libro, con el cabello desplegado como si fueran algas que flotan sobre la marea de la historia que me conduce a la deriva hacia un sueño profundo. Dejo caer la mano por el borde de la cama.

No, mejor no. Meto la mano bajo las mantas.

Escucho sus pasos en el pasillo. Abre la puerta.

—¿Lia?

*Lia no se encuentra disponible en este momento. Por favor, deje un mensaje después de oír la señal.*

me llamó treinta y tres veces.

—¿Lia? ¿Estás despierta?

Jennifer utiliza la típica voz de madre enfadada para decirle a Emma «por última vez, sube esas escaleras ahora mismo». La respuesta de Emma es tan silenciosa que apenas logro escucharla.

Papá se sienta en el borde de la cama. Me acaricia el pelo y me lo aparta del rostro. Se inclina hacia mí y me besa en la frente. Huele a sobras de comida y vino.

—¿Lia?

*Vete.* Lia necesita dormir durante cien años en una cajita de cristal cerrada con llave. Las personas que sepan dónde está escondida la llave morirán y, finalmente, ella podrá descansar.

Me levanta ligeramente la cabeza y aparta el libro. Entreabro perezosamente un ojo y le miro a través de las puntas de las pestañas. Dobla la esquina de la página para marcar dónde me he quedado y echa una ojeada a la contracubierta del libro. Sobre el cuello de la camisa, la piel parece saltar, la sangre fluye a toda velocidad para alimentar su gigantesco cerebro.

Mi padre es profesor de historia en la universidad, el Gran Experto sobre la Revolución norteamericana. Ha ganado un Pulitzer, el premio literario National Book Award y trabaja, además, como consultor en un programa de noticias de una televisión por cable. La Casa Blanca le invita a cenar tan asiduamente que incluso se ha comprado un esmoquin. Ha jugado squash con dos vicepresidentes y un secretario de defensa. Sabe cómo hemos llegado a ser tal y cómo somos hoy en día y hacia dónde nos dirigimos desde este punto de la historia. Mis profesores me dicen que debería sentirme orgullosa y afortunada de tener un padre así. Quizá si no detestara la historia, lo haría.

—¿Lia? Sé que estás despierta. Tenemos que hablar.

Dejo de respirar.

—Siento mucho lo de Cassie, cariño.

El cristal de mi alrededor se resquebraja. Cassie me llamó antes de morir. Llamó y llamó y llamó y esperó a que yo respondiera alguna llamada.

1 . 2 . 3 . 4 . 5 . 6 . 7 . 8 . 9 . 10 . 11 . 12 . 13 . 14 . 15 . 16 . 17 . 18 . 19 . 20 . 21 . 22 . 23 . 24 . 25 . 26 . 27 . 28 . 29 . 30 . 31 . 32 . 33 .

Mi padre pasa su mano sobre mi cabello otra vez.

—Gracias a Dios que estás a salvo.

Miles de grietas quiebran la superficie de la caja de cristal, como si un cuerpo inerte se hubiera desplomado desde el cielo y hubiera aterrizado sobre ella. Mi padre no escucha el impacto, no puede oler la sangre.

Respira profundamente y me da una palmadita en el hombro, cubierto por el edredón.

—Hablaremos más tarde —miente.

Nunca hablamos. Fingimos que pensamos en hablar y, de hecho, de vez en cuando mencionamos que uno de estos días deberíamos sentarnos y hablar definitivamente. Nunca pasará.

La cama cruje cuando él se levanta. Apaga la luz de la mesilla de noche y atraviesa la habitación con el tenue resplandor que desprende la galaxia de plástico del techo. El sonido metálico que produce el pestillo al rozar con el marco de la puerta me alivia.

Me doy la vuelta hacia la pared. Fragmentos de cristal se clavan en mi corazón porque Cassie está muerta y fría. Falleció en el motel Gateway y fue mi culpa. No fue por las revistas o las páginas de Internet, o por las chicas con lenguas afiladas del vestuario, o por los chicos que desean besarte en el cuello en la terraza trasera. No fue por sus entrenadores, ni directores, ni consejeros, ni los inventores de la talla S y XS. Ni siquiera fue por su padre o su madre.

yo no respondí al teléfono.

39

[0 1 0 . 0 0]

*... Cuando era una chica de verdad, mi mejor amiga se lla-*
*maba Cassandra Jane Parrish.* Se mudó aquí en el invierno de
tercer curso. Yo me senté con la barbilla apoyada en el alféizar
y observé el otro lado de la calle mientras su familia descar-
gaba la furgoneta de mudanzas. Un tipo transportaba una bicicleta para niños y una casita de muñecas de color rosa. Crucé
los dedos. La urbanización era relativamente nueva y, hasta el
momento, solo se habían construido los esqueletos de las casas
y los jardines no eran más que charcos de barro congelado. Me
moría de ganas de tener a alguien de mi edad con quien jugar.

Mi canguro me acompañó con una cafetera a conocer a los
nuevos vecinos. Su casa era idéntica a la nuestra, pero encarada
hacia el otro lado, y también desprendía el mismo olor a pintura y a alfombras nuevas. Su madre, la señora Parrish, parecía
tan mayor que podía confundirse con su abuela. Tenía los ojos
de color azul y apenas pestañeaba, como si estuviera continuamente sorprendida por todo lo que veía. La canguro me presentó y les habló a los nuevos vecinos de los absorbentes tra-
bajos de mis padres, que trabajaban un millón de horas al mes.
La señora Parrish llamó a su hija, que estaba en el piso de
arriba. Cassandra Jane gritó que no tenía intención de salir
nunca de su habitación.

—Sube, cielo —me dijo la señora Parrish—. Sé que quiere
una amiga.

Cassie estaba abriendo una caja repleta de libros. Al ponerse en pie me di cuenta de que era bastante más alta que yo.
Lucía una cabellera rubia y larga que formaba tirabuzones en
las puntas que le rozaban la espalda. Al principio no pronunció
palabra, ni siquiera me miró a los ojos, pero me permitió que
acariciara a su ratoncito, *Pinky.* Notaba su corazón palpitante
en las yemas de mis dedos.

Su habitación era del mismo tamaño y forma que la mía,
pero tenía mobiliario diferente: una cama con dosel decorado
con cortinas de lazo, la casita de muñecas con garabatos de rotulador negro, un espejo alto y estrecho apoyado en una esquina y una librería que no parecía lo suficientemente grande
para guarecer todos los libros guardados en las cajas de cartón.

Me mostró sus muñecas de época, su colección de caballitos de plástico y, lo mejor de todo, un verdadero cofre del tesoro que contenía rubíes, oro y un pedazo de cristal verde pulido por la marea oceánica nacido en las profundidades de un volcán.

Le conté que su cristal de mar venía del océano.

—Este es diferente —me explicó—. Es un «cristal de mirar», como si miraras con tus propios ojos. Si miras a través de él cuando las estrellas están correctamente alineadas puedes ver tu futuro.

—Oh —exclamé mientras alargaba la mano.

—Pero hoy no.

Cassie guardó el cristal de mirar en el cofre del tesoro y lo cerró. Me fijé dónde escondió la llave.

Nos sentamos con una caja entre las dos y empezamos a sacar libros de su interior. A medida que le entregaba libro tras libro, comparábamos nuestras colecciones y autores favoritos, después hablábamos de películas, programas de televisión y música que fingíamos escuchar, aunque era demasiado antigua para nuestra edad. Cuando la señora Parrish y mi canguro entraron en la habitación, Cassie me rodeó el hombro con su brazo.

—Es el destino —le dijo a su madre—. Estábamos predestinadas a ser amigas.

La señora Parrish esbozó una tierna sonrisa.

—Ya te dije que las cosas irían bien.

El padre de Cassie era nuestro nuevo director. Le contrataron cuando vivía lejos de la capital, después de que el antiguo director sufriera una embolia. Su madre se convirtió en la cabecilla de nuestro grupo de *Girl Scout*, se presentó como voluntaria para acompañar a jóvenes en sus viajes de estudios y era la costurera de los trajes de las obras de teatro del colegio. Invitó a mi madre varias veces para jugar a las cartas, para preparar álbumes de recortes para fiestas y también para entrar a formar parte de un club de lectura, pero mamá estaba demasiado ocupada trasplantando corazones. El señor Parrish no jugaba al squash; mi padre no practicaba golf, y eso fue todo.

Cassie era un poco temperamental, pero me acostumbré enseguida. Yo dormía en su casa casi todos los fines de semana, pero ella jamás se quedó en la mía. Nunca quería hablar sobre

41

su sonambulismo o las rabietas caprichosas que personificaba cada vez que su madre la reñía o su padre la obligaba a repetir sus tareas.

Una vez escuché a su madre hablando con mi canguro sobre algo horrible que había sucedido en su antiguo vecindario, algo relacionado con un chico. Le pregunté a Cassie sobre eso. Me contestó que estaba hiriendo sus sentimientos y que me odiaba y que ya no éramos amigas. Me senté en la escalerilla del porche con un ejemplar de *Una arruga en el tiempo* entre las manos y empecé a mordisquearme la punta de mi cola de caballo hasta que llegó una hora más tarde, como si nada hubiera ocurrido, y me invitó a montar en bici con ella.

Todas las tardes de verano nos quedábamos en mi casa del árbol para leer montones de libros que relataban búsquedas importantes y aventuras peligrosas. Yo fabricaba espadas con ramas y afilaba las puntas con un cuchillo para cortar carne que previamente había robado de la cocina. Cassie recogía bayas venenosas y cortaba rosas del jardín de su madre. Nos embadurnábamos la cara con las bayas y nos pinchábamos los dedos con las espinas de las rosas. Hacíamos juramentos sagrados para mantenernos fuertes y salvar el planeta y ser amigas para siempre.

Me enseñó a jugar al solitario. Yo le enseñé a jugar a corazones.

Durante la primavera de quinto curso, el hada de los pechos llegó con su varita mágica y señaló a Cassie, hechizándola. Se convirtió en la primera niña de nuestra clase que realmente necesitaba sujetador. Los niños la miraban fijamente y se reían por lo bajo. Las niñas brillantes, con lenguas de serpiente y dedos punzantes, murmuraban. Yo, en secreto, me alegraba de mantener mi pecho plano y seguir usando camiseta interior.

Los chicos pusieron a prueba sus comentarios lascivos y palabras crueles durante semanas. Cassie fingía no oírlos, pero yo sabía perfectamente que sí los oía. El asunto tocó fondo un viernes a la hora del almuerzo. Thatcher Greyson agarró la parte trasera del sujetador de Cassie y la soltó con tanta fuerza que todos escuchamos el chasquido. De repente, ella se giró, le empujó lanzándole al suelo, saltó sobre él y empezó a aporrearle. Cuando las ayudantes del comedor la apartaron de Thatcher, este ya tenía un ojo morado y sangraba por la nariz.

Thatcher fue directamente a la enfermería. A Cassie la enviaron al despacho de Parrish porque, en ese momento, era el director además de su padre. Este gritó de tal forma que podías escuchar los chillidos desde el pasillo. Después, expulsó a Thatcher y a su hija durante el resto del día. Los demás pasamos la tarde escribiendo una redacción sobre la tolerancia y la amabilidad. Esto molestó sobremanera a las niñas pijas, que se defendían diciendo que todo lo que había pasado era culpa de Cassie.

El lunes, las chicas empezaron a esparcir el rumor de que Cassie era una lesbiana tortillera y la expulsaron del grupo. Yo no sabía qué significaba «lesbiana tortillera», pero no sonaba bien. Mordisqueé la goma del lápiz y no le dirigí la palabra a Cassie durante todo el día. Se sentó sola a la hora del almuerzo el martes. Jugó sola en el recreo. En vez de tomar el autobús, su madre la pasó a recoger en coche.

El miércoles los niños canturreaban en voz baja una consigna: «tetas, melones, peras, domingas», siempre que el profesor no prestaba atención. Thatcher dibujó un retrato de Cassie con unos pechos del tamaño de dos sandías y lo pasó por toda la clase. Las niñas pijas se reían tontamente y se enroscaban el chicle alrededor de los dedos.

En la jerarquía social de quinto curso yo estaba más cerca de la cima que de la cola porque mis padres eran ricos y mi padre había conocido al presidente de los Estados Unidos. En el complejo matemático de educación primaria, yo equivalía a un número entero, no a una fracción.

Cassie y yo habíamos hecho un juramento sagrado con el jugo de bayas venenosas y sangre. No tenía elección. Tenía que salvarla.

A la hora del almuerzo, me senté junto a Cassie en el extremo de la mesa donde se sentaban todos los perdedores. Le regalé mis patatas fritas y, en voz alta para que todos me escucharan, comenté la excursión que estábamos planeando juntas a un museo de Boston. Las otras chicas nos observaban, con la lengua coleteando entre sus aparatos, saboreando su brillo de labios y el viento.

Durante el recreo me acerqué a Thatcher; yo, una niña elfo escuálida del mismo tamaño que un estudiante de se-

43

gundo curso enfrentándome a un futuro jugador de fútbol profesional.

—Te desafío a que me des un puñetazo.

—¿Tú? ¿Desafiarme a mí? —Se carcajeaba de tal forma que no era capaz de articular más palabras.

Le empujé.

—Te propongo un desafío doble. Si no tienes las narices de aceptarlo es que eres un imbécil —amenacé. Volví a empujarlo, esta vez con más fuerza—. Si lo haces, serás todavía más imbécil porque es más difícil encajar un puñetazo que darlo.

No tenía la menor idea de lo que estaba saliendo por mi boca.

Todo el mundo exclamó:

—Oooooooooooohhhhhhhh.

Y todos se colocaron en círculo a nuestro alrededor. Thatcher buscó a un profesor que le salvara. Cerré los ojos y crucé los dedos.

—Hazlo —le ordené.

Me golpeó con tal fuerza que me rompió el labio, y la muela de leche con la que había estado jugueteando porque se movía mucho salió disparada de mi boca. Pero antes de desmayarme tuve la lucidez de escupirle la sangre de la muela, que le manchó todo el rostro.

Las niñas pijas volvieron a cambiar de bando. Yo había dado una lección a Thatcher. Le había demostrado que las chicas mandábamos. Las niñas pijas me regalaron pulseras trenzadas con abalorios e hilos de colores, pero les advertí que no las aceptaría hasta que hicieran algunas también para Cassie. Invitaron a Cassie a volver a formar parte del grupo porque, en realidad, Thatcher no era más que un matón y había sido el culpable de todo.

Después de aquello, Cassie y yo *siempre le decíamos a la gente que éramos hermanas gemelas.*

… cadáver hallado en la habitación de un motel, sola…

El cuerpo sin vida de Cassandra Jane Parrish duerme en un gélido cajón plateado. Cavarán un agujero en el suelo para enterrarla el sábado.

¿Qué hay del resto de Cassie, de la verdadera Cassie?
Creo que vendrá aquí.

[0 1 1 . 0 0]

Emma se va a dormir, Jennifer se va a dormir y papá se va a dormir. Al otro lado de la ciudad, mi madre se queda despierta hasta tarde pero, finalmente, también se va a dormir.

No consigo conciliar el sueño. Los relámpagos me atraviesan el cerebro provocando cortocircuitos en mis cables. Tengo frío, después calor y después se me adormecen los dedos de las manos y los pies. Hay alguien al otro lado de la puerta de mi habitación. Puedo sentirlo. Pero… no. Todo el mundo está durmiendo. Todos están hechizados, sumidos en un sueño profundo.

La luna se cuela en mi habitación.

Espero.

Unas arañas salen de su cascarón, emergen desde mi ombligo, diminutas gotas peludas de color alquitrán con pies de bailarina. Pululan, entretejen un velo de seda, cien mil arácnidos zigzaguean unidos para bordar al unísono hasta cubrirme por completo en una mortaja que me resulta agradable.

Inspiro. La telaraña se queda pegada a mis labios. Tiene un sabor polvoriento que me recuerda las cortinas viejas.

El aroma a jengibre, clavo y azúcar quemado se concentra sobre mi cama, la fragancia de su jabón, de su champú, de su perfume. Está acercándose. Llegará en cualquier momento.

Dejo escapar el aire y todo empieza.

Unas vides recubiertas de espinas trepan por el suelo, chisporroteando como si de una hoguera se tratara. Unas rosas negras florecen bajo la luz de la luna, nacen muertas y quebradizas. La telaraña de mi rostro mantiene mis ojos abiertos, me obliga a contemplar cómo Cassie sale de entre las sombras. Las zarzas se enroscan alrededor de sus piernas, trepando por su cuerpo hasta alcanzar su cabello. Ahora está junto a la puerta; un segundo más tarde está a mi lado. La temperatura

45

de la habitación ha descendido veinte grados. Su voz resuena en mi cabeza.

—Lia —dice.

No soy capaz de musitar palabra. Las arañas se escabullen y saltan hacia sus brazos. Vuelan de un lado al otro, entretejiéndonos a las dos.

—Ven conmigo —propone—. Por favor.

La telaraña nos mantiene encerradas. Permanecemos en silencio, mirándonos fijamente, mientras la luna se desliza por el cielo y las estrellas se adormecen.


[0 1 2.00]

—¡Despierta, Lia! —vocea Emma mientras sacude mi hombro.

Refunfuño y me entierro en lo más profundo del cálido capullo.

—¡Despierta! —repite. Enciende la luz—. Vas a llegar tarde.

Abro los ojos y alzo la mano para protegerme de la luz eléctrica. Todavía tengo la ropa de ayer puesta. Todavía no ha salido el sol.

—¿Qué hora es?

—¿Qué hora va a ser? —se queja—. Las seis y media pasadas.

Mi habitación huele a ropa sucia y velas antiguas. No logro distinguir el olor a especias o azúcar quemado de hace unas horas. Hundo la cara en la almohada.

—Cinco minutos más.

—Mamá dice que tienes que levantarte ya —dice al mismo tiempo que me quita el edredón.

—¡Hey! ¡Hace frío!

—No grites. Mamá tiene migraña. He intentado levantarte amablemente, pero ni siquiera te has movido.

Balanceo las piernas en el borde de la cama y me siento. No hay telarañas a la vista, ni pétalos de rosa sobre la moqueta. Cassie está en el depósito de cadáveres, con un corte en la tripa y escurriéndose como un pez recién sacado del mar. No ha pasado nada.

Empiezo a tiritar, así que recojo el edredón del suelo y lo coloco alrededor de mis hombros.

—¿Dónde está mi padre?

—Es martes, boba. Día de squash.

*Mierda.* Martes.

—¿Dónde está Jennifer?

—Secándose el pelo. ¿Dónde vas?

Es martes.

Echo a correr escaleras abajo, hacia el lavadero, tan lejos de los oídos de Jennifer como soy capaz. Abro el grifo, me inclino sobre el fregadero y engullo agua hasta que mi tripa se convierte en un globo de agua. Navego sobre la corriente hacia la cocina, surco sin carga útil mientras las olas me salpican.

Cuando Jennifer baja con el pelo seco y la línea de los ojos poco definida pero recta, me estoy tomando mi primera taza de café. Solo, sin leche ni azúcar. Tengo el plato sucio de papá delante de mí para que parezca que he desayunado tostadas con mermelada.

—¿Migraña? —pregunto.

Asiente con la cabeza, hace una mueca de dolor e introduce una taza de agua en el microondas.

Mi no-hermana pequeña desliza sobre la mesa un diorama creado en una caja de zapatos que aterriza ante mí.

—Es un coliseo en Grecia —aclara—, donde torturaban a las personas para después entregárselas a los leones.

—Típico de una niña de primaria.

—No tiene gracia —riñe Jennifer—. Y es el Coliseo romano; en Roma, no en Grecia. Deja de tocarlo, Emma. El pegamento sigue húmedo.

El microondas emite un pitido. Saca la taza de agua, deja caer una bolsa de té que desprende un aroma cítrico, echa un vistazo al reloj y dice:

—Venga, Lia. Sube a cambiarte.

◆   ◆   ◆

*La segunda vez que me dejaron salir de ~~la cárcel New Se-asons~~ la clínica hacía tan solo seis meses* que me había divorciado de ~~mi madre~~ la doctora Marrigan y me había trasladado a jenniferlandia.

Después del *shock* que tal cosa supuso, a mi padre le gustó la idea. Sería un nuevo comienzo, dijo. Con una rutina previsible y alguien que sabía preparar algo de comida. Cada mañana de verano hacía el papel de hija buena y caminaba hasta la cocina arrastrando los pies para sentarme a la mesa a desayunar con mi padre (tal y como decían los documentos de alta de la clínica: «las comidas en familia deberían ser ligeras y agradables»). Él me sermoneaba con su última investigación sobre la aburridísima vida de un tipo muerto mientras yo ingería diminutos mordiscos de una tortilla de champiñones y una ridícula porción del panecillo de canela untado con mantequilla.

Los médicos le aconsejaron a papá comprar una báscula para el baño, que además medía la grasa corporal, y el indicador de peso era tan enorme que los kilos podían verse a metros de distancia. Era el modelo Blubber-O-Meter 3000. Jennifer tenía que hacer el trabajo sucio: pesarme solo con mi bata amarilla hecha jirones para asegurarnos de que me mantenía gorda. Durante los dos primeros meses medía mis pecados cada mañana y consultaba al médico para darle los resultados una vez a la semana. Aquellos números tan horrendos me hacían llorar.

La rutina de pesarme todos los días se convirtió en el hábito de pesarme cada dos días, *lo cual se convirtió en pesarme cada martes porque, en primer lugar, ninguna de las dos quería hacerlo.*

48

Me pongo la bata amarilla en mi habitación y me aseguro de que las monedas que cosí en los bolsillos pasen desapercibidas. Cuando llego al cuarto de baño, Jennifer está trazando de nuevo la línea negra de los ojos mirándose en el espejo. Subo a la báscula.

48,5 falsos kilos.

Escribe el número en la libretita verde que habita en el armario, junto a la pomada antibacterias, y ojea la libreta para observar las veinticuatro semanas de pesos humillantes.

—Esto es un cuarto de kilo menos que la semana pasada.

—Vaya, qué problemón.

—Umm.

Vuelve a deslizarla hacia el interior del botiquín. La tapa de la libreta empieza a desprenderse de la espiral de anillas.

Bajo de la báscula y cambio astutamente de tema.

—¿Puedo llevar a Emma a tomar un helado después de clase?

La bocastra se abre, pero no pronuncia palabra.

Emma tiene nueve años. Está regordeta. Regordeta, no robusta, ni rechoncha, ni gorda. Tiene huesos grandes, como su padre, dice ella, y estar regordeta es perfecto. Emma debería ser modelo; lo hemos oído millones de veces en los conciertos del colegio y en los campeonatos de fútbol. Representa la niña norteamericana típica, una muchacha llena de vitalidad con ojos de chocolate, como Lacasitos, y un cabello que brinca y se enrolla amorosamente alrededor de su tripita.

Jennifer cree que Emma está ~~gorda~~ regordeta, pero no tiene las agallas para decirlo en voz alta.

—Una bola —prometo— y en tarrina.

—Hoy no.

El carmín de su barra de labios se resbala por las comisuras de sus labios. Coge un pañuelo de la caja y se inclina hacia el espejo para reparar los daños. Es un espejo antiguo, así que la imagen proyectada siempre tiene unas pequeñas ondas que la distorsionan. A veces puede hacer que parezcas una princesa elegante atrapada en el tiempo; otras veces te hace parecer un cerdo.

Retiro la cortina del baño y abro el grifo. Jennifer se ensucia, se ensucia, se ensucia.

—Chloe llamó —anuncia—. Otra vez.

—¿Aquí?

—No. Al despacho de David.

Caliento aún más el agua. No me gusta la forma del nombre de mi madre en su boca.

—¿Has oído lo que te acabo de decir?

—Has dicho que mamá llamó a papá.

—Ayer me prometiste que la llamarías.

Me siento en el borde de la bañera y compruebo la temperatura del agua con los dedos.

49

—Lo siento. Me olvidé.

—No te preocupes por eso. Quiere que la visites este fin de semana, que paséis la noche juntas. Dice que ha llegado el momento de que volváis a intentarlo, en especial después del fallecimiento de Cassie. Está muy preocupada por ti.

—No.

El reflejo de Jennifer en el espejo me mira con el ceño fruncido. Todavía está aprendiendo a caminar por el campo lleno de minas subterráneas que hay entre ella y la mitológica Esposa Número Uno. Pero se merece una medalla por intentarlo.

Respira hondo.

—Creo que es una buena idea.

—Yo no.

—Vamos, Lia, deberías...

—Tú no deberías decir eso.

El vapor del agua ardiente emerge desde el grifo. Deseo con todas mis fuerzas desnudarme y dejarme hervir por el agua, pero si me ve desnuda se quedará alucinada, y si me meto en la ducha con la bata alucinará todavía más.

—La doctora Parker dice que no debo permitir que nadie me dé consejos.

—Lo siento —se disculpa mientras pasa la mano por el cristal para quitar el vaho—. Solo intento ayudar.

—Lo sé.

Cuando Jennifer se casó con mi padre yo no era más que una niña que les visitaba una vez al mes, que limpiaba la cocina sin que me lo mandaran y hacía de canguro de Emma gratis. Apostaría que Jennifer se arrepiente de no haber incluido una cláusula de rescisión en el contrato prematrimonial.

—¿Qué ha dicho papá? —pregunto.

—Que hablaría contigo.

El agua cae a borbotones, 19 litros por minuto. Jennifer se desvanece lentamente tras el muro de vapor.

—Ve solo una noche —me recomienda con una voz pegajosa, como si el carmín le recorriera la lengua—. Llega a la hora de cenar el sábado y vuelves a casa después de desayunar.

Abro la boca para pedirle que me acompañe al funeral, para rogarle que venga conmigo al velatorio mañana y que me ayude a decidir si debería llamar a los padres de Cassie o si eso solo empeoraría las cosas. Abro la boca, pero el vapor se arremolina en su interior y hierve las palabras hasta hacerlas desaparecer.

—¿Has dicho algo? —me pregunta.

—¿Vas a ir al supermercado hoy?

—¿Qué?

—¿Vas a ir al supermercado? Me he quedado sin tampones. —Una mentira absoluta, una maniobra de distracción brillante.

—Claro. Ya te compraré una caja. ¿Llamarás a Chloe?

—La llamaré esta tarde. Ahora, si no te importa...

Me pongo en pie y me desato el cinturón de la bata. Jennifer sale del cuarto de baño y deja la puerta entreabierta.

—Gracias, cielo. Se lo diré a David.


Me quedo mirando fijamente el vapor hasta que Jennifer llega al pie de la escalera.

—No me llames «cielo».

51

[013.00]

Cierro el grifo de la ducha. Las nubes quedan suspendidas en el aire. Las gotas de agua se escurren por la superficie del espejo, las paredes y las ventanas. Espero a escuchar el sonido mágico de la puerta del garaje al cerrarse y no me muevo ni un ápice mientras su coche recorre el camino de la entrada y despega hacia el colegio de Emma.


... *Después de que me redujeran la cantidad de pastillas verdes y píldoras naranjas* porque era una jovencita muy, pero que muy buena, la niebla se esfumó de mi cabeza y mi cerebro cambió al modo CONDUCIR. Me costó un poco acostumbrarme a mi nueva vida en jenniferlandia. Para empezar, siempre había gente pululando por casa. Jennifer tenía amigas. Papá hacía barbacoas. Emma les convencía siempre para que yo la cuidara, excepto las mañanas que yo asistía a la escuela de verano.

Mi padre (*cincuenta kilos, nena, ¡estás estupenda!*) me compró un coche (*tres años y ciento treinta mil kilómetros, pero con neumáticos nuevos y muy seguro*) para que pudiera llevar a Emma a la piscina, a los entrenamientos de fútbol y a casa de sus amigas. La realidad era que no tenía nada mejor que hacer ni otro lugar donde ir. Cassie me había abandonado. Mis otras amigas se habían esfumado mientras yo no prestaba atención. Papá me prometió un montón de viajes por carretera para hacerme sentir mejor. Íbamos a ver el amanecer a la playa, a escuchar la orquesta Boston Pops en directo, a conducir hasta Canadá para tomarnos una taza de café y dar media vuelta para regresar a casa. Era tan convincente que realmente, durante un tiempo, le creí. Pero entonces su editora se negó a retrasar la fecha de entrega de su libro y se vio obligado a asumir una sesión veraniega de clases, así que nunca fuimos a ninguna parte.

Mi coche me condujo a una tienda de suministros médicos donde compré una báscula digital mortalmente exacta. En esta no podría alterar los números, *a diferencia de la Blubber-O-Meter 3000...*

Saco la verdadera báscula de su escondite secreto, en mi armario, y la llevo hasta el cuarto de baño. El peso debe medirse sobre una superficie dura y firme. Suena el teléfono, un aparato en cada habitación de la casa, con un timbre de campanas navideñas. Salta el contestador automático.

Hago pis, otra vez, para deshacerme del agua de mi interior y me desnudo. Me pongo en pie: mido 1,64 metros, un poco menos que el año pasado, cuando era estudiante de primer curso en el instituto. Fue entonces cuando se me retiró el periodo. Fingía ser una adolescente sana y gorda. Ellos fingían ser mis padres. ~~Todo estaba bien~~.

Cierro los ojos.

Cuando subo a la báscula, Jennifer advierte a Emma sobre el helado.

Cuando subo a la báscula, Emma ha cogido miedo a la vainilla.

Cuando subo a la báscula, mamá está rasgando a un desconocido con el bisturí.

Cuando subo a la báscula, las sombras se acercan lentamente.

Cuando subo a la báscula, Cassie sueña.

Abro los ojos. 44,9 kilos. He alcanzado oficialmente el Objetivo Número Uno.

¡Ja!

Si los médicos se enteraran de esto encerrarían mi cuerpo en un tratamiento de inmediato. Habría consecuencias y repercusiones porque (una vez más) rompí las reglas que la Lia-de-talla-ideal debe cumplir. Supuestamente tengo que ser tan grande como ellos desean. Supuestamente tengo que repetir mis afirmaciones como si fueran conjuros para alejar las desagradables voces de mi cabeza. Supuestamente tengo que comprometerme a asistir a recuperación, como si fuera una monja que encierra su cuerpo y alma en un convento.

Están tarados. Este cuerpo tiene un metabolismo diferente. Este cuerpo odia arrastrar las cadenas que los médicos le imponen. ¿Prueba de ello? Con 44,9 kilos pienso con más claridad, tengo mejor aspecto y me siento más fuerte. Cuando logre el siguiente objetivo será todo eso, y más.

El Objetivo Número Dos es 43 kilos, el perfecto punto de equilibrio. Cuando alcance los 43 seré pura. Lo suficientemente ligera para caminar con la cabeza alta, lo suficientemente carnosa para engañar a todos.

Con 43 kilos tendré las fuerzas necesarias para no perder el control. Me apoyaré sobre el revestimiento de madera de mis zapatillas de ballet satinadas y unas cintas suaves y delicadas me rodearán las piernas y me elevarán hacia el cielo: mágico.

Cuando alcance los 40 kilos volaré como un pájaro. Ese el Objetivo Número Tres.

Cassie me observa escondida tras la cortina de la ducha.

—Ríndete —susurra.

+    +    +

**[0 1 4.00]**

Vuelvo a llegar tarde y, mientras pongo un pie en el umbral de la puerta principal fantaseando (¡44,9! ¡44,9! ¡44,9! ¡Mañana pesaré 44,5!), la luz roja parpadeante capta mi atención. El contestador automático no es mi problema; Jennifer ya lo escuchará cuando llegue.

Pero, ¿y si *es* precisamente ella que me pide que recoja a Emma después del colegio? O mi padre, que necesita algunos papeles que ha olvidado en casa. O Cassie...

Bueno, no. Cassie no.

Dejo caer mi mochila sobre el suelo, cruzo la cocina, que está a una temperatura helada, y pulso el botón PLAY.

—Um, ¿hola? Espero que este sea el número correcto.

Es la voz de un chico. Grave. No lo conozco.

Se aclara la garganta.

—Estoy buscando a alguien que se llama Lia. Eeeh... Lia, si esta es tu casa, en fin... si no es tu casa supongo que no escucharás este mensaje, ¿verdad?¿Podrías llamar al motel Gateway o pasarte por aquí si te queda cerca? Pregunta por mí, Elijah. Prometí a Cassie que...

El contestador corta su discurso.

Me abrigo con una sudadera gigantesca de papá porque no puedo dejar de temblar. Escucho el mensaje al menos una docena de veces hasta que finalmente decido telefonear a la enfermera del colegio para avisarle de que estoy teniendo un mal día y que voy de camino a una cita de urgencia con mi psiquiatra. Dice que se lo comunicará enseguida a dirección.

Cojo las llaves.

**[0 1 5.00]**

Paso de largo jardines atrapados entre vacaciones, algunos con pavos inflables sobre el césped, otros con muñecos de nieve falsos y la mayoría con coronas navideñas típicas de la clase alta norteamericana colgadas en la puerta principal. Todos los buzones de las mansiones tienen pegada una señal que indica que la casa está protegida con un sistema de seguridad. Este vecindario no es tan caro como en el que Cassie y yo crecimos, pero lo aparenta.

El coche me conduce hacia una carretera de circunvalación. Sé que me voy a perder. Siempre me pierdo. Debería haber impreso las indicaciones.

*¿Quién es este chico? ¿Cómo ha conseguido mi número? ¿Se trata de una estafa y debería llamar a la policía?*

Enciendo la calefacción. La primera salida me lleva hacia un conjunto de edificios de oficinas con aparcamientos medio vacíos. Doy marcha atrás hasta llegar a la salida 101. La siguiente conduce a la universidad y, con la suerte que tengo, me toparé con mi padre o con alguno de sus intrigantes estudiantes de posgrado.

Tercera salida: carretera River. Giro a la derecha. Los primeros edificios contienen tiendas de barrio y familiares: un salón de belleza, una tienda de saldos en rebajas, una cafetería, una tienda de colchones, un centro de kárate y un establecimiento de alquiler de mobiliario. En la lavandería, un chiquillo con una botella en la boca y sentado en una silla contempla el interior del tambor de la lavadora a través del cristal redondo. Sonríe y la botella se cae al suelo. Detrás de él, una mujer traslada la ropa de una bolsa de basura negra a una lavadora.

Sigo conduciendo a través de los bajos fondos de la ciudad hasta llegar a unos matorrales llenos de cedros y paso por una catedral que está precintada. Unos cinco kilómetros después pongo el intermitente, compruebo los retrovisores y giro hacia la izquierda, donde se alza el motel Gateway. Tengo sitio de sobra para aparcar.

El edificio me recuerda al diorama que Emma construyó en la caja de zapatos. Han agujereado las paredes cada dos pasos: gigantes agujeros para las ventanas y otros, mucho más estrechos, para las puertas. Las paredes de estuco, que empiezan a desconcharse, están manchadas de óxido por los canalones, que no paran de gotear. La recepción está en un extremo y una cartel de neón rojo parpadea en la ventana: HABITACI NES LIB ES.

Me apeo del coche, cierro con llave y me dirijo hacia la recepción esquivando un pájaro muerto medio desplumado.

[0 1 6.00]

Hace el mismo frío en el vestíbulo que en el exterior. La mesa de la recepción tiene un agujero del mismo tamaño de una bota. Tras ella se aposenta un anciano con gafas de cristal de botella y repeinado hacia atrás que, en este momento, lee el periódico. La diminuta televisión pegada a la pared muestra una imagen poco definida y no emite sonido alguno. Un teléfono público destrozado está colocado sobre una estantería que también almacena folletos turísticos desteñidos para el Parque del Lago Canobie, la Granja de Robert Frost y el Museo de Motonieves de New Hampshire. Hay una puerta con un cartel colgado de PRIVADO y otra en cuyo cartel leo SERVICIOS - SOLO CLIENTES.

No debería estar aquí. Debería estar en clase de trigonometría. No, de historia. Debería regresar al coche ahora mismo e ir al instituto, reduciendo la velocidad ante los pasos de peatones, frenando cuando el semáforo esté de color ámbar y obedeciendo todas las señales que marcan el límite de velocidad.

—¿Hola? —saluda el tipo alzando la cabeza. Me mira y entorna los ojos—. ¿Quieres una habitación?

Niego con la cabeza.

—No, señor.

—Bueno, ¿qué quieres entonces? —pregunta con la boca llena de alquitrán—. ¿Has venido a ver dónde murió?

No es la misma voz del contestador automático. Asiento ligeramente con la cabeza.

—Diez pavos por mirar.

Alarga la mano y dobla repetidamente los dedos hacia la palma. Saco la cartera.

—Solo tengo cinco.

—Con eso bastará.

Cuando le entrego el billete, exclama:

—¡Elijaaah!

Se abre la puerta de los servicios. El chico que sale aparenta tener un par de años más que yo y casi me saca una cabeza. El cabello negro y grueso le roza los hombros y lleva puestas unas gafas de pasta negra. Tiene la piel tan blanca como el azúcar y, bajo una barba poco poblada, su rostro se extiende como un campo de lava. Lleva unas botas con punta de acero, unos pantalones de trabajo negros y anchos y una sudadera con cremallera en el pecho con el logotipo del equipo de fútbol americana Patriots. Tiene la mirada del color del humo y se ha perfilado los ojos con lápiz negro. Un tapón de madera marrón decora el lóbulo de su oreja izquierda.

Ondea la llave inglesa y sonríe de forma burlona.

—¿Me has llamado, Barcodebabas?

Ésa es la voz.

—Quiere verla —explica el anciano metiéndose mi dinero en el bolsillo—. Muéstrasela.

La actitud de gallito se evapora de repente y su sonrisa se desvanece. Deja la llave inglesa sobre el mostrador y masculla:

—Sígueme.

Al salir, el anciano me grita:

—¡No robes nada! Todo es propiedad del motel.


A medida que caminamos dejamos atrás puertas metálicas con sus colgados números, 103, 105, 107. La 109 no tiene pomo. La 111 tiene unos garabatos negros de pintura en spray pero no logro distinguir qué dice.

El chico se detiene de forma inesperada delante de la habitación número 113. Lo hace tan repentinamente que choco contra su espalda.

—Lo siento.

—No pasa nada.

Descuelga una anilla muy pesada repleta de llaves de la presilla del cinturón al mismo tiempo que sacude negativamente la cabeza.

—¿Estás aquí por una apuesta?

—¿Perdona?

—Hace una hora vino un chiquillo —explica sin desviar la mirada del llavero, donde parece buscar una llave en concreto—. Sus amigos le habían desafiado. —Sujeta una llave entre el pulgar y el dedo índice, permitiendo así que las demás se reúnan en el anillo—. Quería ver si había sangre.

Una ráfaga de hojas marrones se escabullen entre nosotros. El viento me sopla el cabello, que ahora me cubre el rostro. Lo deslizo tras las orejas.

—¿Estabas aquí...?

Introduce la llave en el cerrojo, dándome así la espalda, y su voz se torna monótona, como la de un guía de museo.

—Tenía la noche libre. Fui a ver un partido de baloncesto a un bar en el centro de la ciudad y después a casa de un colega a jugar una partida de póquer. Gané 80 pavos. Tengo una buena coartada. —La puerta chirría cuando él la abre—. ¿Ya se sabe cómo murió?

Digo que no con la cabeza.

—Creo que no. —Vuelve a soplar una ráfaga de viento—. Solo espero que fuera rápido.

La habitación está sumida en una oscuridad absoluta. Me estremezco. Esta es la última puerta que cruzó Cassie. Entró viva a la habitación y salió de ella muerta.

No debería haber venido hasta aquí.

—¿Tienes un nombre? —me pregunta.

—¿Qué? ¿Yo? —Estoy temblando tanto que incluso me castañetean los dientes. No conozco a este chico y no tengo la menor idea de lo que tiene que contarme—. Sí, claro, soy Emma. ¿Y tú?

—Elijah.

Me rodeo el cuerpo con los brazos.

—¿Estaba triste cuando se registró en el motel?

Niega sacudiendo la cabeza.

—No la vi hasta que fue demasiado tarde. Yo vivo en la habitación 115. Cuando regresé de la partida de póquer encontré la puerta entreabierta y la luz encendida. Ella estaba allí.

Giro la cabeza y cierro fuertemente los ojos. Me duele todo el cuerpo, como si tuviera la gripe o el aire que se escurre de la habitación 113 me infectara con algo. El corazón golpea violentamente mi caja torácica, una vez tras otra, y la sangre empieza a escabullirse entre las grietas del suelo.

—Comprobé el pulso —continúa—. Llamé al 911.

—Para —murmuro.

Regurgita su masticada historieta para mí, otro cliente que ha pagado para darse un banquete del cadáver rubio. Te acercas directamente al circo, grabas un vídeo con tu teléfono móvil y cuelgas en tu blog una foto sangrienta. Aprietas la soga de alambre que tienes escondida bajo la clavícula.

Abro los ojos y doy media vuelta. Él está dentro, entre las sombras, palpando el tocador en busca del interruptor.

—He dicho que pares —grito—, no quiero ver nada más —confieso mientras, con las piernas temblorosas, empiezo a alejarme—. Tengo que irme.

—¡Ey! —exclama mientras sigue mis pasos—. ¡Vuelve!

Me detengo con la mano sobre la puerta del coche.

—¿Qué?

Viene corriendo hacía mí. Se detiene para evitar pisotear el pájaro muerto.

—Estoy buscando a alguien que se llama Lia. Quizá vaya al mismo instituto que tú.

—¿Por qué la buscas?

Cruza los brazos sobre el pecho y empieza a tiritar. Ahora el viento sopla desde el norte.

—Solo estoy intentando encontrarla.

El viento agita las plumas del pájaro a la vez que hace vibrar los huesos como si fueran dados.

—Lo siento —digo—. No me suena.

[0 1 7.0 0]

La sala del cine está completamente vacía. Solo estoy yo, en la última fila, y tres ~~canguros~~ madres con tres niños pesadísimos que se han acomodado en la primera fila. La luz del proyector atrapa una galaxia de motas de polvo que giran en espiral junto a las cáscaras de las palomitas de maíz. En la pantalla se aprecian unos dibujos animados, unos monstruos que cambian continuamente de aspecto y que luchan contra unos villanos. Es una sesión de tarde de animación japonesa barata.

Abro la bolsa de la droguería.

Dos de las ~~canguros~~ madres están charlando entre ellas mientras que la tercera está discutiendo con alguien al otro lado de la línea telefónica. Los niños saltan y brincan de asiento en asiento. Sobre ellos, los monstruos robot están arrasando una ciudad. Los héroes, con unos ojos grandiosos, se transforman en hombres zorro que disparan fuego de sus patas.

Saco la caja de cuchillas de afeitar de la bolsa.

::Estúpida/fea/estúpida/zorra/estúpida/gorda
estúpida/niña/estúpida/fracasada/estúpida/perdida::

Un monstruo robot de color púrpura lanza un camión contra un hombre zorro. Los altavoces vibran con el estruendo que provoca el choque del camión contra el suelo. Los niños de primera fila ni siquiera miran la película. Están peleándose por las palomitas y los caramelos y, además, lloriquean porque necesitan ir al baño.

Abro la caja y deslizo las cuchillas, que emiten un susurro melodioso.

Mi cuerpo entero era mi propio lienzo, cortes cálidos que relamen mis costillas, peldaños de una escalera que escalan por mis brazos, tallos de plantas asclepias que se enredan por mis muslos y me pinchan la piel. Cuando me trasladé a jenniferlandia mi padre impuso tan solo una condición. Una hija que se olvidaba de comer era algo malo, pero se trataba tan solo de una fase que ya había superado. Pero una hija que se abría la piel, que quería arrancársela a tiras para poder bailar, era algo simplemente enfermizo. Nada de cortes, Lia Marrigan Overbrook. No mientras vivas bajo el techo de papá. He incumplido el trato.

Los héroes zorro de la gran pantalla lanzan relámpagos por sus ojos. Cuando los monstruos los arrojan a las montañas, estos rechinan los dientes y gesticulan una mueca de dolor, pero siempre, siempre, se levantan, se recolocan su bufanda roja y se carcajean.

Toda la maldad hierve bajo mi piel mientras las mezquinas burbujas del refresco de jengibre luchan por respirar. Me desabrocho los pantalones, deslizo lentamente la cremallera. Me giro hacia la derecha y aparto la banda elástica de mi ropa interior. Mi cadera izquierda se arquea y cobra un resplandor azul bajo la luz de la película.

::Estúpida/fea/estúpida/zorra/estúpida/gorda
estúpida/niña/estúpida/fracasada/estúpida/perdida::

Marco tres líneas, *shh, shh, shh*, en mi piel. Los fantasmas se escabullen por los cortes.

Los personajes que cambian de aspecto se ponen una mochila de aviador y siguen a los monstruos hasta un asteroide. Una ~~canguro~~ madre arrastra a su hijo por el pasillo hacia el baño.

Coloco la hoja de la cuchilla en la caja, la caja en la bolsa y presiono los cortes húmedos con la mano hasta que aparecen los créditos en la pantalla. Justo antes de que enciendan las luces me llevo los dedos a la boca.

Mi propio sabor me recuerda a suciedad.

61

[018.00]

Después de un día propio de una pesadilla el coche me aleja del cine, de la droguería y del motel que tritura chicas hasta convertirlas en pedazos masticables. Repito el recorrido por la carretera, por las colinas, pasando de largo por las mismas casas de la urbanización Castle Pines y regreso a casa de mi padre, construida sobre las nubes.

Los tres están acomodados alrededor de la mesa de la sala de estar. El resplandor de las velas rebota al ritmo de la sinfonía de clavicordio que suena por los altavoces. La atmósfera está impregnada del olor de la cena: sobras de pavo, apestosas coles de Bruselas, ensalada, panecillos de cereales y patatas con queso fundido, el plato favorito de Emma. Una comida familiar para recordarnos que somos una familia. No somos un programa de *reality show* (todavía), ni desconocidos que comparten una casa y dividen los gastos comunes. No somos un motel.

Justo delante de Emma hay una silla vacía, ya que la mesa está servida para cuatro. En el puesto vacío hay un plato, servilleta de papel y un tenedor, cuchillo y cuchara de acero inoxidable. Mi madre se quedó con la cubertería de plata cuando mis padres se separaron. Se la había regalado la Yaya Marrigan, quien decía que la comida servida con utensilios baratos y de mala calidad cobraba un sabor metálico. Tenía toda la razón.

Papá alza la cabeza mientras de su tenedor pende un trozo de pavo.

—Llegas tarde, nena. Siéntate.

—Me he quedado después de clase para trabajar en un proyecto. ¿Puedo cenar en mi habitación? Tengo un montón de deberes.

Emma se balancea en la silla.

—Yo he hecho las patatas, Lia. Casi yo solita.

Jennifer asiente con la cabeza, dándole así la razón.

—Por favor, Lia. Hace mucho tiempo que no tenemos una cena agradable.

Mi estómago se tensa. No tengo espacio suficiente en mi interior para todo esto.

—He utilizado el pelador y un cuchillo —añade Emma. Emma se ríe con tanta intensidad que las gotas de cristal de la lámpara de araña vibran y repiquetean entre ellas—. Mamá las ha triturado.

—Qué estupendo —digo. Arrastro mi silla y me siento—. Si las has hecho tú, tienen que estar deliciosas.

Papá traga el pavo y me guiña un ojo.

—¿Me pasas la ensalada? —pido.

Me pasa la cazuela llena de salsa y sobras de pavo. Tengo que utilizar ambas manos para sostenerla porque pesa más que todo lo que hay encima de la mesa, con la mesa incluida y sumándole la araña y el armario hecho a medida que abarrota la colección de figuritas de cristal de Jennifer.

Dejo la cacerola junto a mi plato. El triángulo papá-Emma-Jennifer clava su mirada en mi mano cuando cojo el tenedor. Escojo una grasienta loncha de pavo asado, vierto unas cucharadas de salsa (250) y la dejo caer sobre mi plato. *Plaf*.

Le ofrezco la cazuela a Jennifer.

—¿Quieres otro trozo?

Deja el pavo en el medio de la mesa y conduce la conversación hacia los problemas de Emma con las divisiones largas.

Papá ni siquiera se molesta en ser discreto y no esconde que está mirando fijamente mi plato.

Tomo un panecillo de trigo (96) de la cesta y dos coles de Bruselas mantecosas (35), aunque las detesto. En jenniferlandia Yo Soy Un Ejemplo y tengo que probar, al menos, dos bocados de cada cosa. Dejo el pedazo de pan en el borde del plato y coloco las coles de Bruselas de forma equidistante. Me levanto para alcanzar las patatas con queso por encima y dejo caer una asquerosa cucharada naranja (70) junto a la rodaja de pavo.

El hecho que me sirva comida no significa que me la vaya a comer, o a tragar. Soy lo bastante fuerte para hacer esto ~~el aroma de las patatas es delicioso~~ mantenerme fuerte, vacía, vacía, ~~el aroma de las patatas~~ fuerte/vacía/fuerte/respira/finge/espera.

Relleno el espacio vacío del plato con ensalada, escogiendo más champiñones y apartando las olivas. Cinco champiñones = 25. Come cinco champiñones mágicos y bebe un gran vaso de agua y se hincharán en tu estómago como si fueran esponjas.

Fuerte/vacía/fuerte.

Jennifer le pregunta a Emma el resultado de 48 dividido por ocho. Emma da un mordisco a su panecillo. Papá asiente ante mi plato lleno y dice que le hará un examen después del postre.

—Todo profesor de historia sabe multiplicar y dividir, Emmaceta.

Extiendo la servilleta sobre mi regazo, corto el pavo en dos pedazos, después en cuatro, después en ocho y finalmente en 16 pedacitos. Troceo las coles de Bruselas en cuatro partes. Quito el queso de una rodaja de patata. La rodaja no me matará, pues las patatas no son causa de muerte, y la introduzco en la boca y mastico, mastico y mastico mientras sonrío sobre centímetros de mantel. Papá y Jennifer observan la división de alimentos de mi plato, pero no hacen comentario alguno sobre él. Hace unos meses, cuando me mudé aquí, esto se habría denominado «trastorno del comportamiento» y Jennifer se habría puesto a chillar como una histérica mientras papá giraría su anillo de casado alrededor del dedo anular. Ahora, esto forma parte de la categoría «batallas por las que no vale la pena luchar porque al menos está sentada a la mesa, cenando con nosotros, y su peso sigue estable y todavía no ha caído en terreno peligroso».

Dejo caer disimuladamente mi mano izquierda sobre mi regazo. La introduzco bajo la servilleta, bajo la cinturilla del pantalón y rozo las tres líneas cubiertas por costras. Con cada mordisco presiono los cortes con los dedos.

—Has hecho un gran trabajo, Emma —le digo—. Las patatas están buenísimas.

Mientras papá se queja sobre la noticia de que un catedrático de Chicago acaba de publicar un libro exactamente idéntico al que él está escribiendo, patino la comida hacia la posición de la una en punto, como si el plato fuera un reloj, después la deslizo hacia las dos y finalmente hacia las tres. Presiono la salsa espesa con las puntas de mi tenedor.

Jennifer le pide a Emma que divida ciento veintiuno entre once. Emma no es capaz.

Mastico cada bocado diez veces antes de tragar. Carne entre mis dientes, mastica diez veces; lechuga en mi boca, mastica, mastica, mastica, mastica, mastica, mastica, mastica, mastica, mastica, mastica, coles de Bruselas pasadas, champiñones, mastica, mastica, mastica. Sorbo un poco de leche y me mancho los labios de color blanco para demostrar que todo está en orden.

—¿Puedes calcular el resultado de cien dividido por diez? —pregunta Jennifer.

Una lágrima recorre la mejilla de Emma y salpica sus patatas con queso.

Papá deja de despotricar y levanta las manos.

—No llores, Emma. A Lia también le costó memorizar todas estas cosas, pero al final lo consiguió.

Ahora es cuando intervengo yo.

—¿Sabes quién me salvó? —pregunto—. Las calculadoras. Mientras tengas una calculadora, todo irá bien. Confía en mí, las matemáticas no merecen tus lágrimas.

Jennifer me dispara una mirada típica de madrastra, más afilada de lo habitual, y me sirve otro vaso de agua.

—¿No tenías un examen hoy?

Clavo otro diminuto trozo de patata con mi tenedor.

—Física. Pero lo han aplazado. Nadie entiende la velocidad de la luz. ¿Cómo va tu migraña?

—Como un rebaño de ganado corriendo en estampida en el interior de mi cabeza.

—Uh.

Emma intenta cortar una col de Bruselas con el tenedor, pero sale disparada del plato y rueda por la mesa hasta mi lugar. Jennifer gesticula una mueca de dolor cuando el tenedor chirría contra la vajilla. Lanzo la escurridiza col a Emma, quien la coge mientras se ríe tontamente y se seca las lágrimas con la manga.

Jennifer alarga la mano para arrebatarle la col a Emma y, sin querer, vuelca el vaso de leche. Emma se acobarda mientras la leche inunda su plato, empapa el mantel y empieza a gotear sobre la alfombra nueva.

Suena el teléfono. Jennifer se lleva las manos a la cabeza.

Papá se pone en pie.

—Deja que salte el contestador automático —aconseja—. Yo limpiaré este desastre.

Jennifer inspira profundamente y se dirige hacia la cocina.

—Detesto que la gente se pare a identificar de quién es la llamada. Ya lo cojo yo.

Papá seca el líquido desparramado, da una palmadita a Emma en la espalda y le dice que solo es un vaso de leche. Arrastro el panecillo y la mitad de la carne hacia mi servilleta, los envuelvo y la coloco sobre mis rodillas.

Jennifer viene con expresión seria.

—Es ella. —Le entrega el teléfono a papá.

Jennifer no es la razón del divorcio de mis padres. La causa se llamaba Amber y antes de ella Whitney y antes de ella Jill, y así unas cuantas más. Cuando finalmente mi madre le echó de casa, papá abrió una cuenta bancaria nueva en un banco nuevo. Jennifer trabajaba allí. Estaba tan locamente enamorado que iba al banco cada semana, haciendo preguntas estúpidas sobre préstamos de renta variable y planes de pensiones. Se casaron antes de que yo pudiera acostumbrarme al hecho de que mis padres realmente se habían divorciado.

Papá acepta el teléfono.

—¿Hola? Espera… Chloe, te estoy escuchando…

Jennifer frunce el ceño y sacude la cabeza.

Mi padre entiende el mensaje de inmediato.

—Estamos cenando —explica mientras sale del comedor con el teléfono a unos centímetros del oído—. Sí, todos. Lo lleva bien.

Cuando se aleja por el pasillo la música se detiene. El reproductor de CD emite un chasquido y cambia de disco: *El lago de los cisnes*, de Chaikovsky. Jennifer le pide a Emma que se limpie la barbilla, pues la tiene manchada de queso.

[019.00]

Media hora más tarde, papá le abre la puerta a mamá. Su voz resuena en el recibidor y me azota como vides espinosas. La última vez que la vi fue el 31 de agosto, el día en que cumplí 18 años. ~~No puedo verla verme ahora~~ fuerte/vacía/fuerte.

El fracaso de la relación con mi madre es la misma vieja historia que todos hemos oído un millón de veces. Nace una niña; la niña empieza a hablar y aprende a caminar; la niña pronuncia mal algunas palabras y se tropieza. Una y otra vez. La niña se olvida de comer, se pierde durante la adolescencia; la madre se lava las manos, se las friega con jabón quirúrgico durante tres minutos y se pone unos guantes antes de entregar a la niña a especialistas y decirles que experimenten a su voluntad. Cuando la niña sale de la clínica, la niña se rebela.

Mamá entra en la sala de estar y Jennifer desaparece, *¡puf!* Desoye todas las leyes físicas para evitar estar en la misma habitación que la primera esposa.

—¿Última ronda de visitas? —pregunta papá.

Mamá ignora el comentario y se acerca directamente hacia mí. Me besa en la mejilla y se distancia ligeramente para estudiarme con su visión escáner de rayos X.

—¿Cómo estás?

—Perfectamente —digo.

—Te he echado de menos. —Me da otro beso y siento sus labios fríos y agrietados. Cuando se sienta en la silla de Jennifer, se estremece. Cuando el tiempo cambia, sus rodillas se resienten.

—Pareces cansada —dice.

—Le dijo la sartén al cazo —contesto.

La doctora Chloe Marrigan lleva su cansancio como si fuera una armadura. Para ser la mejor tienes que darlo todo continuamente, y después tienes que dar algo más: trabajar cien horas a la semana, aplastar a pacientes y crear milagros de la misma forma que otros dan la vuelta a hamburguesas. Pero esta noche tiene peor aspecto del habitual. No recuerdo esas arrugas alrededor de su boca. Lleva su cabellera rubia recogida en una trenza tirante, pero unos mechones plateados destacan bajo la tenue luz de las velas. La piel de su rostro era tan firme como la superficie de un tambor, pero ahora se comba un poco en el cuello.

Papá intenta de nuevo entablar una conversación.

—¿Era una cirugía de urgencia?

Ella dice que sí con la cabeza.

—Cinco *by-pass*. El tipo estaba hecho un desastre.

—¿Se salvará? —pregunta papá.

Mamá deja su busca al lado del tenedor sucio que ha utilizado Jennifer.

—Lo dudo mucho.

Escudriña los tres trocitos de pavo que quedan en mi plato y las migas de pan que yo misma he esparcido a su alrededor.

—Lia está pálida. ¿Come?

—Por supuesto que sí —responde papá.

Siete frases suyas han bastado para cabrearme. Es un logro olímpico. Cierro el pico, me levanto, recojo mi plato y el de mi padre y salgo de la sala de estar.

Jennifer y Emma están a la mesa de la cocina, con una baraja de cartas entre ellas, así que el examen de divisiones puede continuar. Cargo el lavaplatos tan lentamente como puedo y le indico a Emma los resultados dibujando números en el aire, a espaldas de Jennifer.

Papá me llama desde el comedor.

—Lia, vuelve aquí, por favor.

—Buena suerte —dice Jennifer cuando salgo de la cocina.

—Gracias.


Pongo los cubiertos de plata de Emma sobre su plato, pero papá me interrumpe diciendo:

—No te preocupes por los platos. Tenemos que hablar.

Hablar = gritar + regañar + discutir + exigir.

La doctora Marrigan se sube las mangas de su jersey verde de cuello alto. Lleva las uñas cortas y bien limadas, sus dedos mágicos están conectados con sus manos que, a su vez, están conectadas con los antebrazos, rodeados por unos músculos y tendones de acero que se alargan por sus hombros, recorriendo el cuello hasta alcanzar su cerebro biónico. Tamborilea los dedos sobre la mesa.

—Siéntate, por favor —dice.

Me siento.

Papá: Tú madre está preocupada.

Mamá: Estoy más que preocupada.

Lia: ¿Por?

Papá: Ya le he dicho que te has tomado bien la noticia.

Lia: Tiene razón.

Mamá, sin rozar la espalda en el respaldo de la silla: Me aterra que el fallecimiento de Cassie pueda afectarte. Algunos estudios han demostrado que…

Lia: No soy una rata de laboratorio.

Mamá echa un rápido vistazo a la pantalla parpadeante de su busca con la esperanza de que se apague la luz.

Lia: Hacía meses que no nos hablábamos.

Mamá: Fuisteis muy buenas amigas durante nueve años. El hecho de no hablaros durante un par de meses no borra todo lo demás.

Lia mira fijamente una mancha en el mantel.

Papá: ¿Sabes cómo murió?

Mamá, cogiendo un panecillo de la cesta: Cindy me llamará mañana, cuando lleguen los resultados de la autopsia. Ya le dije que se los explicaría.

Papá: Apuesto a que hay drogas de por medio.

Mamá: Quizá, pero eso no es lo importante. Lo importante aquí es Lia.

Emma entra en la sala de estar para darnos las buenas noches, con los ojos hinchados. Papá le da un beso; la doctora Marrigan le dedica una sonrisa clínica. Le doy un fuerte abrazo y le susurro que las divisiones largas son un invento estúpido. Ella se ríe tontamente y me estrecha entre sus brazos. Después, sube las escaleras a toda prisa para darse un baño. Jennifer está de pie, de espaldas a la doctora Marrigan y a mí, y le hace a su marido preguntas estúpidas sobre la recogida de basuras del día siguiente y sobre sus calcetines en la secadora. Pequeños detalles hogareños para recordar a la Esposa Número Uno quién lleva el anillo de diamantes en esta casa.

Recojo las migas de pan que han quedado sobre el mantel y las vuelco en mi mano. Las drogas no mataron a Cassie, pero quizás un par de frascos de aspirinas sí. O quizá bebió vodka hasta adormilarse en un coma etílico. O quizá se cortó demasiado profundamente. O quizás alguien la asesinó, un tipo malvado que la siguió y le robó el bolso y vació su cuenta bancaria.

No, eso habría salido publicado en los periódicos.

Debería haberle preguntado a Elijah qué vio, qué dijo realmente la policía. Debería haberle revelado mi nombre. Pero no. En realidad, no sé quién es. ¿Y si mintió sobre tener una coartada? ¿Y si la policía cree que es un sospechoso? Además, ¿qué clase de chico vive en un asqueroso motel? Quizás Elijah solo forma parte de mi imaginación. Todo el día podría haber sido una pesadilla que me inventé porque admitir que había pasado todo el día metida en la cama era patético.

Lo dudo.

*¡Puf!* Jennifer se desvanece otra vez.

Mamá, cogiendo otro panecillo de la cesta: No puedo ir al velatorio porque tengo que trabajar. ¿Irás tú?

Papá: Quizá sea un poco incómodo. No he hablado con ellos desde hace años.

Lia: Iré yo.

Mamá: En absoluto. Ahora mismo estás emocionalmente débil. Yo daré el pésame por ti en el funeral, el sábado.

Lia: Pero tú misma acabas de reconocer que Cassie y yo fuimos muy amigas durante muchos años.

Papá: Tu madre tiene razón. Te afectará mucho.

Lia: No estoy afectada.

Mamá: No te creo. Quiero que visites a la doctora Parker con más frecuencia. Al menos una vez a la semana, o quizá más.

Lia, con voz suave: No. Es una pérdida de tiempo y de dinero.

Papá: ¿Qué quieres decir?

Lia: La doctora Parker alarga mi terapia para seguir cobrando.

Mamá, recogiendo las migajas del panecillo: Estás viva gracias a la doctora Parker.

Lia, sangrando por donde ellos no pueden ver: Deja de exagerar.

Mamá, lanzando las migas: Ya vuelve a adoptar esa postura en que no reconoce nada, David. ¿Por qué estás permitiendo que esto ocurra? No estás apoyándola en su recuperación, estás dejando que todo se vaya al garete.

Papá: ¿De qué estás hablando? La apoyamos al cien por cien, ¿verdad, Lia?

Mamá, con una mirada ácida: Tú le consientes demasiado, permites que sea ella quien tenga la sartén por el mango.

Papá, con tono más alto: ¿Acabas de decir que le consiento demasiado?

Se enzarzan en una pelea, los pasos de un baile marcados en su memoria muscular. Acerco un candelabro, recojo un poco de cera y la vierto sobre la llama azul.

*Mis padres se conocieron en una fiesta en pleno verano*, a orillas de un río al pie de las montañas. Papá estaba a punto de acabar su doctorado y conocía al tipo que organizaba la fiesta en la cabaña. Mamá, extrañamente, tenía la noche libre entre sus prácticas y su residencia médica. Ella y sus amigas estaban buscando una fiesta diferente y un lugar donde perderse.

Cuando era una chica de verdad, mis padres me abrazaban en el sofá y me contaban una versión de cuento de hadas de cómo se enamoraron:

*Érase una vez, a orillas de un lago púrpura tan profundo que no tenía fondo, un caballero se fijó en una doncella con una larga cabellera dorada que paseaba descalza por la arena. La dama escuchó el dulce cantar del caballero al compás de una guitarra que él mismo estaba tocando. El caprichoso destino había decidido cruzar sus caminos.*

*Remaron en una canoa hasta el centro del lago y se rieron. La luna fue testigo de lo hermosos que eran y lo enamorados que estaban y decidió entregarles un bebé. En ese instante, la canoa se agujereó y empezó a entrar agua y a hundirse en el lago. Tuvieron que remar con todas sus fuerzas, pero finalmente consiguieron llegar a la orilla antes de hundirse.*

*Llamaron al bebé Lia y vivieron felices y comieron perdices para siempre jamás.*

La piel de mi pulgar yace en la cúspide, entre la seguridad y las llamas.

La historia real no es tan poética. Mi madre se quedó embarazada. Papá se casó con ella. No se soportaban desde el momento en que yo nací. Eran dos personas escogidas al azar que se aparearon junto a unas aguas de color vino. Deberían haberme convertido en un pez, o en una flor, cuando tuvieron la oportunidad.

Mamá: Tiene un aspecto horrible. Quiero que vuelva a vivir conmigo hasta que se gradúe del instituto.

Papá, lanzando la servilleta sobre la mesa: Por el amor de Dios, Chloe...

Los dos discutirán eternamente.

Soplo la vela y la apago.

Emma me oye al subir las escaleras y me invita a ver una película con ella. Los tres cortes supuran, así que pongo unas tiritas sobre ellos. Me visto con el pijama rosa, para ir a juego con Emma, y me acurruco con ella bajo su edredón. Dispone todos sus animalitos de peluche a nuestro alrededor formando un círculo de modo que todos estamos mirando la televisión. Finalmente, Emma presiona el botón PLAY.

Cuando se duerme, cambio de canal una y otra vez, una y otra vez.

La doctora Marrigan se marcha una hora más tarde y ni se molesta en subir a desearme buenas noches, así que no se percata de que aún no he desempaquetado la mayoría de mis trastos ni ve lo buena hermana que puedo llegar a ser. La puerta principal se cierra con un *buuuuuuum* sordo que hace vibrar todos los cristales de las ventanas. El catedrático Overbrook echa el cerrojo y activa el sistema de seguridad. Apago la luz de la lámpara de princesita de Emma, que en este momento está durmiendo con la boca abierta.

Los fantasmas no se atreven a entrar aquí. Me quedo dormida con la cabeza apoyada en un elefante de tacto áspero.

[020.00]

—¡Despierta, Lia! —me grita Emma al oído—. ¡Vas a llegar tarde! Te vas a meter en un problema.

Estoy bajo el edredón desteñido de Emma, con la cabeza apoyada sobre el elefante. Su habitación huele a suavizante para la lavadora y a gato.

—¡No vuelvas a dormirte!

—¿Qué día es? —pregunto.

—Ya lo sabes —responde.

Hoy es miércoles, un día de ensueño.

Hoy, la clase de historia es una lección sobre el genocidio. Los últimos diez minutos vemos fotografías de niños polacos asesinados por los alemanes durante la Segunda Guerra Mundial. Un par de chicas lloran y los chicos que normalmente hacen comentarios sabiondos miran por las ventanas. Nuestro profesor de trigonometría está muy, pero que muy decepcionado por las notas de nuestros exámenes. ~~Nos echamos una siesta~~ Vemos otro vídeo en clase de física: *Introducción a la velocidad y la colisión*. Mi profesor de inglés se ha vuelto loco porque el gobierno exige que hagamos otro examen para poder evaluar nuestra capacidad lectora, ya que somos estudiantes de último curso y muy pronto tendremos que leer, o algo.

En mi coche me tomo un refresco *light* (0) + una lechuga (15) + 8 cucharadas de salsa (40) + un huevo blanco cocido (16) = almuerzo (71).

Dos minutos antes de que suene el timbre para liberarnos durante el resto del día, el altavoz me ordena que me reúna con la directora, la señora Rostoff, en la sala de juntas. La mayor parte del equipo de fútbol femenino está también allí, junto con las amigas de Cassie del elenco del teatro y un par de chicas del musical. Mira, mi compañera de estudio de español durante el segundo curso, me saluda con la mano al verme entrar. También estaba en nuestro grupo de Girl Scout cuando éramos pequeñas.

Estamos aquí para compartir nuestros sentimientos y hablar sobre el acto de recuerdo dedicado a Cassie, para que «su espíritu perdure para siempre». La sala está helada.

La señora Rostoff tiene un montón de cajas con pañuelos decoradas con gatitos alineadas en la mesa. Diez litros de refrescos de frutas adquiridos en una tienda de precios muy bajos junto con diminutos vasos de plástico forman un precioso dibujo al lado de una bandeja llena de galletas blancas y negras. La señora Rostoff cree en el poder curativo de los tentempiés. Ella me adora porque sabe perfectamente que soy un desastre, que estoy obligada a visitar a una psiquiatra en el mundo real y que tengo que ir a la misma universidad donde mi padre imparte clases, así que me informa en dos minutos.

Las chicas de teatro se apoderan del sofá aporreado y de la

alfombra sobre la que se aposenta. Las jugadoras del equipo de fútbol revolotean por la sala en busca de sillas. Yo me siento en el suelo, al lado de la puerta, con la espalda apoyada sobre el radiador de la calefacción.

Mientras esperamos a las más rezagadas, el equipo de fútbol aprovecha para protestar por el hecho de no disponer del tiempo suficiente de la sala de pesas y las chicas de teatro se quejan de la nueva directora, una *prima donna* que ha confundido el instituto con Broadway. Me comparo con ellas; no sé interpretar un papel ni jugar al fútbol y la mayoría de ellas sacan mejores notas que yo. Pero yo soy la chica más delgada de la sala, sin duda.

Se produce un silencio incómodo tras las quejas y la sala se queda muda. Alguien se tira un pedo. La temperatura aumenta.

No sé cómo lo hacen. No sé cómo alguien es capaz de hacerlo; levantarse por la mañana, desayunar y apearse del autobús para formar parte de una línea de montaje, donde los profesores le inyectan información de la Asignatura A y la Asignatura B y le obligan a hacer todo tipo de exámenes. Nuestros padres nos facilitan una lista de ingredientes y nos recuerdan que debemos hacer elecciones saludables: un deporte, dos actividades extraescolares, un objetivo artístico, servicios comunitarios, ninguna nota por debajo del 7, porque nadie, absolutamente nadie, es normal y corriente aquí. Es un baile con un complicado juego de pies y un tempo cambiante.

Yo soy la chica que se tropieza sobre la pista de baile y no es capaz de encontrar la salida de emergencia. Todas las miradas se clavan en mí.

La señora Rostoff comprueba la hora en su reloj. Al parecer, el reloj de la pared no marca la hora exacta.

—Está bien, chicas.

Una chica de teatro alza la mano (Índice de Masa Corporal 20, quizá 19,5.) Lleva las zapatillas de deporte garabateadas, una con un tablero de ajedrez diminuto pintado con mil colores y la otra con emoticones de caras contentas de color amarillo que se alternan con calaveras negras.

—Señora Rostoff, ¿podemos guardar un minuto de silencio?

La señora Rostoff hace sus cálculos mentalmente. ¿Vuestros padres acudirán a la junta escolar si permito un ritual religioso en mi oficina? ¿O se pondrán furiosos si os privo de la libertad de expresión religiosa?

—¿Todas estáis interesadas en hacerlo?

Asentimos y los hilos que mantienen nuestras cabezas unidas se tensan.

—De acuerdo, entonces. —Vuelve a comprobar la hora en su reloj—. Guardemos un minuto de silencio en honor a Cassie.

Las chicas de teatro y de fútbol inclinan ligeramente las cabezas. Yo las imito. Se supone que tengo que rezar, o eso creo. Nunca sé qué tengo que hacer durante los minutos de silencio. Son tan... silenciosos. Vacíos.

Alguien se sorbe la nariz y extrae un pañuelo de la caja. Yo echo un vistazo entreabriendo los ojos. Mira tiene los ojos completamente cerrados y mueve los labios. Una chica que nunca antes había visto se seca las lágrimas con un pañuelo sucio que guarda en su bolsillo. Una jugadora de fútbol saca su teléfono móvil para leer un mensaje de texto. La señora Rostoff se acaricia sus uñas postizas con el pulgar y, una vez más, comprueba la hora en su reloj.

—Gracias a todas.

~~Proclama las normas~~ establece los parámetros de nuestro debate. No hablaremos de cómo murió Cassie, ni de la causa ni el lugar de su fallecimiento, y mucho menos comentaremos la posibilidad de que alguien de nosotras podría haber hecho algo para detenerla o, al menos, para advertirla. Estamos aquí para celebrar su vida, no su muerte.

treinta y tres llamadas.

La señora Rostoff ha decidido que el anuario contenga una página de recuerdo dedicada a Cassie. Además, ha escrito un obituario que se publicará en el periódico del instituto. El equipo de fútbol afirma que dedicará el resto de partidos de la temporada —faltan dos semanas para que acabe— a Cassie. Las chicas de teatro quieren reservar unos minutos antes de que empiece el musical, cuando las luces de la sala se apaguen y el escenario esté completamente a oscuras, para iluminar una rosa en un jarrón en el centro del escenario mientras el coro canta *Sublime Gracia* y entonces la estrella de la obra leerá un poema sobre la tragedia de una muerte tan temprana.

Al final, la idea queda reducida a la rosa con el foco durante un minuto y una pequeña mención en el tríptico de la obra.

—¿Y tú, Lia? —pregunta Mira mientras se inclina hacia delante para verme con más claridad—. ¿Quieres hacer algo especial? Vosotras dos estabais muy unidas.

Lo estábamos.

—Todas estas ideas son fantásticas —articulan mis labios—, pero creo que la señora Rostoff debería hablar con los padres de Cassie y pedirles su opinión.

Un desvío perfecto. La orientadora nos habla sobre la pérdida para la familia y de cómo podemos mostrarles nuestro apoyo. Nos da una charla acerca de cómo tenemos que apoyarnos las unas a las otras y nos dice que su puerta siempre estará abierta y la caja de pañuelos siempre llena. Antes de irnos, la capitana del equipo de fútbol le recuerda a su cuadrilla que tienen que llevar el uniforme en el velatorio de esta noche. Mira anuncia que todo el elenco de teatro irá vestido de negro riguroso.

[021.00]

Llevo unos leotardos color azul marino bajo un par de tejanos desteñidos y holgados, una camiseta interior larga, otra camiseta de cuello alto, una sudadera con capucha que le robé a mi padre de su armario y mi chaqueta, con una sorpresa para Cassie enterrada en lo más profundo de mi bolsillo izquierdo. Y unas manoplas. No es la vestimenta adecuada para asistir a un velatorio.

Le digo a Jennifer que no cenaré en casa porque tengo que quedarme en la biblioteca para hacer una investigación y para ello debo consultar fuentes primarias, lo que significa que tengo que utilizar un libro de verdad que, probablemente, hayan tocado cien mil desconocidos portadores de Dios sabe qué virus mutante.

Es una mentira tan ridícula que estoy segura que me pillará y me reñirá por ella, pero está demasiado ocupada ayudando a Emma a construir un templo griego con pasta de papel.

Aparco el coche en la biblioteca. Corro hacia los dos edificios de la iglesia con la cabeza gacha y el cabello tapándome el rostro. El sol se puso hace una hora. Sopla un aire frío que a su rastro deja el inconfundible aroma a hojas quemadas y cosas muertas apiladas sobre una hoguera. Las decoraciones navideñas, de color rojo y verde, cuelgan en las farolas y decoran todas las tiendas.

Puedo sentir las sombras escabulléndose desde la oscuridad, acercándose hacia mí.


*La última vez que me encerraron, el psiquiatra del hospital* me hizo dibujar la silueta de mi cuerpo a tamaño real. Escogí un rotulador de punta gruesa del mismo color que la piel de un elefante o la acera húmeda por la lluvia. Él desenrolló un papel sobre el suelo, un papel de carnicería que se arrugó cuando yo me apoyé en él. Quería dibujar mis muslos, cada uno del tamaño de un sofá, sobre su alfombra. Los michelines de mi trasero y mi barriga se desplomarían sobre el suelo y estallarían salpicando las paredes; mis tetas, un par de pelotas de playa; mis brazos, dos churros de masa de galleta que rezumarían por las costuras.

El médico se habría horrorizado. Todo su esfuerzo, su trabajo, al garete gracias a unas curvas interminables trazadas con un rotulador gris. Habría llamado a mis padres y yo habría asistido todavía a más consultas (carreras de obstáculos y miles de dólares invertidos en un seguro médico esfumándose poco a poco). Además, habría ajustado mis medicinas otra vez, una pastilla para aumentar mi autoestima, otra para disminuir mi locura.

Así que dibujé una fantasmagórica versión de mí misma, una fracción de mi tamaño real, el número de dedos exacto, una tripita, unos pendientes bonitos y el cabello recogido en una cola de caballo.

Cogió otra hoja de papel larga del rollo y me obligó a tumbarme sobre el papel para que él pudiera dibujar mi silueta real. El rotulador rozaba mis huesos estrechamente y me estremecí. No se atrevió a acercarse a las zonas íntimas. No especuló sobre el tamaño ni el estado de mis órganos interiores.

Ojeé una revista que estaba sobre la mesa mientras él colgaba los dibujos en la pared. Era una revista provocadora, estratégicamente colocada para echar chispas al aire, que enseguida podría incendiarse y quemar la locura de ~~su paciencia~~ sus pacientes.

Incluso las personas más horrendas de la revista eran hermosas.

—Mira hacia aquí —dijo—. ¿Qué diferencias ves, Lia?

¿La verdad? Los dos eran fantasmas espantosos y cerosos sobre papel de carnicería. Pero sabía perfectamente qué quería escuchar. No soportaba verme enferma. Nadie lo soporta. Solo quieren oír que te estás curando, que te estás recuperando y que estás mejorando día tras día. Si, en cambio, ven que sigues enferma, dejan de malgastar su tiempo contigo y te olvidan.

—¿Lia? —repitió.

Los $$$$ estaban esfumándose.

Recité mis versos: «El dibujo que yo he hecho está hinchado y no es realista. Supongo que tengo que trabajar más en la percepción de mí misma».

Él sonrió.

No me cabía la menor duda de que mis ojos se habían roto hacía tiempo. Pero ese día *empezó a preocuparme que la gente responsable tampoco fuera capaz de ver.*

Me detengo ante la floristería. En el segundo piso del edificio, los focos iluminan mi antiguo centro de danza. Pasé toda una eternidad contemplando mi reflejo en esos espejos. Flexionaba los músculos y saltaba, hacía una elegante reverencia y recorría el escenario; un copo de azúcar, un cisne, una doncella, una muñequita. Después de los ensayos robaba el libro de anatomía de mi madre y, frente al espejo, completamente desnuda, trazaba los músculos que nadaban bajo mi piel, buscando el punto donde se convertían en tendones resistentes que se anclaban en los huesos.

La chica que se refleja en el cristal de la ventana muestra

unas flores de Navidad que brotan de su tripa y cabeza. Tiene la forma de una salchicha que se aguanta en pie gracias a sus piernas, dos palos de escoba, y luce unos brazos construidos a partir de ramitas. Han borrado su rostro con una goma. Sé que soy yo, pero no soy yo, en realidad. No sé cómo soy, ni qué apariencia tengo. No recuerdo cómo se mira.

Unos rostros grisáceos se agolpan alrededor de las hojas rojas de la flor de Navidad. Los fantasmas quieren saborearme. Sus manos salen como serpientes hambrientas, con los dedos extendidos. Camino deprisa, alejándome de esas sombras pegajosas. Cuando paso por debajo de una farola, la bombilla estalla y distingo el aroma a azúcar quemado. Es ella. *Es ella.*

Echo a correr por la calle que conduce al velatorio, un paso por delante de los anzuelos de hierro que ella me arroja.

[022.00]

La fila de personas que esperan a contemplar el cuerpo vacío serpentea desde la puerta principal de la iglesia hasta los peldaños construidos sobre la acera. Los acordes sombríos del órgano se deslizan por la oscura noche, convirtiendo nuestros zapatos en bloques de cemento y desgarrando nuestros rostros hasta que parezcamos árboles mustios que pierden hojas negruzcas.

Todos hemos estado aquí antes. En quinto curso fue Jimmy Myers, leucemia. Tres años más tarde Madison Ellerson y sus padres murieron en una colisión múltiple durante una ventisca. El año pasado fue un chico del equipo de tenis; no se puso el cinturón de seguridad y el coche no tenía airbag. Cuando el coche chocó contra un camión, el chico salió propulsado por el parabrisas formando un arco perfecto hasta que aterrizó, enredado y clavado, entre las ramas de un pino. La cola para asistir a su velatorio rodeaba todo el edificio.

Cruzo el umbral de la puerta principal y me golpea el zumbido de la gente que habla pero sin intención de que les escuchen. Los padres se desabrochan los abrigos y los doblan de forma extraña sobre sus brazos. Los chicos, con las mejillas cubiertas de sudor, se apoyan en las paredes, con las manos en los bolsillos y las corbatas aflojadas. Las chicas se tambalean sobre sus tacones de aguja y dan gracias a Dios de no ser ellas las que están dentro del precioso ataúd que tienen delante.

Me dejo la chaqueta puesta, pero bajo la cremallera. Por primera vez desde hace mucho tiempo tengo casi calor. Las velas de plástico con bombillas anaranjadas parpadean junto a los ventanales oscuros. La fila avanza con paso firme, como si estuviéramos haciendo cola para entrar a un concierto o a un partido de fútbol. Cuando las jugadoras del equipo de fútbol pasan junto al féretro, la capitana entrega una pelota del equipo firmada por todas ellas al padre de Cassie. Este, a su vez, se la entrega a un tipo que va vestido de negro que coloca la ofrenda junto al cadáver, con sumo cuidado, para que no se despierte.

Nadie quiere que los muertos se despierten.

Cuanto más me acerco al ataúd, más calor hace. Unos pétalos de crisantemo con las puntas marrones se desploman de las coronas que están colgadas sobre unos postes metálicos. Yo también me estoy marchitando y mi cabeza está repleta de clavos oxidados. No debería haberme puesto tejanos. *Imbécil.*

Hay un agujero entre el chico que tengo enfrente y yo, un espacio lo bastante grande para que quepan cuatro personas. Una señora detrás de mí sisea:

—Camina.

De repente, la organista deja de tocar. La gente se detiene y murmura entre dientes. La organista alarga el brazo para alcanzar algo y un montón de libros se desploma al suelo, provocando un eco que atraviesa el mármol como un disparo. La gente se sobresalta.

Ahora puedo ver el pie del ataúd. La pelota de fútbol está junto a una camiseta negra doblada de las chicas de teatro. Los pies de Cassie están escondidos bajo una sábana de terciopelo blanco, con los dedos apuntando hacia arriba. Espero que le hayan puesto unas pantuflas bien calientes y unos calcetines cómodos. Confío en que no le hayan quitado el anillo que lleva en un dedo del pie.

Se reanuda la melodía musical, un acorde largo y tembloroso.

El chico que camina delante de mí se acerca a los padres de Cassie. Su madre solloza y él la abraza cariñosamente. Es un tío de Cassie, el más divertido de todos, el que nos enseñó a hacer esquí acuático. También está llorando. Son las únicas dos personas en esta iglesia caliente, abarrotada y repleta de pétalos marchitos, lo bastante fuertes para decir en voz alta lo que se les pasa por la cabeza.

Ha llegado mi turno para observarla. Mi turno para profanar a los muertos.

La Bella Durmiente lleva un vestido azul cielo de cuello alto y de manga larga. Su cabello parece una peluca de muñeca demasiado peinada, teñida de amarillo con mechas rojas un tanto desvaídas. No luce pendientes ni tampoco su collar con el cascabel de plata, pero le han puesto el anillo de clase. La marca del piercing en la nariz y las cicatrices del acné están escondidas bajo una capa de maquillaje. Han utilizado una tonalidad demasiado pálida, no han acertado.

Me muero de ganas de quitarle el vestido y comprobar si le han rajado el vientre. Quiero mirar en su interior. A ella también le gustaría, porque siempre hablábamos de eso, de las criaturas con alas afiladas y antenas que se esconden en nuestras entrañas y nos asestan golpes que nos mandan directas al baño. En el caso de Cassie, al váter para que pudiera vomitar y deshacerse de todo; en mi caso, al espejo para que la chica reflejada me mantuviera fuerte como el acero.

Deberían haber colocado sus agujas de bordar y las lanas en el ataúd, junto a ella, para que tuviera algo que hacer durante la Eternidad. Alguna obra de Gaiman, Tolkien o Butler, algunos tabloides, caramelos de menta y no de clorofila, sus cintas de natación y algunas insignias de las Girl Scout o incluso algún cartel de las obras de teatro que había interpretado. Apostaría a que le hubiera gustado tener una caja de cereales para mascar: comida cómoda para el viaje.

Su madre solloza tan fuerte que el órgano apenas se oye.

Introduzco la mano en el bolsillo de mi chaqueta y saco el diminuto cristal verde de mirar, nacido en las profundidades de un volcán, capaz de mostrarte el futuro. Se lo robé a Cassie cuando tenía nueve años, pero nunca logré que funcionara, cualquiera que fuese la alineación de las estrellas.

81

+ + +

Deslizo el cristal mágico en su mano gélida.

Los dedos de Cassie se enroscan para atraparlo.

Mi corazón deja de latir durante unos instantes.

Aprieta el disco verde y lo estrecha con fuerza, y entonces parpadea… una vez, dos veces… hasta que abre los ojos de par en par y me clava la mirada. Alarga el brazo y se acaricia el pelo, que brota de su cabeza como la pelusa de un diente de león. Algunos mechones ascienden hacia los candelabros que sujetan velas de verdad y se encienden como bengalas.

No puedo respirar.

Cassie se incorpora lentamente. Se lleva el cristal mágico hacia su mirada azul, mira a través de él y empieza a reírse, un sonido sucio y débil que solo se escucha a las dos o tres de la madrugada. Se mete el cristal en la boca y se lo traga. Se limpia la boca con la mano y se mancha los dedos con cera y sangre.

Frunce el ceño y abre la boca…

82

… no. No está sentada aquí. No está aquí en absoluto. No hay sangre, ni humo de cabello de muñeca ardiendo sobre las llamas de las velas.

Parpadeo. Ha desaparecido del ataúd. La pelota de fútbol se desliza escaleras abajo. Sus pies no están ahí para detenerla.

Parpadeo.

Sigue desaparecida. El vestido de terciopelo blanco está tirado a un lado, como si no hubiera oído el despertador y fuera a llegar muy tarde al instituto y su padre se hubiera llevado el coche y tuviera que venir conmigo, en el mío, lo cual me da un poco de miedo.

La música del órgano se esparce e inunda la iglesia.

La cola de personas que se alinea tras de mí murmura. La gente tiene cosas que hacer, sitios donde acudir y el nuevo episodio de la serie de moda empieza en media hora. Por si fuera poco, son tan corteses y educados que ni tan siquiera se han fijado en que el ataúd está vacío. El tío divertido se está abrochando el abrigo. El espacio que se crea frente a los padres de Cassie está esperándome.

Una mano se posa sobre mi hombro y un chico me susurra al oído:

—Tranquila. Venga. Estoy justo detrás de ti.

Me tropiezo, después avanzo arrastrando los pies, con la mirada clavada en el suelo. Después la desvío hacia su madre. La señora Parrish me estrecha entre sus brazos sin musitar palabra y después posa sus manos sobre mis hombros. Yo le doy unas palmaditas en la espalda. El señor Parrish le estrecha la mano al chico que iba detrás de mí y le dice algo que no logro escuchar porque la madre de Cassie tiene tanta fuerza que me arrastra hasta el agua bendita del santuario y me empuja hacia las baldosas de mármol. Quiere que nos sumerjamos en la oscuridad del sótano, lleno de bichos y mugriento, donde Cassie tiene una sala de espera, de forma que las tres podamos convertirnos en bichos-bola y esperemos hasta la primavera.

La mano vuelve a rozarme. El señor Parrish me ayuda a levantarme del suelo y aparta a su esposa de mi vera. Me besa intensamente en la frente, pero no encuentra palabras que decirme.

—Sentimos mucho su pérdida —dice el joven Elijah de ojos grisáceos, que me agarra firmemente de la mano—. No hay palabras.

Me dirige hacia la marea que sale a borbotones por la puerta principal. Avanzo a trompicones, así que me sujeta del brazo para evitar que me caiga.

83

[023.00]

—Bébete esto.

Elijah me ofrece un gigantesco tazón de chocolate caliente. No recuerdo haberlo pedido. No recuerdo haber entrado aquí.

—Vamos.

Utilizo ambas manos para coger el tazón y tomo un sorbo. Me quema los labios, la lengua y mi garganta rosa. Me está bien empleado. Las manos me tiemblan mientras sostengo el tazón, así que lo poso sobre la mesa y vierto algo de chocolate. Él coge unas cuantas servilletas para limpiar el líquido que yo he derramado.

Conozco este lugar, he estado antes aquí. Es el restaurante vegetariano situado a un par de manzanas de la iglesia, ese lugar con música *chill out*, panecillos de marihuana y peticiones junto a la caja registradora.

—¿Cómo estás, Emma? —pregunta.

Tardo un minuto eterno en caer en la cuenta de que está hablando conmigo. Todavía no le he confesado quién soy porque me resulta más sencillo mentir. Debería decir: «Mucho mejor, gracias, ¿y tú?», con la típica sonrisa de niña buena, pero estoy demasiado cansada.

Desliza el servilletero metálico hacia el otro extremo de la mesa.

—Ver un muerto puede ser algo muy raro.

Mantengo los dedos sobre el vapor que emerge del tazón y observo cómo el cocinero serpentea entre la parrilla, la tostadora y la batidora. Cassie está sentada en cada una de las sillas, riendo, masticando, señalando los platos recomendados del menú.

—No está en el ataúd —digo repentinamente.

Se estremece durante un segundo sin apartar la mirada de la mía. Tiene el cabello recién lavado y recogido en una coleta. La dilatación de madera del lóbulo ha desaparecido y, en su lugar, distingo un círculo de hueso que convierte el lóbulo en una ventana redonda junto a su mandíbula. Lleva una camisa de botones deslucida junto con una corbata negra y tristona. Tiene las manos limpias. Se ha afeitado, o al menos lo ha intentado.

—Lo sé —asiente—. Es solo su caparazón, no su alma.

Sacudo la cabeza.

—No me refería a eso. Se ha sentado en el interior del ataúd y después ha desaparecido. ¿No te has dado cuenta?

Acomoda sus manos sobre las mías y se inclina ligeramente hacia delante. Son tan cálidas que incluso deberían brillar.

—Hazme un favor —murmura—, toma un sorbo, cierra los ojos y respira profundamente.

—Menuda tontería.

Esboza una tierna sonrisa y asiente.

—Sí, ya lo sé. Pero hazlo igualmente.

Mis manos alzan el tazón hacia mis labios otra vez. Unas sábanas de terciopelo blanco me envuelven. Los cálculos truenan en mi ábaco: 340 gramos de chocolate caliente = 400, pero estoy congelándome. Necesito ~~beberme de un trago el chocolate y pedir otro~~ tomar solo un sorbo e ignorar el sabor.

Así que tomo un sorbo, poso la taza sobre la mesa sin derramar una sola gota y cierro los ojos. Respira profundamente, me ha dicho. Inspiro y huelo a crêpes y patatas fritas. Estos aromas me enervan.

—Sigue respirando —me ordena con un tono de voz que retumba como un trueno lejano.

El cocinero pone algo sobre la plancha y se escucha un sonido sibilante. Las patas de la silla rascan el suelo cuando el chico que está en la mesa de al lado decide marcharse. Alguien extrae una bandeja de vasos del lavaplatos que tintinea como si fuera lluvia. Un par de mujeres se ríen estruendosamente. La puerta del lavabo chirría.

—¿Preparada? —me pregunta—. Abre los ojos. No pienses. Solo abre los ojos y quédate quieta.

De repente observo el restaurante: mesas, sillas, luces, una cocina. Unos carteles recubren las paredes. A través del agujero del lóbulo de Elijah consigo ver la media luna y las estrellas pintadas en la pared, debajo del reloj. La chica que está junto a él no es Cassie, ni tampoco la camarera que le rellena la taza de café. Me retuerzo en la silla para mirar a mi alrededor. Nadie es Cassie. Estoy a salvo.

—¿Mejor?

—Mejor, gracias —respondo.

—No hay de qué.

Clava el tenedor en un gofre empapado de sirope de arce.

—Has tenido un momento de debilidad. Suele ocurrir —me consuela mientras se lleva el trozo de gofre a la boca.

—Espera —interrumpo—. ¿De dónde has sacado eso?

Señala la mesa de al lado. La camarera todavía no ha venido a recogerla ni a limpiarla. Todavía está el billete de cinco dólares bajo el salero, una taza de café medio vacía, un tenedor sucio y un salvamanteles repleto de manchas de sirope.

85

—Seguramente lo iban a tirar.

—Es asqueroso. ¿Y los gérmenes?

—La comida gratis no me da asco. ¿Quieres un poco?

—Ni loca.

Se carcajea de tal forma que el resto de los clientes de la cafetería se gira y se queda mirándonos.

—¿Siempre eres tan extraño?

Vuelve a carcajearse.

—Aún más. ¿Ves esto?

Se arremanga la camiseta para mostrarme un tatuaje que le ocupa todo el antebrazo: un monstruo extremadamente musculoso mitad toro, mitad hombre, montado sobre una motocicleta que atraviesa un muro de llamas, con unas alas que brotan de sus brazos, piernas y casco.

—¿Qué se supone que es?

—Es el dios de los mensajeros en bicicleta. Es guay, ¿eh? Un día, cuando estaba entregando un paquete en un bufete de abogados en Boston, se me apareció esta visión. Lo vi tan definido y nítido que incluso creí que en cualquier momento alargaría el brazo y me estrangularía. Tenía que tatuármelo, sin duda.

—¿Tienes visiones?

—Es un don. Deberías ver mi tatuaje en el culo.

—No, gracias —respondo mientras echo un vistazo a la cafetería. Todavía no hay rastro de Cassie—. ¿Y si se te aparece una visión que no te gusta?

—Si me gusta o no, da igual. Lo realmente importante es que preste atención y adivine por qué me la han enviado precisamente a mí.

De repente, su mirada se clava por encima de mi hombro y, sin esperármelo, empuja el plato con el gofre sobre la mesa. Casi se vuelca sobre mis rodillas.

Aparece nuestra camarera con una falda tejana larga, un jersey de lana muy gruesa y unas diminutas conchas que cuelgan de unos piercings en el cartílago. Índice de Masa Corporal 23. Reposa la bandeja sobre su acolchada cadera y frunce el ceño al descubrir los gofres.

—¿Cuándo los habéis pedido?

—No los he pedido —respondo.

Elijah me asesta una suave patada bajo la mesa.

—Mi colega se los ha dado —explica—. El tipo con la chaqueta de la mascota de los Bruins. Se ha ido hace un par de minutos.

Entrecierra los ojos, se huele algo.

—¿Estás seguro?

—No los habrá cargado en nuestra cuenta, ¿verdad? —pregunta Elijah.

—No —contesta la camarera mientras sacude la cabeza—. Los ha pagado.

—También te ha dejado una buena propina, así que no hay ningún problema, ¿no? —dice mientras señala la bandeja—. ¿Eso es para mí?

La chica coloca el plato de pan tostado acompañado de una jarrita de mermelada roja ante él y se aleja sin pronunciar palabra.

Elijah vierte la mermelada sobre la tostada y la esparce con el cuchillo.

—¿Puedo hacerte una pregunta? —le digo.

Da un mordisco a la tostada.

—Lo que quieras.

—¿Qué hace un mensajero en bicicleta con visiones en mitad de la Nada, en New Hampshire?

—No vivo en la Nada, vivo en Centrodetodo. ¿Quieres un bocado?

~~Por supuesto que sí~~. —No —respondo diciendo que no con la cabeza—. No tengo hambre.

—Y para tu información, *era* un mensajero en bicicleta. Ahora trabajo como «manitas», hago un poco de todo. Tengo una habilidad especial con la llave inglesa —presume. Dobla el resto de tostada por la mitad y la engulle casi entera—. Es alucinante. Puedo hacer cualquier cosa.

—Ya. Claro —bromeo y, de forma accidental, bebo un sorbo de chocolate caliente—. ¿Como por ejemplo?

—¿Por dónde empiezo? Poeta, filósofo, pescador. Mi padre dice que soy un vago, pero eso es un poco elitista, ¿no crees? Puedo partir madera, extender mantillo, servir cerveza y cultivar unos tomates perfectos.

—Claro, seguro que sí.

87

—Soy un as jugando al póquer, un chamán y un trotamundos en búsqueda de la verdad. Sé conducir un taxi, una motocicleta y montar un toro, aunque no por mucho tiempo. Puedo palear estiércol con un estilo original y artístico. Cuando por fin me reparen el coche me convertiré en un gitano en busca de un mundo perdido.

—Y un ladrón —añado.

—Siempre y cuando la situación lo exija.

Vuelve a colocar el plato manchado de sirope ante él y unta la tostada.

—¿Por qué no utilizas tus poderes para que te toque la lotería? ¿O por qué no ganas dinero cultivando árboles en vez de robar comida?

—Eso sería muy aburrido —admite mientras se relame el sirope que se ha quedado adherido en la mano—. Tu turno. ¿Qué hay de ti?

—Estoy triste —confieso sin apenas darme cuenta.

—La conocías, ¿verdad?

Las luces parpadean tras mis ojos.

La conocía perfectamente. Sabía cuándo dormía fuera de casa y la marca de sus galletas favoritas, conocía sus enamoramientos de los grupos de música masculinos de moda; recuerdo la vez que me rompí la pierna porque íbamos las dos en su bicicleta y la vez que la ayudé a pintar su habitación de color blanco porque ella la había pintado antes de negro sin pedir permiso.

—Cuéntame algo de ella —me pide—. Algo bonito.

—Le encantaban los gofres.

—¿Acaso no le encantan a todo el mundo?

—Decía que el mundo sería un lugar mejor si todos comiéramos gofres en lugar de pan.

Se come una cucharada de mermelada.

—¿Por qué?

—Porque están más ricos y porque la palabra «gofre» es más divertida de pronunciar.

—Bien pensado.

La camarera con gesto malhumorado se acerca y deja la cuenta boca abajo sobre la mesa. Elijah le da la vuelta y echa un vistazo al total.

Saco la cartera.

—¿Cuánto te debo?

Él rebusca en el bolsillo.

—Invito yo.

—¿Estás seguro?

—Sí —contesta al mismo tiempo que deja caer un puñado de monedas junto al plato—, pero solo si te acabas ese chocolate caliente. Tuve que limpiar una cisterna infectada para ganarme este dinero. Pero no te lo digo para que te sientas culpable ni nada de eso.

Dibujo una sonrisa más que forzada y rodeo el tazón con la mano. ~~Soy una joven adolescente saludable en una cafetería y puedo sorber un poco más de chocolate caliente. Además, me apetece y~~ no quiero ir a casa, no ahora, justo cuando estoy empezando a entrar en calor. Dejaré que se forme nata encima del chocolate caliente, lo cual es repugnante, y no beberé más. Elijah no esperará que me tome la nata. Me quedaré veinte minutos más, hasta que cierre la biblioteca.

—¿Todavía tienes hambre? —le pregunto.

—Siempre. El olor de esas patatas fritas me está matando.

—¿Por qué no pides una ración?

—No puedo —responde señalando el montón de monedas—. Es todo lo que tengo.

Saco mi tarjeta de débito y la hago oscilar ante él.

—No pasa nada.

Dos patatas fritas = 20.

[024.00]

Soy casi una chica de verdad durante todo el camino a casa. He ido a una cafetería. He bebido chocolate caliente y he comido patatas fritas. He estado conversando con un chico durante un rato. Me he reído un par de veces. Ha sido como patinar sobre hielo por primera vez, un poco tambaleante, pero lo he conseguido.

Cuando llego a casa, los murmullos vuelven a empezar...

... ella te llamó.

treinta y tres veces.

tú no respondiste a sus llamadas.

cadáver hallado en una habitación de un motel, sola.

la abandonaste.

deberías deberías deberías haber hecho cualquier-cosa-todo-lo-
que-estaba-en-tu-mano.

tú la mataste.

Intento silenciar los susurros hablando en voz alta. *Estoy subiendo las escaleras. Estoy entrando en mi habitación. Estoy...*

la abandonaste.

*... cállate. Estoy lanzando mi bolso sobre la cama. Estoy
poniéndome el pijama. Necesito mi bata. Creo que la dejé col-
gada...*
Abro el armario.

me abandonaste.

Cassie está apoyada sobre una pila de cajas de zapatos. Ladea la cabeza y me saluda con la mano.

—¿Te lo has pasado bien?

Cierro la puerta con tanta fuerza que el marco se agrieta.

*Estuvo a punto de ir al médico hace dos años.* La cadena
atiborrarse-vomitar-atiborrarse-vomitar-atiborrarse-vomitar
no hacía que estuviera más delgada, le hacía llorar. Su entrenador la expulsó del equipo universitario de fútbol, donde siempre jugaba como titular, porque no corría lo bastante rápido. La
profesora de teatro le dijo que no era lo suficientemente «brillante», así que no consiguió el papel principal en la obra.

—No puedo parar, pero tampoco puedo seguir —me confesó—. Nada funciona.

Le di mi apoyo absoluto. Me informé de los médicos y clí-
nicas especializadas. Le envié correos electrónicos con páginas
de Internet que ofrecían recuperaciones.

Y yo misma saboteé cada paso.

Le decía lo fuerte que era y lo sana que se pondría y lo orgullosa que estaba de ella y le comentaba el número de calorías que había ingerido ese día, el número mágico de la báscula, el número de centímetros que medían mis muslos. Íbamos al centro comercial y me aseguraba de que utilizáramos el mismo probador para que pudiera ver cómo brillaba mi esqueleto bajo la luz azul del fluorescente. Íbamos a los restaurantes y Cassie pedía patatas con queso, *nuggets* de pollo y una ensalada. Yo tomaba café solo y lamía un edulcorante artificial que vertía sobre la palma de mi mano. Me pedía que vigilara la puerta mientras vomitaba el almuerzo en el mugriento baño del centro comercial.

Cuando paseábamos por nuestro caminito de galletas de jengibre hacia el bosque, nos cogíamos de la mano y la sangre goteaba entre nuestros dedos. Bailábamos con brujas y besábamos a monstruos. Nos convertimos en chicas de hielo, y cuando ella intentaba marcharse, *la arrastraba hacia la nieve porque tenía miedo a estar sola.*

91

Me quedo despierta hasta pasada la medianoche leyendo en la sala de estar, con la esperanza de que Cassie se aburra y desaparezca de mi habitación. En el mismo instante en que me dispongo a bajar las escaleras hasta el sótano para ~~carbonizar los músculos de las piernas hasta que amanezca~~ hacer un poco de ejercicio durante veinte minutos para dormir más plácidamente, papá baja a trompicones los peldaños y se dirige hacia la cocina. Escucho cómo abre la puerta de la nevera y se sirve nata montada. Cierra la puerta de la nevera y se acerca a mí.

—¿Lia?

Papá lleva un batín estampado azul y verde que tiene más años que yo, unos pantalones de pijama de franela y una camiseta gris donde se puede leer ATHLETIC DEPARTMENT. Va descalzo. Lleva el cabello más largo de lo habitual; ahora tiene más mechones plateados que negros y se le cae mucho. Parece un vagabundo que mendiga unas monedas en una esquina, pero en vez de un tarro vacío sujeta un plato con un trozo de pastel bajo un montón de nata montada. Apuesto a que ha cogido los dos últimos pedazos de pastel de calabaza que sobraron de la cena de Acción de Gracias.

—¿Qué haces despierta? —me pregunta—. Deberías estar durmiendo.

Alzo la última genialidad de Neil Gaiman.

—Me muero por saber cómo acaba. ¿Y tú?

Se acomoda cuidadosamente en el sillón reclinable con el plato sobre su regazo y le hinca el diente al primer bocado.

—No paro de soñar con mi investigación, y despierto a Jennifer porque doy puñetazos al colchón. —Frunce el ceño—. Nunca debería haber aceptado escribir este libro.

—¿Por qué no? —inquiero.

Toma otro bocado y mastica. ~~El aroma se retuerce y avanza hacia mí, calabaza dulce, muy dulce, nata montada deshaciéndose en mi lengua~~ Hace casi una semana que ese pastel está en la nevera, así que probablemente tenga moho en la corteza. Le sentará fatal.

Se limpia suavemente una pizca de nata montada de la boca.

—No hice suficientes investigaciones preliminares antes de presentar mi propuesta. Supuse que encontraría infinidad de fuentes primarias e hice demasiadas promesas. Ahora estoy atascado.

—Díselo a tu editora —ofrezco—. Confiésale que cometiste un error y proponle escribir un libro diferente.

—No es tan sencillo.

Se zampa otro enorme bocado de pastel.

El hecho de ver cómo la comida entra en su boca, cómo sus mandíbulas trabajan como una máquina pulverizadora y cómo engulle los mordiscos hace que el pánico se apodere de mí. Rozo las yemas de los dedos por los bordes de la cubierta de mi libro, presionando las esquinas hasta que siento dolor.

—Siempre me decías que las cosas siempre se ven mejor por la mañana —comento—. Quizá deberías volver a la cama.

—Lia, estoy hablando de problemas de adultos, más complicados que todo eso. Pero no tienes nada de qué preocuparte. ~~Porque sigo siendo una cría que cree en Papá Noel, en el Ratoncito Pérez y en ti~~.

Revuelve entre los bolsillos de su batín en busca de las gafas para leer.

92

—¿Está mi portátil por ahí?

Señalo la estantería encima de la televisión.

—Ah —suspira. Se levanta y cruza la sala de estar—. ¿Por qué no te acabas esto? —me pregunta mientras me planta los restos del pastel (545) en la cara.

—No quiero —respondo empujando el plato—. Es asqueroso.

Frunce el ceño.

—No te hará daño. Solo es un pastel.

Sigue sujetando el plato a tan solo unos centímetros de mi cara. Si le asestara un manotazo, el pastel salpicaría el mueble de la televisión y se resbalaría por la superficie de la pantalla.

—No queremos que tu madre tenga razón, ¿verdad? —pregunta.

—¿Razón acerca de qué? —cuestiono.

—Acerca de retomar tus antiguas costumbres. Las malas.

Me pongo en pie, obligándole a dar un paso hacia atrás y dejarme un poco de espacio.

—Estoy cansada —digo—. Me voy a la cama.

93

Mis pasos sobre los peldaños enmoquetados no producen sonido alguno. Abro la puerta lentamente.

Cassie se ha ido. Mi habitación huele un poco a dulces de Navidad, pero ella no está aquí. Pongo música *country* porque ella la detesta y me arrastro hasta la cama.

Justo cuando empiezo a quedarme dormida, la música se para.

Cassie se sienta a los pies de mi cama. Tiene un aspecto más fuerte, más saludable que antes, como si estuviera pillándole el tranquillo a eso de ser un fantasma. Me acaricia la pierna por encima de las mantas y susurra:

—Duérmete. Todo irá bien.

No hay arañas a la vista, ni bichos amistosos que la alejen de mí. Quiero decirle que me deje en paz, pero no abro la boca.

✦  ✦  ✦

[025.00]

Jueves.
Me despierto con mugre incrustada en la garganta. Toso y escupo los guijarros, pero cuando vuelvo a inspirar unos coágulos húmedos de arcilla se adhieren a mis pulmones...
No. Es solo la sábana, que me cubre todo el rostro. La aparto de mí bruscamente y salgo de la cama tan rápido como soy capaz. La casa está a oscuras, son las 5.45 de la mañana. Es la primera vez desde hace semanas que me despierto antes que Emma. Al otro extremo del pasillo, mi padre abre el grifo de la ducha. Probablemente tenga otra reunión del comité.
Enciendo las luces y echo un rápido vistazo al espejo, donde está reflejada mi imagen. Mi metabolismo vuelve a aminorar su ritmo. Unos globos de grasa amarillos se hinchan bajo mi piel. Vuelvo a tener un aspecto repugnante otra vez, débil.

::Estúpida/fea/estúpida/zorra/estúpida/gorda
estúpida/niña/estúpida/fracasada/estúpida/perdida::

94

Para momentos como este me entregaron la siguiente lista de normas:
1. Identifica el sentimiento.
2. Recita ~~encantamientos mágicos~~ afirmaciones, vuelve a leer los Objetivos de la Vida, medita sobre pensamientos positivos.
3. Acude al terapeuta si tu diálogo interno persiste negativo.
4. Mantén el consumo calórico necesario e hidrátate.
5. Evita el exceso de ejercicio y el abuso de alcohol y drogas.
6. Chasquea los talones tres veces y repite: «Como en casa, en ningún sitio; como en casa, en ningún sitio; como en casa, en ningún sitio». En cuestión de segundos, sentirás como un tornado te arrastra hasta terreno seguro. O quizás una casa se desplomará sobre ti.

~~Nada funciona; nunca ha funcionado; solo continúa matándome desde el interior~~ Me estiro sobre el suelo durante un buen rato, el mismo que tardaría en engullir doscientos mordiscos de comida crujiente, hasta que el sudor cubre mi ombligo.

Nuevas normas:
1. 800 calorías al día como máximo, 500 preferiblemente.
2. El día empieza a la hora de cenar. Si te obligan a comer con ellos, zampa lo suficiente para que dejen de vigilarte. Restringe las comidas durante el día lo bastante para no perder el ritmo.
3. Si no desayunas, toma el autobús para ir al instituto.
3a. Mejor ve caminando.
3b. Aún mejor, no vayas.
4. Reanuda el programa de ejercicios.
5. Duerme con las luces encendidas, al menos hasta que la entierren.

Sonrío e interpreto mi papel en la Función Matutina en la cocina. Jennifer está interrogando a Emma con fichas de divisiones porque hoy se examina de matemáticas. Apenas se han dado cuenta de que estoy en la cocina. Cuando salen por la puerta ya van con diez minutos de retraso.

El profesor de física nos hace una demostración de la velocidad y la colisión con una bola para jugar a bolos y una pelota de squash. La bola más grande gana. En vez de ir a clase de historia, vamos al gimnasio porque han organizado una feria universitaria. Hay representantes de unas doscientas universidades y del ejército tras unas mesas plegables repletas de folletos brillantes que nos garantizan un futuro prometedor.

Se han tenido que talar más de dos hectáreas de árboles para fabricar estos folletos. Todos acabarán en la basura al final del día. ¿Necesito coger alguno? No. Ya sabemos en qué universidad me matricularé. ¿Quiero ir? No.

¿Qué quiero?

La respuesta a esa pregunta no existe.

Debería haberme quedado con el cristal de mirar de Cassie

o, al menos, haber mirado a través de él antes de devolvérselo. Hubiera sido mucho más útil que un estúpido folleto.

La chicas de teatro me invitan a sentarme con ellas a la hora del almuerzo. A mí solo me apetece echarme una siesta en el despacho de la enfermera, pero se muestran tan dulces que no puedo evitar decir «Claro que sí» y las acompaño en la cola de la cafetería.

Compro una manzana pequeña y algo estropeada (70) y un yogur bajo en grasas y edulcorado (60). La chica de delante, Sasha, compra unas barritas de queso fritas en grasa de cerdo y servidas con salsa de tomate. Y un bizcocho de chocolate con nueces. Y una botella de agua. El chico de delante de Sasha (el que se ocupa de los focos y el sonido) compra un plato de espaguetis y paga un extra por una segunda porción de pan de ajo. Otro chico compra pizza. La chica de detrás coge un cuenco de lechuga y apio y un platito con ketchup. El resto de las chicas se inclinan por la ensalada de tacos.

Nos sentamos en el centro de la cafetería y parecemos una pecera abarrotada de gobios pequeños, pececillos tropicales, monjitas, mollinesias negras y peces ángel. Los tiburones rodean a sus presas. Unas anguilas menos peligrosas chocan contra el cristal al intentar encontrar la salida. Restos de pescado y pedazos de astillas de la popa se balancean en el aire. Unas algas de color verde lima se deslizan como una mancha por el suelo.

Los miembros de la compañía de teatro cuchichean sobre quién lloró en el velatorio, quién no soltó una lágrima, quién estaba sollozando porque su pareja le había dejado y no porque el cuerpo sin vida de Cassie estuviera en el interior de un ataúd. Cuando me hacen preguntas recito las frases que había escrito de antemano. Sí, fue muy trágico. No, no tenía la menor idea. Sí, creo que el agente funerario hizo un trabajo cutre. No, no creo que le hubiera gustado ese vestido. Sí, fue todo muy extraño…

Ellos abren la boca, la cierran, la abren-cierran, mientras sus branquias se ensanchan y baten tras sus orejas. La grasa de las barritas de pan con queso sube hasta la superficie marina. Los conserjes la limpiarán con serrín. El chico que había pedido pizza se mancha la camiseta con salsa. Una de las chicas que ha comprado la ensalada de taco tiene un piercing en la nariz que se le ha infectado. Iba conmigo a clase de ballet en séptimo curso. La chica de la lechuga con ketchup continúa lanzándome miradas asesinas porque, haga lo que haga, no puede perder esos cinco kilos que le sobran.

Corto el pedazo pastoso de maca de la manzana y divido el resto en ocho partes. Sumerjo un trozo en el yogur y lo saboreo sobre mi lengua, delicioso y suave. Se escurre por mi garganta y nada hasta mi estómago.

—Nunca he ido a un funeral —dice la ensalada de taco rubia.

—Yo he ido a un montón —replica la espaguetis—. La familia de mi padre no para de morirse. Todos los funerales son iguales.

—¿Tenemos que echar tierra con la pala? —pregunta la ensalada de taco con el piercing infectado.

—No, lo hacen en el cementerio —responde la espaguetis mientras mordisquea un trozo crujiente de pan de ajo—. Utilizan un pequeño cargador como los que se usan en construcción.

—Deberíamos ir todas juntas —propone Sasha Barritas-de-queso después de tomar un sorbo de agua—, como en el velatorio. Sería muy importante para sus padres.

Cassie cruza a nado las puertas dobles, descalza, con el vestido azul ondeando alrededor de su cuerpo. Su cabello serpentea tras ella, enredado y entrelazado de algas. Unos diminutos caracoles se han adherido a su cuello y dedos. Bucea hasta la primera mesa y recorre con la mirada la cafetería. Yo no aparto la mirada de mi yogur.

—¿Quieres venir con nosotras, Lia? Nos reuniremos todas en mi casa —comenta la ensalada de taco rubia. Se ha manchado la camisa con salsa, pero todavía no se ha dado cuenta—. Puedo coger la furgoneta de mi madre, así cabremos todas.

◆　◆　◆

Cassie nada más deprisa, rodea nuestra mesa, me está buscando. Me pregunto si el cristal de mirar sigue en su tripa. Tendrá que vomitarlo si quiere ver su futuro. Quizá funciona de otra forma cuando estás muerto.

—¿Lia?

—No creo que vaya —respondo al mismo tiempo que Cassie desaparece en la cocina.

—¿Qué?

—Mis padres no quieren que vaya.

—Pero tienes que ir —protesta lechuga con ketchup—. Todas tenemos que ir, para mostrar nuestro apoyo.

—¿Qué apoyo? —pregunto.

—Apoyo por Cassie —responde con brusquedad—. Como si no supieras lo que es.

—Eh —le interrumpo señalándole con el cuchillo de plástico—. Yo fui amiga suya durante mucho más tiempo que tú.

—Oh, ¿de verdad?

De repente se pone la máscara de la indignación: abre los ojos como platos, inclina ligeramente la cabeza hacia abajo y deja la boca entreabierta, fingiendo así que está en estado de *shock*.

—Claro. Por eso ella nunca te dirigía la palabra. Sé cómo le lavaste el cerebro. Una verdadera amiga nunca haría eso. Yo nunca haría eso.

Las mesas de nuestro alrededor nos escuchan. Se supone que las chicas de teatro son apacibles y siempre están deprimidas. Nunca discuten en público.

Debería irme nadando, pero mis branquias baten con fuerza y unas burbujas furiosas salen de mi boca.

—Si eras su amiga, ¿dónde estabas cuando ella estaba asustada y sola? —acuso—. ¿Respondiste a sus llamadas? No. No lo hiciste. Me das asco.

—Pero ¿de qué estás hablando? Ella no me llamó.

Sasha me acaricia el brazo.

—Cálmate, Lia.

—¿Calmarme? ¿Cómo quieres que me calme? ¡Está muerta!

Me estoy poniendo en pie. Estoy chillando. Creo que he tirado mi yogur a la lechuga con ketchup.

Un grasiento pez de seguridad bucea hacia nosotras para poner paz.

[026.00]

Cuando entro en casa (me he quedado castigada en el instituto hasta tarde, *gracias, no, señor, no volverá a suceder, sí, es muy duro para todos*), Jennifer sale.

—Tu padre prometió que iría a hacer la compra hoy —me informa mientras cuelgo mi chaqueta en el armario de la entrada.

—Déjame adivinar: todavía está en la biblioteca y no responde al teléfono.

—Se lo ha dejado sobre el mueble del dormitorio. Ese maldito libro le está matando —confiesa. Da la sensación que quiere seguir hablando del tema, pero no lo hace—. Me voy al súper.

—¿Quieres que haga algo?

—¿Te importa pasar la aspiradora? La señora de la limpieza no se ha presentado, otra vez, y las alfombras están polvorientas.

La agente de policía toca el timbre justo cuando yo estoy persiguiendo a Emma por la sala de estar con la aspiradora, como si fuera un dragón. Le doy la criatura mortífera y abro la puerta.

—Detective Margaret Greenfield —se presenta. Después me pide permiso para entrar en casa.

*Yo no maté a Cassie.*

No sé cómo nos dirigimos hacia la cocina; ella se acomoda en la silla de papá, yo en la mía y Emma sobre mi regazo, aplastándome las piernas.

*Yonolamatéyonolamatéyonolamaté.*

—Solo serán unas preguntas —dice la detective—. No tienes nada de qué preocuparte, pero no queremos dejar cabos sueltos —continúa mientras saca una libretita y bosteza perezosamente—. Discúlpame. El cambio de turno siempre me afecta el sueño. El registro de llamadas indica que te llamó por teléfono la noche que murió.

Respondo de forma casi hipnótica.

—No, no tenía ni idea de que Cassie me llamara el sábado por la noche. ~~Mi teléfono está en la habitación.~~ No he visto mi teléfono desde el viernes por la tarde. Es el tercero que pierdo en dos años. Mi padre se enfadará muchísimo.

—La última vez gritó como un loco —añade Emma. Cambia de peso sobre mis rodillas, clavando así los huesos de mis caderas en el asiento de madera—. Lia se va a meter en un problema. La castigará durante cien años.

—Quizá podríamos preguntar a la señora Parrish —propone la detective.

Pongo el dedo sobre los labios de Emma.

—Chist. La verdad es que no sé por qué Cassie me llamó. Hacía meses que no nos hablábamos; ya no éramos amigas. No fue por una razón en particular, sino por una de esas cosas que ocurren cuando eres adolescente.

La policía asiente y cierra la libreta.

—Recuerdo esa época —dice—. Gracias a Dios que ya ha acabado.

—¿Podría decirme qué le ocurrió? —pregunto.

—No, lo siento. Si recuerdas algo puedes encontrarme en este teléfono —me entrega una tarjeta—. Di a tus padres que me llamen, si quieren. Como ya te he dicho, no hay nada de qué preocuparse. Solo queremos pasar página y cerrar este capítulo.

Después de que Emma dramatice la visita de la detective cuando se lo explica a papá y a Jennifer... Después de que yo me pase una hora intentando calmarles, respondiendo las mismas preguntas una y otra y otra vez... Después de que papá llame a la detective porque no cree mis palabras... Después de que Jennifer queme el bistec, apague la alarma antiincendios y pida comida china... Después de leerle a Emma un capítulo de *Harry Potter*... Después de que Jennifer decida tomar un baño de burbujas… Después de que papá se quede dormido ordenando artículos que comparan las elecciones estadounidenses de 1789 con las de 1792… La casa queda sumida en un silencio absoluto.

El teléfono móvil sale deslizándose de su escondite, bajo mi pila de ropa sucia, y se arrastra hasta la palma de mi mano. Mientras escucho sus mensajes una vez tras otra, enciendo mi ordenador y visito un país que hacía meses no pisaba, un blog secreto para chicas como yo…

Peso 200 g más tras el desayuno y la merienda.
Solo tomaré agua durante el resto del día y mañana
empezaré otra vez a ayunar. ¡Os quiero, chicas!

Perdí el conocimiento y me desmayé por las escaleras,
así que me comí dos tazones llenos de cereales
y ahora me doy asco a mí misma. ¿Cuánto tiempo
tardaré en deshacerme de todo esto?

Uau, estoy como una FOCA.
Sabéis que es verdad.
Quiero cortar con esto de raíz.

Tengo dos semanas y seis días para perder cinco kilos. ¡Ayuda!

Sedfuertesamoramorsedperfektas

Cientos y cientos y cientos y cientos de jovencitas desconocidas que gritan a través de sus dedos. Mis pacientes hermanas, siempre esperándome. Paso el ratón por encima de nuestras confesiones, protestas y rezos. La desesperación se nutre de nosotras, se alimenta de nuestros bocados sangrientos.

Dos moscas chocan contra la pantalla de mi ordenador, *bizzbizz*, un par de veraniegos amantes azarosos a los que solo les restan unas pocas horas de vida. Apago las luces y pululan sobre la pantalla, bailando sobre archivos de costillas, caderas y clavículas escuálidas y esqueléticas, danzando sobre fotos de huesos que parecen atravesar la piel, como si quisieran secarse bajo el sol. Son preciosos cuando los ves a través de las alas de papel de estas moscas veraniegas.

Apago todo lo demás y me meto en la cama.

Las moscas se propulsan por sí mismas contra la ventana y el choque produce un ruido furioso y húmedo. Enseguida empiezan a merodear cerca de mí, esperando a poder introducirse en mi boca. Quizá son familia de Cassie, escoltas de su tumba que anuncian su llegada.

No puedo enfrentarme a ella sola.

Bajo a hurtadillas las escaleras y pongo las botas de Emma en el segundo peldaño empezando desde abajo. Así, si papá se despierta a medianoche para tomar un aperitivo o para trabajar, se topará con ellas y el ruido me avisará de que está por aquí.

Me dirijo al sótano, cierro la puerta con pestillo y me preparo para pasar dos sudorosas horas sobre la máquina de step.

102

[027.00]

El altavoz vocea mi nombre a los cuatro vientos en la clase de inglés del viernes, justo durante un examen práctico, y me envía al despacho de la señora Rostoff. Dice que ha llamado mi madrastra, que tengo que salir antes del instituto para una cita de urgencia con mi psiquiatra.

—¿Por qué?

—Cassie —dice la señora Rostoff—. Hablar de todo esto te ayudará.

El bolso se resbala de mi hombro. Ha estado escurriéndose durante todo el día.

—Hablar empeorará las cosas.

La directora desvía su mirada hacia la pantalla.

—Te perderás física.

—Oh —exclamo mientras subo el asa del bolso—, eso lo cambia todo.

* * *

La doctora Nancy Parker huele a caramelos para la tos con sabor a cereza. Me siento en su mullido sofá de cuero, dejo el bolso sobre el suelo y me arropo con la espantosa colcha de punto de color frambuesa. Ella desenvuelve otro caramelo de menta Halls. Creo que ~~es adicta~~ sufre de una dependencia química del tinte rojo. Debería profundizar sobre ese asunto.

Enciende el ventilador de ruido blanco y se mete el caramelo en la boca.

—A tus padres les preocupa que el fallecimiento de Cassie te esté afectando.

Delante del sofá se alza una estantería de libros que cubre toda la pared, de arriba hasta abajo. ~~No son más que basura~~. No merece la pena leerlos. No relatan cuentos de hadas, ni aventuras mágicas, ni princesas que se defienden con espadas ni dioses que lanzan rayos. Las páginas, las frases, las palabras, las letras, no son más que ecuaciones matemáticas cuyos resultados son conclusiones lógicas. Nancy *Caramelo para la Tos* no es médico. Es una contable.

—Creo que hay dos cosas que te están atormentando —se aventura mientras se descalza y se sienta con las piernas cruzadas. Las arrugas de su rostro me indican que está rozando los sesenta años, pero las clases de yoga mantienen su cuerpo tan flexible como el de una chiquilla—: la confusión y el dolor que supone la pérdida de una amiga y el deseo de mantener lejos a tu familia.

Espera que yo rompa el silencio con mis palabras. Me quedo muda.

—Quizás estoy completamente equivocada —rectifica— y nada de esto te está afectando en lo más mínimo.

Las gotas de lluvia resbalan por las ventanas.

*… Empecé a venir aquí después de la primera estancia en la* ~~cárcel~~ *clínica porque la doctora Nancy Parker es una* ~~estafa~~ *especialista en adolescentes* ~~locos~~ *con problemas. Abrí la boca durante el primer par de visitas y le entregué la llave para acceder a mi cabeza. Gran error. Se trajo una linterna, un som-*

brero y una cuerda para vagar por mis cuevas. Esparció minas por mi cerebro que detonaron semanas más tarde.

Le dije que estaba enfadada y molesta porque estaba moviendo cosas en mi cerebro sin pedirme permiso. Me puso una trampa y cada vez que pensaba en algo, en algo sin importancia, como *Física es una pérdida de tiempo*, o *Necesito cargar la batería de mi teléfono*, o *El japonés no debe ser tan difícil de aprender*, la fastidiosa-pregunta-de-mierda aparecía de la nada: *¿Por qué piensas eso, Lia?*

Así que no podía hacerme ninguna pregunta (*¿Por qué estoy tan cansada?*) sin que tres o cuatro respuestas de psiquiatra me abofetearan: *Porque mis niveles de glucógeno están bajos* o *Porque estoy pasando por un momento muy confuso en que me siento perdida* o *Porque he perdido el contacto con la realidad* o, la más frecuente de todas, *Porque me falta un tornillo*.

Una vez me enfadé y empecé a despotricar. Le dije que era patética, que estaba segura de que nunca tendría hijos, ni nietos y, en caso de que los tuviera, nunca la llamarían por teléfono. Le grité que su marido la abandonaría, quizá para irse con otra, nunca se sabe. Le chillé que incluso su madre la dejaría de lado porque veía que no vivía en un mundo real, con personas de carne y hueso, sino que permanecía sellada en esta sala con estos libros falsos, un ventilador y lluvia en las ventanas.

Ni una de mis palabras le enfureció. Ni siquiera pestañeó. Lo único que me pidió era que expresara mis sentimientos y siguiera desfogándome. Así que cerré el pico.

Fantaseaba con traer un cuchillo a terapia para *rebanar su cuerpo en pedacitos del mismo tamaño de una chuleta de cerdo*.


Ya han pasado diez minutos. A medida que el sofá se calienta, hundo la cabeza entre los cojines. El cuero cruje.

—¿Qué palabras se te pasan ahora mismo por la mente, Lia?

*Cabreada. Cerda. Odio.*

—Me gustaría escucharlas.

*Cárcel. Ataúd. Rebanar.*

—Tienes que trabajar en tu recuperación, Lia. La animación suspendida no es vida.

—Mi peso es estable. Te puedo traer la estúpida libretita de Jennifer, si es lo que quieres.

—No se trata del número de la báscula. Nunca ha sido el tema principal.

*Hambrienta. Muerta.*

Estos veinte minutos han pasado volando. Zigzagueo los dedos entre los puntos de la colcha de punto. Si esto fuera *La telaraña de Carlota* de Elwin Brooks White, ella sería la araña *Carlota* y yo el cerdo *Wilbur*

::¡Una chica!/¡Inútil!/¡Delira!::

y esta pesadilla de ganchillo rosa (hilo de poliéster) sería su telaraña. No, no sería *Carlota*, sino su fastidioso primo, *Milfred*, el más tontorrón, cuyos hilos siempre se rompen. Si mis padres me hubieran dejado invertir todo el dinero que han gastado en esta señora, ahora ya tendría mi propio apartamento.

105

Cuarenta minutos. He arrancado cabellos sueltos de al menos siete personas diferentes de la colcha de punto: uno largo y oscuro, otro canoso y brillante, otro rubio y ralo, otro rizado de color castaño rojizo, otro moreno con la raíz blanca y uno muy cortito que debe ser de un chico o de una chica que no cuida mucho su aspecto físico. Cabellos de gente rica a quienes les gusta lloriquear y explicar sus problemas a desconocidos.

—No tenías la obligación de venir hoy aquí —dice finalmente—. Podrías haber utilizado la excusa de la cita con el terapeuta para saltarte las clases y hacer lo que te apetezca. Ya sabes que no informo a tus padres de nuestras citas a menos que tú me des permiso, así que, si no hubieras aparecido por aquí, ellos no se habrían enterado.

—¿A dónde quieres llegar? —interrumpo.

—Tú has decidido venir —afirma mientras hace crujir los dedos de su mano derecha y los menea—. Creo que quieres hablar del asunto.

~~Sí, me encantaría explicarte que la voz de Cassie está en el~~ ~~teléfono que tengo en el bolso, que su fantasma me persigue~~ ~~porque dejé que se muriera. Si te lo cuento, me recetarás más~~ ~~medicinas. Si te confieso lo que he comido hoy, pondrás la voz~~ ~~de alarma y me enviarás de vuelta a la cárcel.~~ Dejo todos los cabellos en el brazo del sofá.

—Sigo pensando que si pudiera simplemente bajar la cremallera de mi piel y salir de este cuerpo, podría ver realmente quién soy.

Asiente lentamente con la cabeza.

—¿Cómo crees que eres?

—Para empezar, más pequeña.


Los últimos ocho minutos pasan en silencio, ninguna de las dos musitamos palabra hasta que suena el temporizador que tiene sobre su escritorio.

—Entonces, ¿puedo ir al funeral? —pregunto.

Ella recoge sus zapatos.

—¿Entiendes por qué quieres asistir al funeral?

~~Para asegurarme de que la entierran entre cemento y que~~ ~~así me deje en paz de una vez.~~

—Siento que necesito cerrar este capítulo.

—¿Y el funeral conseguirá eso?

~~Sí, es justo lo que acabo de decirte.~~

—Lo he estado pensando mucho.

El reloj marca dos minutos de bonificación. Enrosco los cabellos de los desconocidos formando una pelota.

—Creo que es una buena idea —comenta mientras se pone los zapatos y se levanta—. Pero uno de tus padres tendrá que acompañarte. Nadie puede ir a un funeral solo, nunca.


De camino a casa, saco el teléfono móvil del bolso y le quito la tarjeta de memoria. La coloco sobre el raíl metálico de la vía férrea que hay cerca del centro comercial. Después pongo el teléfono bajo el neumático trasero izquierdo y paso el coche por encima treinta y tres veces. Recojo los restos y los tiro a un contenedor que hay junto a una obra en construcción.

[028.00]

Elijah abre la puerta de la habitación 115 sin deslizar la cadena de seguridad. Asoma la cabeza por el diminuto espacio. Tiene los ojos hinchados, porque debía estar durmiendo, y parece confundido.

—¿Emma? —pregunta—. ¿Qué pasa?

Todavía no sé cómo explicarle todo el asunto del nombre.

—Te he traído pizza. Comida gratis.

La cadena repiquetea y la puerta se abre de par en par.

—¿Dónde está el truco?

La grasa de la *mozzarella* derretida ha empapado la caja de cartón y gotea sobre mis dedos. ~~Quiero lamer~~ Quiero lanzar la caja antes de que me infecte.

—No hay truco.

Se apoya sobre el marco de la puerta.

—Siempre hay truco.

—Es una forma de darte las gracias por ayudarme el otro día.

—¿Qué pizza es?

—De salchicha con extra de queso.

Elijah sonríe.

—No puedo comérmela. Soy vegetariano.

—No te creo.

En la otra punta del motel se abre una puerta y un tipo empieza a gritar en un idioma que no soy capaz de identificar. La mujer a la que chilla se carcajea como el dibujo animado de un chacal. Unas ruedas chirrían sobre la calle River y el motor acelera.

Se frota la cara y da un paso atrás.

—De acuerdo, casi soy vegetariano. Soy pizzariano. Venga, pasa.

La habitación huele a tabaco y a ropa que se ha quedado demasiado tiempo dentro de la lavadora. La única luz proviene de una lamparita que alumbra la mesa. Está encajada entre un montón de libretas con espiral en cuya cima hay un mugriento cenicero y un paquete de seis cervezas.

Me quita la pizza de las manos y la coloca sobre la cama. Hay un juego de cartas esparcido entre las sábanas revueltas y unas almohadas muy delgadas están apiladas contra la cabecera de la cama.

—¿Qué hora es? —me pregunta.

—Casi las cinco.

—Caray. He debido de quedarme dormido. Charlie quería que arreglara las estanterías de la 204. Bueno, tiene que aceptar lo que el universo le da.

—Es una mala excusa para deshacerte del trabajo.

—No, no lo es. Todo ocurre por una razón —comenta mientras bosteza y se despereza—. Tienes que aceptarlo y dejarte llevar, sin resistirte.

—Menuda gilipollez.

De repente, sus ojos brillan y su mirada se torna pícara.

—Las gilipolleces de unos son el abono de otros —comenta señalando las paredes—. Pregúntales a ellos.

Las paredes están recubiertas desde el suelo hasta el techo de páginas arrancadas de libros, algunas de ellas tienen líneas subrayadas en rotulador rojo, amarillo o azul. Me inclino hacia delante y entorno los ojos en la penumbra de la habitación para leer. En la parte superior de una página leo *Walden, La vida en los bosques*.

—¿Qué has hecho? ¿Atracar una biblioteca?

—Algo parecido —admite mientras camina hacia el lavabo—. Emerson, Thoreau, Watts, Sonya Sanchez, ¿alguna vez has leído algo de ella? La Biblia, un par de páginas. El Bhagavad Gita. El doctor Seuss, Santayana. Los he reunido para crear un campo energético de buenas ideas. Mientras duermo, fluyen hasta mi cerebro. Espera, tengo que ocuparme de un asunto. —Cierra la puerta del baño tras él.

Cojo la libreta de la pila que hay sobre la mesa y la hojeo. Ha pegado artículos de periódico, aparentemente al azar, y ha dibujado algunos retratos; no son malos. Charlie en la recepción. Una mujer cansada con los rulos puestos. También ha dibujado más criaturas, mitad humanas, mitad otra cosa, como el monstruo que tiene tatuado en el brazo. Algunas páginas muestran una escritura diminuta que fácilmente podría confundirse con hormigas que pululan por las páginas.

Elijah sale del baño sujetando un rollo de papel higiénico.

—No es por nada, pero los secretos del universo están escritos ahí. El hecho de poder fisgonear a tus anchas debería hacerte sentir muy especial.

—Lo siento —me disculpo dejando el libro en su lugar—. No eres de por aquí, ¿verdad?

Tira el papel higiénico sobre los cojines, abre la caja y coge un trozo de pizza.

—De New Jersey —responde. Le da un mordisco y el queso se estira como un puente en suspensión que une su boca con la mano. Después, pregunta—: ¿Quieres un poco?

~~Un mordisquito, por favor, y después otro, y otro, corteza de pizza con queso, salchicha y salsa; otro bocado, y otro~~ El vacío es fuerte e invencible.

—Ya he comido.

—Más para mí —asiente. Se acomoda en la cama—. ¿Quieres echar una partida de póquer?

—No, gracias.

Recoge un puñado de cartas: diamantes y picas.

—¿Qué prefieres: Texas hold'em o cinco cartas con descarte? ¿Cuánto dinero en efectivo llevas?

—Te he dicho que no. Solo quieres llevarte mi dinero.

Dobla el trozo de pizza por la mitad y da otro bocado.

—Toda la razón —balbucea con la boca llena—, pero aprenderás mucho mientras lo hago. Soy uno de los mejores estafadores de por aquí.

Escondo mi mano izquierda tras la espalda mientras clavo las uñas en la palma hasta que el dolor aleja ese ~~maravilloso~~ asqueroso aroma.

—No sé jugar.

—Estoy consternado. ¿Cuántos años tienes?

—Dieciocho.

—Puedes votar y alistarte en el ejército, ¿y no sabes jugar al póquer? Alguien ha desatendido tu educación, jovencita. —Baraja las cartas como si fuera un profesional—. Siéntate. Yo te enseñaré.

Doy dos pasos en dirección a la puerta y sacudo la cabeza de un lado a otro mientras fuerzo una sonrisa.

—Lo siento. El universo me dice que es hora de irme a casa.

¿Lo ves? Me dejo llevar por la corriente hacia el aparcamiento.

—Lo pillo. Ningún problema.

Elijah utiliza el papel higiénico para limpiarse la salsa de tomate de alrededor de la boca y de la jota de diamantes.

—Espera. Tengo una pregunta. ¿Sabes dónde puedo encontrar un depósito de chatarra? Charlie insiste en que no hay ninguno en todo el estado. Esa camioneta El Camino de ahí fuera es mía, pero no irá a ningún sitio sin un distribuidor nuevo.

—¿Consigues las piezas de tu coche en un depósito de chatarra? —pregunto.

—¿Acaso tú no? Es la forma más barata y además así se recicla.

—Mi padre debe de saber de alguno —digo mientras me abrocho la cremallera de la chaqueta—. Ya se lo preguntaré. Se le dan bien los coches.

—Genial. Gracias —dice antes de señalar la caja—. ¿Seguro que no quieres un trozo para el camino?

—No, gracias.

Me quedo ahí de pie. Y me quedo ahí de pie.

Espero.

—Pensaba que te ibas —reclama Elijah mientras engulle una rodaja de salchicha—. ¿Quieres un beso de despedida? No me importa hacerte el favor.

—No —respondo. Recorro mi palma con las uñas otra vez, en busca de motivación—. Mira —empiezo—, tengo que confesarte algo. No te he traído la pizza para darte las gracias.

—¡Lo sabía! —exclama alzando el puño en el aire—. Te has enamorado de mí. Quieres que sea el padre de tus hijos. Tendremos un tiro de caballos y una carreta con toldo y viajaremos hacia Suramérica para criar cabras.

—Ni soñando —me aclaro la garganta—. He traído la pizza para sobornarte.

—Me puedes sobornar.

Respiro profundamente.

—Necesito que me acompañes al funeral de Cassie. Es el sábado por la mañana.

Sonríe de oreja a oreja.

—¿Lo ves? Me estás pidiendo que salga contigo.

—No, idiota. Es un funeral. Un funeral horrible y no sé a quién más pedírselo.

Arranca un pedazo de corteza de la pizza.

—¿Qué me ofreces a cambio?

—Te acabo de invitar a una pizza.

—No es suficiente. Los funerales sacan lo peor de cada uno. Dan una sensación lúgubre y oscura —afirma sacudiendo la cabeza—. No, no puedo hacerlo.

—Debes hacerlo.

—No.

Me muerdo el interior de la mejilla.

—¿Qué hay de la partida de cartas? Si gano, me acompañarás —le propongo.

—¿Y si pierdes?

Trago saliva.

—Si pierdo te daré cincuenta dólares. Pero solo con una condición.

—¿Lo ves? Ya te lo he dicho. Siempre hay truco. ¿Cuál es?

—Jugamos a corazones, no a póquer.

111

[029.00]

Cuando llego a casa, Jennifer y papá están acurrucados en el sofá, frente a la chimenea de gas donde las llamas están bajas, mirando una comedia romántica en la pantalla de la televisión. Jennifer está masajeando la muñeca y la mano derecha de papá.

Se pasa el día mecanografiando su libro, cuyo plazo de entrega ya ha vencido, así que supongo que su túnel carpiano debe de estar afectado.

—¿Dónde está Emma? —pregunto—. Todavía no se ha ido a dormir, ¿verdad?

—Se ha quedado a dormir en casa de los Grant —admite Jennifer—, en contra de mi voluntad.

—¿Por qué?

Jennifer vierte un poco de crema sobre la palma.

—Mañana tiene su último torneo de fútbol, que dura todo el día. Estará agotada. Sigo pensando que debería haberse quedado en casa.

—Deja que la niña se divierta —opina papá mientras gesticula una mueca de dolor cuando Jennifer masajea su muñeca—.
Dentro de diez años nadie se acordará de cómo jugó en este
torneo —dice. Después, alza la cabeza y me mira—: ¿Estabas
en la biblioteca otra vez?

—Estaba en casa de una amiga, de Mira —miento—. Hemos estudiado algo de física, pero la verdad es que básicamente
hemos jugado a las cartas y comido pizza.

—Eso es fantástico —responde mi padre con una enorme
sonrisa—. Hacía años que no hacías algo así.

Jennifer no aparta la vista de su tarea y presiona sus pulga-
res contra la mano formando círculos.

—¿Qué tal tu cita con la doctora Parker? —pregunta.

—Bien. Me alegro de haber ido. Hemos hablado de Cassie.

—Excelente —celebra papá—. Estoy muy orgulloso de ti.

—Gracias. Me voy a dormir. Estoy muerta.

—Espera —interrumpe Jennifer, que coloca las manos de
mi padre sobre su regazo y finalmente me mira—. ¿Qué hay
del funeral?

Me detengo en el umbral de la puerta que conduce al recibidor.

—Dijo que creía que era una buena idea. Voy a ir con Mira
y un grupo de chicas del club de teatro.

—Si te sientes incómoda en algún momento —apunta Jennifer—, no dudes en irte. Si cambias de opinión y quieres que
alguno de nosotros te acompañen, lo haremos encantados.

—No hará falta.

Mientras doy media vuelta para irme, Jennifer añade:

—Espera, una cosa más.

Me giro.

—He hablado con tu madre otra vez hoy —se queja Jennifer ignorando la mirada de sorpresa del rostro de papá.

—¿Ah sí?

Todo esto me da muy mala espina.

—Le he prometido que intentaría convencerte para te quedaras a dormir mañana en su casa.

Lo sabía.

—No quiero —admito—. No le veo el sentido.

—Lo sé —dice Jennifer—. Ya eres mayor y tomas tus propias decisiones. Estamos empezando a hacernos a la idea —comenta. Sonríe levemente y suaviza sus palabras—: A veces ser mayor implica hacer lo correcto, aunque no sea exactamente lo que quieres.

—Pero no entiendo por qué eso es lo correcto —protesto—. Mamá y yo no podemos hablar sin gritarnos. Es mejor que no pasemos mucho tiempo juntas.

—Hace meses que no pasas tiempo con ella —subraya Jennifer—. Quizá las cosas hayan cambiado.

Papá mueve la cabeza de un lado a otro, como si estuviera mirando un partido de tenis sin entender el lenguaje que utilizan los comentaristas.

—Solo una noche —dice Jennifer—. Piensa en el ejemplo que le darías a Emma: cómo manejar situaciones que te resultan incómodas. Todo el mundo debe aprender a hacerlo.

Meter a Emma en el tema es jugar sucio. Ventaja para Jennifer.

—De acuerdo —digo—. Una noche. Pero tú se lo dices. Odio hablar con ella por teléfono.

Tomo una larga ducha y me deshago de mi madrastra prepotente y mi padre confundido y me despojo del aroma a queso, salchicha y motel que desprendía mi cabello.

Pero hoy he ganado algo. Me he arriesgado jugando a los corazones y he vencido a Elijah. Le recogeré mañana a las diez. A ninguno nos apetece asistir a las honras fúnebres; iremos directamente al cementerio. Durante el camino tendré la oportunidad de explicarle la confusión de mi nombre, si consigo que cierre el pico durante más de treinta segundos.

Quizás huyamos hacia Suramérica después del funeral y criemos cabras.

A medida que pasa el tiempo, Cassie se torna más desafiante, viene más pronto y se queda más rato, lo cual me asusta cada vez más y más y más. Cuando su ataúd al fin descanse bajo la superficie del suelo, se pronuncien las oraciones mágicas y todos dejemos flores, dormirá para siempre.

Pero necesito descansar y dormir un poco. Me tomo un somnífero y bajo de puntillas las escaleras con la bata para prepararme una manzanilla.

La película ya ha acabado y Jennifer y papá están hablando en voz baja. De fondo zumba el canal meteorológico. Me detengo en la esquina de la cocina y escucho besos. Odio interrumpirles cuando están intimando.

Asomo la cabeza. No están besándose, solo hablan. Cada uno está sentado en un extremo del sofá, con un montón de cojines entre ellos.

Marido: Estás exagerando. Está un poco estresada,
    pero lo intenta.

Esposa: No tiene buen aspecto.

Marido: Tú compruebas su peso en la báscula cada semana.

Esposa: Me gustaría que se hiciera una revisión general.
    Que se hiciera unos análisis de sangre.

Marido: Solo podemos sugerírselo. Si quieres que te diga la
    verdad, forzar esta situación podría empeorar las cosas.

Esposa: Chloe quiere que se mude a su casa.

Marido, cogiendo el mando a distancia para ajustar las llamas
    de la chimenea: ¿No es solo por una noche?

Esposa: Tiene miedo a que Lia esté perdiendo el control otra
    vez. Yo estoy de acuerdo. Un par de meses con su madre
    podrían ayudarle a retomar el buen camino.

Marido: Fuiste tú precisamente quien me convenció para
    permitir que se trasladara aquí. No puedes cambiar
    de opinión solo porque Lia haya tropezado.
    ¿Qué piensas hacer cuando Emma atraviese una
    situación similar? ¿Enviarla también a casa de Chloe?

Esposa: No seas ridículo. Emma y Lia son dos personas
    completamente diferentes.

Marido: Ha estado comiendo pizza con sus amigas esta noche.
    Está bien. Tú y Chloe estáis haciendo una montaña
    de todo esto. Bueno, ¿a qué hora tenemos que
    levantarnos mañana por la mañana?

Cassie está esperándome en mi habitación. También ha escuchado la conversación.

Intento ignorarla, pero cada vez que me giro su silueta se materializa ante mí. Nos deslizamos hacia el ordenador y leo las nuevas entradas en el blog.

soy bulímica; lo soy desde hace seis años;
recientemente intenté recuperarme; gané un montón
de peso y vuelvo a mis antiguas costumbres;
no soporto tener todos estos kilos encima.

necesito saber el mínimo de días en que
puedo perder diez kilos
¿sabéis algo?

intento que mi consumo de calorías no supere las 500.
Superar esa cifra es inaceptable.
¡Mucho love! Sed fuertes <333

Estoy repugnantemente gorda. Hoy he corrido durante
dos horas y me he muerto de hambre hasta la cena.
He comido como una cerda. Estoy desesperada.

Estoy de subidón. ¡Creo que todo esto empieza
a dárseme bien! A todas aquellas que estén pasando
por un mal momento, ¡muchos abrazos!
Podéis hacer cualquier cosa si os lo proponéis.

Cuando la casa duerme apago la música y enciendo una vela. Cassie está sentada en el alféizar de la ventana y me observa mientras trazo tres líneas perfectas con la cuchilla de afeitar sobre mi cadera derecha.

Ahora ya hace juego con la izquierda.

[030.00]

De camino al motel, donde recogeré a Elijah, me detengo en una tienda para comprar un mapa y una brújula. Ya he incluido el GPS en mi lista de Navidad, aunque lo que realmente necesito es una bola de cristal, pero nadie de por aquí las vende.

Abro la caja de la brújula en cuanto llego al coche. Ha salido defectuosa. Da igual cómo la sujete, la diminuta aguja gira y gira por toda la esfera sin parar.

Quiero que me devuelvan el dinero.

Elijah pasa más tiempo hablando de sus planes de viajar hacia el sur después de Navidad que haciendo de copiloto. Nos desorientamos justo al salir del motel y perdemos un montón de tiempo conduciendo por carreteras que ni siquiera aparecen en el mapa. Cuando finalmente avistamos las dos águilas de piedra que decoran la entrada del cementerio Mountain View, ya llegamos tarde.

Un hombre delgaducho con un abrigo largo y oscuro y unos pantalones de vaquero también oscuros me señala un diminuto aparcamiento. Mi coche es el tercero en aparcar.

Me apeo del vehículo, deseando haberme puesto pantalones de deporte porque el aire huele a nieve. Tiro del dobladillo de mi vestido y empiezo a tiritar.

Esta mañana esta misma chica parecía casi guapa en el espejo: pelo limpio, maquillaje decente, pendientes de plata antiguos, un vestido de manga corta de color gris (talla S) cuya falda ondea sobre las rodillas y unos zapatos de tacón asesinos. Me olvidé por completo de que fuera la temperatura no era de 37 grados.

—¿Estás segura de que estamos en el lugar adecuado? —pregunta Elijah mientras cerramos las puertas del coche.

El tipo con el sombrero se acerca hacia nosotros.

—Si os dais prisa, quizá lleguéis hasta allí arriba antes de que empiece el acto religioso funerario.

—¿Arriba? —repito.

—Sí, en la colina —afirma señalando una carretera empinada—. El funeral de los Parrish es justo en la cima. Tendréis que ir caminando. Todas las plazas de aparcamiento de allí están llenas. Que paséis un buen día —finaliza. Hace una leve reverencia y vuelve a su trabajo, junto a la verja.

—Nunca llegaré hasta allí con estos tacones —digo mostrándole los zapatos—. Apenas puedo caminar hasta el baño con ellos.

—Entonces, ¿por qué te los has puesto? —pregunta Elijah. Él va vestido con unos tejanos oscuros, unas botas de trabajo, la misma camisa y corbata que llevó el día del velatorio y una chaqueta con estampado de camuflaje. Su pendiente es un tapón sólido y negro.

—Porque son bonitos.

—No, no lo son —comenta—. Si te hacen daño, son espantosos.

Entonces se agacha un poco, encorvando la espalda y doblando las rodillas.

—Venga —me anima—, súbete a mi espalda.

—¿Qué?

—Te llevaré hasta allí. Bueno, quizá muera en el intento, pero me cubriré de gloria.

—No hace falta —respondo. Abro el maletero del coche y rebusco hasta que encuentro un par de zapatillas de deporte viejas, blancas pero sucias y con un montón de flores que dibujé con un bolígrafo azul durante la clase de historia—. Me pondré estas.

Me siento sobre el parachoques, me quito los tacones y me pongo las zapatillas de deporte, que huelen como si hubieran estado cociéndose en el interior de un maletero lleno de basura durante un año o más, pero mis pies lo agradecen.

Me pongo en pie.

—¿Sofisticada, eh?

Elijah me contempla fijamente: las zapatillas de deporte, el vestido y, cómo no, el hecho de que no paro de temblar. Se quita la chaqueta y me la entrega.

—No se te ocurra ponerte ahora a discutir.

Su chaqueta está cálida por el calor que desprende su cuerpo. Huele a gasolina y a chico.

—Gracias.

—Ahora —dice recorriéndome con la mirada de pies a cabeza por segunda vez—, ahora estás mucho mejor.

*    *    *

LAURIE HALSE ANDERSON

[031.00]

Siento que voy a flaquear cuando al fin llegamos a la cumbre
de la colina. Los cortes recientes de mi cadera me duelen y estoy casi segura que uno de ellos se ha abierto y está sangrando.
A medida que voy acercándome a Cassie, noto más frío y me
siento más débil. También está afectando a Elijah. Camina con
la cabeza gacha y las manos en los bolsillos.

La cresta de la colina está cubierta por cientos de escaraba-
jos negros reunidos para darse un banquete de carroña: niños
del colegio, profesores, padres que no se pierden ningún
evento. Los miembros del club de teatro se han repartido en
grupitos de tres o cuatro. El equipo de fútbol, en cambio, forma
un bloque sólido y la mayoría lleva la chaqueta del uniforme
del equipo. No veo a mi madre por ningún lado.

—¿Quieres estar cerca? —me pregunta Elijah.

—Lo más cerca que podamos.

Resopla.

—De acuerdo. Sígueme.

Nos abrimos camino entre la multitud, en dirección a la
caseta cubierta con una carpa blanca. Los padres de Cassie,
junto con otros familiares, están sentados en su interior en
sillas de plástico, escuchando atentamente las palabras del
pastor, que mantiene su mano sobre el hombro del señor Parrish.

El ataúd está arropado con una gruesa manta de pétalos de
rosa pálidos. Reposa sobre una abrazadera metálica, como una
bandeja de galletitas calientes enfriándose sobre un estante.
Supuestamente unas tiras de hierba artificial deberían cubrir
la abrazadera, pero el viento se las ha llevado por delante.

Me pongo de puntillas. El agujero de la tumba casi les roza
los pies.

Una pila de tierra con forma de colmena está amontonada
tras la caseta, a la espera de que acabe el oficio religioso. Los sepultureros tirarán la tierra en el agujero para impedir que Cassie suba a la superficie y huya.

Las montañas del norte han desaparecido bajo una tormenta de nieve. Aquí abajo, el viento grita entre las hileras de
lápidas del color de los truenos. Cierro los ojos.

118

✦　✦　✦

*La mascota de Cassie, un ratón al que llamaba* Pinky, *murió el verano antes de empezar cuarto curso.* Lloró de tal forma que incluso pensé que tendríamos que llamar a una ambulancia o, como mínimo, avisar a mi madre. La ayudé a bajar las escaleras. Su madre no estaba en casa, así que su padre se quedó al cargo mientras veía un partido de béisbol. Le dijo a Cassie que parara de llorar. Él se encargaría de tirar el cadáver a la basura después del partido.

Cassie mantuvo la calma hasta que volvimos a su habitación, se abalanzó sobre la cama y empezó, otra vez, a lamentarse.

—No quiero tirarlo a la basura.

—No lo haremos —la tranquilicé—. Celebraremos el funeral que se merece.

Utilicé una espátula para sacar a *Pinky* de su jaula y dejarlo sobre el pañuelo favorito de Cassie, de color azul. Lo enrollé como si fuera un burrito relleno de ratón y lo até con un hilo. Le propuse a Cassie que lo llevara ella, pero cuando tocó el pañuelo soltó un chillido. Así que me puse las manoplas de la cocina y llevé a *Pinky* hasta el jardín. Cassie siguió mis pasos con una pala diminuta entre sus manos.

El lugar donde nos resultaba más sencillo cavar una sepultura era en el centro del jardín de rosas de su madre. Nos turnamos para desechar la paja ornamental que cubría el suelo y cavar un agujero entre dos arbustos, uno con un cartel donde se leía *Rubor Rosado* y otro *Casi Silvestre.* Ambos carteles estaban escritos a mano con pluma estilográfica.

Me inventé algunas palabras en latín y canturreé la mayoría del Padrenuestro. Cassie añadió largos «ooooooommmms» que, según ella, eran de origen chino. (Sus padres siempre la animaban a explorar otras culturas.) Mientras ella pronunciaba esos «ooooooommmms», yo dejé a *Pinky* en el agujero y lo cubrí con tierra.

—Espero que ningún perro lo desentierre —bromeé.

Cassie empezó a arrugar la cara, como si en cualquier momento fuera a romper a llorar.

—Espera.

Crucé la calle, subí a mi habitación y cogí un cubo de plástico repleto de piedras de la playa. Reposamos las piedras sobre la tumba, esparcimos un poco de la paja ornamental que antes habíamos quitado y cantamos un par de oraciones más. Nos pusimos de pie, con las manos entrelazadas y los ojos cerrados, y juramos que jamás, jamás olvidaríamos a nuestro especial *Pinky*.

El verano siguiente, la *Casi Silvestre* ganó el premio de la Asociación de Cultivadores de Rosas de Manchester. El periódico le dedicó una página a todo color en la sección de jardín y *la familia Parrish organizó una fiesta para celebrarlo.*

El pastor está justo delante del ataúd. Alza las manos para invocar a los dioses. Agradece a todo el mundo que haya venido y entonces baja tanto el tono de voz que apenas puedo escucharle. Unos pocos rezagados más llegan corriendo por la colina, intentando acercarse rápidamente pero pasando desapercibidos. Uno de ellos es una mujer con botas y un abrigo de visón largo, con su cabellera rubia recogida en una trenza y unas gafas de sol que son completamente innecesarias porque las nubes han oscurecido la luz solar.

Mi madre.

Me deslizo tras la espalda de Elijah.

—Así me resguardo del frío. No te importa, ¿verdad?

—¿Qué? —pregunta—. Ah, claro que no.

Cuento hasta diez y después me asomo por el hombro de Elijah. Ella está tras la multitud, justo detrás del equipo de fútbol, asintiendo con la cabeza y esbozando una sonrisa a la gente que está a su alrededor.

Un tipo se acerca al pastor y le susurra algo al oído; quizá le esté explicando que no logramos escuchar una sola palabra de lo que dice por el viento. El pastor dice que sí con la cabeza y grita:

—¡Oremos!

Apoyo mi frente en la espalda robusta de Elijah.

*El día que enterramos a la Yaya Marrigan anduve detrás de mi madre* hasta llegar al cementerio. Ella disparaba su mano de vez en cuando para avisarme del peligro de las raíces que sobresalían del suelo. Yo tenía trece años. Pasamos bajo robles moribundos, cuervos con mirada afilada paseándose por las ramas y junto a unos ángeles adolescentes congelados en mármol con telarañas que entretejían sus cabezas con los hombros.

La Yaya estaba esperando en su ataúd, ubicado junto al fresco agujero que habían cavado en la parte trasera del cementerio, donde enterraban a los nuevos muertos. Ella se había encargado de escoger el ataúd, los cánticos y las oraciones. Exigió que los asistentes hicieran una donación a la biblioteca en vez de enviarle flores.

El pastor nos entregó unos cuadernillos para que pudiéramos seguirle, pero no cogí ninguno. Mi madre sollozaba sin mover ni un músculo de su rostro porque a la Yaya no le gustaba que la gente montara un espectáculo en público. Ver las lágrimas de mi madre recorrer sus mejillas me dejó tan aturdida que me perdí gran parte del oficio religioso.

Los sepultureros alzaron el ataúd de mi abuela como si estuviera lleno de plumas. Cuando lo descendieron por el agujero, el viento empezó a soplar con fuerza y sombras fantasmales se desplegaron y se plegaron como si fueran mariposas sobre el suelo. Las chicas de mármol y las sombras fantasmales *entran a hurtadillas en mi interior y se esconden tras mis costillas...*

121

Abro los ojos. El pastor sigue citando frases de la Biblia. Elijah tiene la cabeza inclinada hacia arriba, mirando el cielo, y está calmado. Mira, de la escuela, está sollozando y su padre la abraza fuertemente. Mi madre mira el suelo y mueve los labios. Me gustaría saber por qué reza.

La señora Parrish está apoyada en su marido. Él posa la barbilla sobre la cabeza de su esposa y la rodea con los brazos tan estrechamente que, aunque ella quisiera, no podría abalanzarse sobre el ataúd. Los pétalos de rosa del ataúd se agitan con la brisa. Algunos se desprenden y salen volando.

El resto de los dolientes se estremecen al ver cómo la tormenta se acerca por el norte. Las inquietas nubes de fantasmas se arremolinan entre las tumbas.

—¡Amén! —exclama el pastor.

[032.00]

Se acabó el juego.

El tipo vestido de negro vocea que todos estamos invitados a casa de la familia para continuar con la celebración de la vida de Cassie y así encontrar fortaleza entre nosotros. Mientras los padres de Cassie se alejan de la caseta, mi madre se acerca para decirles algo. La abrazan por turnos y ella les da unas suaves palmaditas en la espalda.

—Los funerales son una mierda —me confiesa Elijah—. La próxima vez que nos apostemos algo jugaremos al póquer. ¿Estás lista para irnos?

—Todavía no —respondo—. Quiero ver cómo tiran la tierra.

Él se muerde el interior de la mejilla.

—Te esperaré en el coche. Los muertos me ponen la piel de gallina.

—¡Lia! —El viento se lleva su voz, pero no del todo.

*Maldición.* Me ha visto.

Me escondo detrás de Elijah.

—No te muevas —le pido. Intenta girarse, pero le asesto un codazo en las costillas—. Lo digo en serio.

—¿Qué ocurre? —pregunta—. ¿De quién te escondes?

—De mi madre.

Intenta girarse otra vez.

—¿Por qué?

Agarro su camisa para impedir que se mueva.

—Solo intenta que no me vea.

Me acurruco contra su espalda, con el rostro escondido tras las cortinas que forman mi cabello. Se escuchan las puertas de los coches abriéndose y cerrándose, distingo cómo se encienden los motores y cómo los neumáticos chirrían sobre la gravilla.

—¿Por qué no? —pregunta Elijah.


... *La segunda vez que me ingresaron,*

... la segunda vez que me encerraron me había portado mal, mal, mal. Mis padres estaban enfadados, enfadados, enfadados. Las hijas descompuestas y moribundas dejan un rastro de peste que no desaparece aunque la mujer de la limpieza lo friegue todos los días. Mis padres se pasaban la pelota de la culpabilidad entre ellos. Que si Lia se muere de hambre, que si Lia está enferma, que qué le ocurre a Lia, que si todo es tu culpa-culpaculpa.

Mi madre quería tener la sartén por el mango y ser la doctora Marrigan en vez de la mamá de Lia enferma. Eso no funcionó. Los médicos de la clínica cavaron un foso a mi alrededor y dijeron que ella no podía cruzarlo a nado, así que tendría que esperar hasta que yo la invitara a cruzar el puente levadizo. Después de ese capítulo, se perdió un par de sesiones de terapia familiar. Intentó excusarse y explicarme por qué no había asistido, pero yo tenía los oídos tapados con pan, pasta y batidos.

Paseaba mustiamente con otras niñas, muñecas de trapo como yo. Una tenía una puerta de plástico sobre su tripa, de forma que podía engullir comida sin tener que utilizar la boca. Cuando se enfadaba, vomitaba la comida abriendo la puerta de su tripa, la cerraba de un portazo y pasaba la llave.

Tenía que afeitarme las peludas piernas delante de una enfermera para no cortarme, accidentalmente, una vena. Cuando al fin ya parecía un ratoncito rosa rapado me arrebataba la cuchilla. Me enroscaba en una caja de cerillas repleta de serrín y me cubría el rostro con el gélido faldón. Los psiquiatras rebuscaban entre su repertorio de trucos y me repartían pastillas nuevas y golosinas para chiflados de color azul celeste y grisáceo.

Experimentaron conmigo durante semanas. 40,4. 41,1. 42,2. 43,1. Rellenaron la piñata Lia con queso fundido y migas de pan. 44,9. 46,7. 47,2. 47,6. 48,1. Me liberaron cuando alcancé los 49 kilos junto con una carpeta roja de putilla con tres gomas que contenía todas mis lecciones: planes alimenticios, citas de seguimiento, ~~encantamientos mágicos~~ afirmaciones para mantener lejos los pensamientos feos.

Me negué a volver a casa de mi madre. Si realmente era una niña tan complicada, un grano en el culo, entonces buscaría otro sitio donde vivir. Intentó hablar conmigo sobre el tema, pero alcé el puente levadizo, lo sujeté con barras de hierro y puse un guardia armado ante él.

Los médicos entregaron una bolsa negra y escurridiza a papá y a Jennifer repleta de frascos de cristal que tintineaban como cascabeles. Las botellitas estaban llenas de *semillas para la locura, castañuelas en miniatura,* toma, toma y toma.

Elijah se cruje los nudillos.

—¿Por qué no quieres ver a tu madre?

—¿A ti te caen bien tus padres? —pregunto.

—Adoro a mi madre. Mi padre me daba palizas a diario y al final me echó de casa.

—Oh —suspiro—, lo siento.

—Espera —continúa—. Tenemos que girarnos un poco hacia la izquierda.

Se gira lentamente para mantener su cuerpo entre los ojos de mi madre y yo.

—Gracias —digo—. ¿Está mirando hacia aquí?

—Estaba, pero entonces dos señoras con paraguas la han abordado. Ahora la están abofeteando con los bolsos. ¿Por qué no quieres verla? ¿Acaso quemó tus muñecas en una hoguera purificadora? ¿Te leyó los correos electrónicos?

—Quiere dirigir mi vida —explico.

—Qué zorra. Como si creyera que es tu madre o algo así.

—Es una psicópata —contesto—. Es complicado.

—Las psicópatas no se pueden permitir abrigos de visón.

—Esta sí. ¿Qué está haciendo ahora?

—Su cabeza está dando vueltas de 360 grados y está vomitando ranas —dice.

—¿Qué estás…? —empiezo mientras asomo la cabeza tras su hombro.

Está a tan solo tres tumbas de distancia.

—¿Lia? —llama.

—¿Lia? —repite Elijah.

Se hace a un lado y me deja completamente al descubierto.

Me coloco sobre la tumba más cercana (Fanny Lott, 1881-1924) con la esperanza de que la tierra me trague. Pero no lo hace.

—¿Qué estás haciendo aquí? —pregunta ~~mamá~~ la doctora Marrigan.

—Um… —balbuceo.

—¿Te llamas Lia? —insiste Elijah.

—Pensé que habíamos acordado que no vendrías —comenta ella.

—Un momento —interrumpe Elijah mientras levanta la mano para captar la atención—. Tú eres Lia, la amiga que Cassie estaba intentando llamar. ¿Por qué no respondiste al teléfono esa noche?

La doctora Marrigan le hace un escáner en un nanosegundo.

—¿Quién es este?

—Es mi amigo, Elijah. Elijah, esta es mi madre, la doctora Chloe Marrigan.

Ella se interpone entre nosotros dos.

—Perdónanos. Tengo que hablar ahora mismo con mi hija.

Elijah empieza a tiritar, pero intenta esconderlo.

—¿Por qué no me dijiste tu verdadero nombre?

La carretera está colapsada por coches que descienden lentamente la colina.

—Lo siento, de veras —me disculpo—. Puedo explicártelo.

—Tienes mucho que explicar —dice la doctora Marrigan.

—No, madre, te equivocas —respondo bruscamente—. La doctora Parker me dijo que podía venir y además no es asunto tuyo. Ya nada es asunto tuyo.

Elijah gesticula una mueca de sorpresa al comprobar las cuchillas afiladas de mi voz.

La doctora Marrigan abre la boca para contestarme, pero un hombre y una mujer la llaman por su nombre. No los reconozco, pero ella sí, así que se gira y se aleja de mí para hablar con ellos.

—De acuerdo, es un poco pesada —admite Elijah en voz baja—. Pero no es una psicópata, solo es un poco rara.

—Odia que piense por mí misma —digo.

Mamá lleva su máscara amable, ideal para estrechar manos después de la iglesia y toparse con antiguos pacientes en el súper. No me presenta.

—Te pareces a ella —opina Elijah—, excepto por el color de pelo.

—Eso no es un cumplido.

—Realmente te saca de quicio, ¿verdad? —pregunta.

—Tiene ese don.

—¿Y tú lidias con ello huyendo?

—A ti te funcionó.

Se cruza de brazos.

—No del todo.

Debería devolverle la chaqueta, pero entonces me congelaré y ella empezará a despotricar sobre mi horroroso aspecto y yo me romperé en mil pedazos.

Elijah se sopla los dedos porque los debe tener helados.

—Aunque tu madre esté como una regadera, te quiere. Y eso tienes que respetarlo.

—Lo que hace ella no es quererme, es asfixiarme.

El ayudante del director del funeral está recogiendo las tiras de hierba artificial bajo la caseta. Un tipo con una chaqueta de caza roja está conduciendo una diminuta excavadora hacia la tumba. El viento se lleva el sombrero del ayudante y él empieza a perseguirlo.

Cuando finalmente la pareja se aleja, la doctora Marrigan se gira hacia nosotros otra vez.

—Tengo que volver al hospital para pasar una revisión a un paciente. Estarás en casa cuando regrese, ¿verdad?

Elijah me da una patadita en mis deportivas con sus botas.

—Sí —digo sin pensar—, pero tengo que dejar a Elijah en su casa primero.

La doctora Marrigan parpadea varias veces, como si intentara recuperar el equilibrio. Se estaba preparando para enzarzarse en una discusión y no lo ha conseguido.

—Perfecto entonces —dice un tanto desconcertada—. Te veré allí. Conduce con cuidado.

—Claro.

Cuando desaparece por la colina, el asistente que está bajo la caseta coge un diminuto mando a distancia y pulsa un botón, enviando así el féretro de Cassie al corazón de la tierra.


[033.00]

Elijah y yo volvemos al coche sin decir palabra.

—¿Estás enfadado conmigo? —pregunto finalmente cuando entramos en el coche—. ¿Por lo del nombre?

—No te creas —responde.

—Puedo explicártelo... —empiezo.

De repente levanta las manos para detener mi discurso.

—¿Podríamos no hablar durante un rato? —me pregunta con tono calmado—. Me va a estallar la cabeza. Los muertos y los padres cabreados no son una buena combinación para mí. Necesito relajarme.

—De acuerdo.


Nos quedamos en silencio hasta que llegamos al motel. Aparco delante de su habitación y le doy su chaqueta.

—De verdad, te agradezco mucho todo lo que has hecho por mí hoy.

—No hay de qué. Gracias por traerme.

Coge la chaqueta, sale del coche, cierra la puerta y se aleja. Bajo la ventanilla del conductor.

—Espera. ¿Cuándo podemos hablar otra vez?

—No lo sé —responde mientras se saca las llaves del bolsillo.

—Olvidé preguntarle a mi padre acerca del depósito de chatarra —digo—. Te llamaré cuando descubra dónde está.

—Gracias.

Elijah desaparece entre la oscuridad de su habitación.

No estoy del todo segura de por qué le ha cambiado tanto el humor. Quizás hay algo en la atmósfera del cementerio que penetra la piel y la infecta. Quizá sea esa también la razón de por qué se me ha revuelto el estómago. Una oleada de náuseas demuelen mis entrañas: triste, enfadada, furiosa, confundida, todo me provoca arcadas. Intento combatir las imágenes que se me pasan por la cabeza: rosas oscilando sobre su ataúd, lágrimas que empapan el suelo, nubes de pena que quieren descargarse sobre nosotros a modo de tormenta. Me asfixio y toso. Si hubiera comido algo hoy, ahora mismo lo estaría vomitando.

Una luz roja de alarma parpadea junto al indicador de velocidad. Rebusco el teléfono entre el bolso para llamar a papá. Quiero preguntarle si el motor está a punto de explotar, pero de repente recuerdo que ya no tengo teléfono.

Subo la calefacción hasta el último cuadradito rojo y acerco

127

el rostro a los ventiladores. El aire huele a Cassie y me hace toser otra vez.

~~Tengo hambre. Necesito comer.~~

Odio comer.

~~Necesito comer.~~

Odio comer.

~~Necesito comer.~~

Me encanta no comer.

La lucecita roja del aceite parpadea ON/OFF, ON/OFF, ON/OFF. Finalmente, acelero.

[034.00]

La avenida Briarwood está alineada con casas hechas por encargo. No hay aceras, ni terrazas. El césped está recortado de una forma especial, para que se deslice cuesta abajo desde la entrada principal hasta la calle. Cada brizna de césped está segada a mano para regular la altura. Normalmente, esta avenida está vacía y muy pulcra.

Pero hoy no. Los coches están aparcados a ambos lados de la calle. Las ruedas han dejado unas huellas embarradas sobre los márgenes de los jardines. Las puertas metálicas se cierran de un portazo, los sistemas de seguridad pitan, personas con abrigos sombríos y el ceño fruncido se encorvan por el viento y arrastran los pies hasta la casa situada enfrente de la de mi madre.

Están aquí para cumplir su condena, presentar sus respetos; al fin y al cabo, para pagar el precio de conocer a los padres de una joven muerta. Todos se dirigen a casa de Cassie.

Aparco en el camino de entrada de la casa de mi madre.

El jardín de rosas de la señora Parrish se ha extendido a ambos lados de la casa y también se ha esparcido por el patio frontal. Los arbustos están podados y se reducen a púas espinosas de invierno, envueltas en bolsas de arpillera, con el sueño de que en verano las flores tupidas nacerán desde las raíces.

◆   ◆   ◆

*La primera vez que vi a Cassie vomitar* fue precisamente en este jardín. Sus padres habían organizado una fiesta para celebrar el Día del Trabajador, justo el día antes de empezar el colegio. Los adultos, completamente borrachos, gritaban desde la piscina, las parejas del instituto se habían retirado —preferían acurrucarse en los suaves sofás que les esperaban en sótanos vacíos—, y los niños y niñas estaban ya acostados. Pero nosotras ya no éramos niñas; teníamos once años. Podíamos quedarnos despiertas hasta la hora que quisiéramos siempre y cuando no molestáramos a nuestros padres.

Corrí al otro lado de la calle, hacia mi casa, para coger una sudadera. Cuando regresé, Cassie había desaparecido. Busqué por todos lados hasta que la encontré entre las sombras del jardín de rosas, alejada de las antorchas y del sonido de la licuadora para preparar margaritas. Tenía arcadas y un dedo metido hasta la garganta. Casi todo lo que había comido salpicó el césped: una bolsa de patatas fritas, el bote de guacamole casi entero, dos pedazos de bizcocho de chocolate y un trozo de tartaleta de fresas.

—Iré a buscar a tu madre —dije.

—¡No! —exclamó agarrándome con fuerza. Entonces me lo explicó todo muy deprisa y susurrando. Vomitaba a propósito, para no engordar. Empezó a llorar porque había esperado demasiado en tomar esta decisión y las calorías estaban surtiendo su efecto y se sentía fatal por ello.

—¿Por qué te has comido dos trozos de bizcocho de chocolate si no quieres engordar? —preguntó mi cuerpecillo de elfo.

—¡Porque tenía hambre! —gritó. De repente, las lágrimas empezaron a brotar de sus ojos, recorriéndole las mejillas hasta llegar a su grasienta barbilla.

Tapé el vómito con la paja ornamental que cubría el césped y le ayudé a subir hasta el cuarto de baño para que pudiera lavarse el pelo. Le limpié el vómito de su camiseta con jabón de la marca *Dove* en el lavamanos, lo cual me provocó arcadas todo el tiempo. Cuando se metió en la ducha, metí la camiseta en la secadora. Utilicé un cuchillo de untar mantequilla para quitar el nauseabundo olor de la pastilla de jabón.

Enterradas en nuestros sacos de dormir, me confesó que todas las niñas de su cabaña en el campamento de teatro vomitaban. Cuando le pregunté el porqué, me dijo que todas eran unas gor-

129

das-requetegordas y tenían que hacer algo al respecto. Ese campamento de verano le enseñó más cosas a Cassie que el colegio.

Cuando estaba en segundo curso de instituto ya se había convertido en toda una profesional. Coloreaba el inicio de sus atracones con el naranja Doritos y el lila de las moras para saber cuándo había hecho su trabajo. Su dedo favorito para vomitar estaba marcado con rasguños que nunca se curaban. Le decía a su madre que los cortes se los había hecho durante el entrenamiento de fútbol/lacrosse o moviendo/colocando ladrillos. O que el perro la había mordisqueado.

Cassie se convirtió en la montaña rusa del parque temático que fue la secundaria. Yo interpretaba el caballito de un tiovivo inmovilizado para siempre, *con unos ojos que nunca parpadeaban y la pintura de mis ojos se descascarillaba...*

Debería desenterrar a *Casi Silvestre* y extraer los huesecillos de *Pinky*, que aún deben de estar cálidos entre el pañuelo azul. Debería bordarlos en un jersey o enhebrarlos en un lazo y llevarlos alrededor de mi cuello. Si aún conservara el cristal de mirar verde, podría utilizarlo. Siempre que me sintiera perdida podría mirar a través de él. Mucho mejor que una brújula que no funciona.

La lucecita que me advierte de que el depósito de gasolina está vacío se enciende junto a la luz roja parpadeante. No pasa nada.

~~Mi madre~~ La doctora Marrigan aparca en la entrada de casa. Me mira a través del cristal del parabrisas y yo la observo a través del cristal de la ventanilla de mi coche mientras se abre la puerta del garaje. Tiene la nariz roja y los ojos hinchados, como si hubiera estado llorando. Desvía la mirada y conduce hacia el interior del garaje.

Me quedo en el coche durante unos minutos. Después, la sigo.

[035.00]

Estoy segura de que está esperándome en la sala de estar, con la calefacción a tope, sus apuntes de la universidad cuidadosamente organizados al lado de mis defectos y errores listados según su prioridad. Tiene gráficos para demostrarme que todo lo que hago está mal y que mi única esperanza es permitir que ella me introduzca células madre en la médula para crear una nueva versión de sí misma en mi piel.

Sin embargo, no está. No está en la sala de estar.

Estará esperándome en la biblioteca, lo que la gente normal llama «comedor».

No. Decenas de estanterías cubiertas de polvo y un montón de revistas sobre cardiología ocupan la mesa central. Ni rastro de la doctora Marrigan.

Tampoco en la cocina.

Ni en el sótano. Tampoco está en la bicicleta estática, ni levantando pesas, ni haciendo abdominales.

—¿Mamá?

Las cañerías del sótano retumban cuando se enciende la caldera del agua caliente. Debe de estar dándose una ducha.

Subo dos tramos de escaleras y camino de puntillas sobre el pulido suelo de su habitación. Cuando llego al cuarto de baño giro leeeeeeeentamente el pomo de la puerta hasta que esta emite un crujido. Se escapa un hilo de vapor por la puerta y escucho los sollozos de una mujer adulta rota en mil pedazos.

Cierro la puerta.


Cuando baja las escaleras, una hora más tarde, el café está a punto, el zumo de naranja está exprimido y tiene la mesa servida. He escogido la vajilla de porcelana de la Yaya Marrigan, la cubertería antigua de plata que estaba en el gigantesco armario del comedor y una servilleta de lino del mismo color de la nieve. Justo como a ella le gusta… pulcro y preciso. Tal cual.

Ya no hay rastro de sus lágrimas. Sin embargo, tiene la nariz aún un poquito roja. Observa la cocina, un tanto confundida, y vuelve a perder el equilibrio, precisamente porque yo no estoy siguiendo el guion.

Le ofrezco el vaso de zumo. Cuando se toma un sorbo rompo tres huevos, enciendo el gas y coloco una sartén para fundir la mantequilla.

Cada paso que doy en la cocina es una prueba. *Soy lo bas-*

*tante fuerte para coger la mantequilla. Soy lo bastante fuerte para quitar el papel que la envuelve, poner un trozo en la sartén y mirar-oír-oler cómo se deshace.* Me limpio la mancha grasienta de la yema de los dedos sin probarla. Estoy pasando todas las pruebas con buena nota.

—¿Cuándo has aprendido a cocinar? —pregunta mi madre.

—Jennifer me ha enseñado. A Emma le encantan las tortillas. Olisquea el aire.

—¿Hay algo en el horno?

—Quería hacer magdalenas de zanahoria con pasas, a Emma también le gustan mucho. Pero no tenías ni zanahorias ni pasas, así que son magdalenas de nuez moscada —explico mientras bato los huevos—. Tienes la nevera bastante vacía. Solo hay cebolla o espinacas para la tortilla.

Estudia las hortalizas troceadas sobre la tabla de cortar.

—Solo espinacas.

Sirvo un poco de café en la taza de porcelana y se la ofrezco. La coloca sobre la mesa. Después saca el busca y el teléfono móvil del bolsillo de su bata y los coloca en línea con el tenedor. Se retuerce sobre la silla y observa la sombra de su silueta que se refleja en el plato vacío.

—¿Quién era?

Alza la cabeza.

—¿Quién era quién?

Vierto los huevos batidos sobre la sartén caliente.

—¿Qué paciente ha fallecido?

—¿Y tú cómo sabes que un paciente ha fallecido?

Doy la vuelta a la tortilla, para que el huevo se haga por ambos lados.

—Solo lloras en la ducha de esa forma cuando pierdes a algún paciente.

La sartén chisporrotea. El temporizador del horno pita.

Mamá extiende la servilleta sobre su regazo.

—Era una trabajadora social que se ocupaba de niños de acogida. Sufría de una cardiomiopatía dilatada en estado avanzado; estuvo en la planta de trasplantes durante más tiempo que el resto de los pacientes. Le di un corazón nuevo el día de Acción de Gracias. Hoy ha fallado. Ha muerto antes que pudiéramos hacer algo.

132

Mientras ella habla pongo las espinacas sobre la tortilla, espolvoreo queso por encima, la doblo por la mitad y la sirvo en el plato que había colocado sobre la mesa.

—Lo siento.

—Gracias. —Toma un bocado, aunque acabo de sacarla de la chisporroteante sartén—. No está nada mal. Espero que te prepares otra para ti.

Come de forma automática, mastica el mismo número de veces por cada bocado, el mismo número de segundos entre bocado y bocado, hasta que se zampa la tortilla y recupera así la energía.

No estamos gritándonos. No estamos buscando cuchillos afilados para hacernos daño. Todo va bien.

Le hago la pregunta sin rodeos. La lanzo sobre la sartén caliente para ver qué ocurre.

—¿Cassie murió como tu paciente? —pregunto—. ¿También le falló el corazón?

—Preferiría no hablar de eso contigo —responde mamá—. Por ahora, no.

—Pero tú has visto el informe de la autopsia, ¿no?

—Lia, no creo que sea el mejor momento... —De repente su busca vibra sobre la mesa—. Maldita sea. —Lee el mensaje y marca un número en su teléfono móvil—. Doctora Marrigan al habla.

Me quemo las yemas de los dedos al sacar las magdalenas del horno. ~~Quieren saltar hacia mi boca. No, prefieren untarse de mantequilla y miel y saltar hacia mi boca, un, dos, tres, cuatro. Y después vendrán unas bolas de helado y después unas galletas María y después un tarro de chocolate glaseado y después tres paquetes de palomitas~~.

La doctora Marrigan da órdenes sobre medicamentos, sueros y pruebas y finalmente cuelga.

—¿Ya están las magdalenas?

—Sí, pero están un poco calientes.

—No pasa nada.

Recojo el plato sucio de la tortilla y coloco tres magdalenas delante de ella.

—Prometiste que le explicarías los resultados de la autopsia a la señora Parrish.

133

—Así es.

—¿Y entonces?

—¿No piensas comer nada?

Coloco el plato sucio en el fregadero.

—No tengo hambre.

Mamá quita el papel rosa que envuelve la base de la magdalena.

—¿Qué has almorzado?

—Todavía no he almorzado.

—Son casi las dos de la tarde. Coge una magdalena.

—No quiero.

—¿Y una tortilla? Los huevos tienen proteínas.

—He desayunado leche con cereales esta mañana.

—Tienes que comer algo.

La Voz ha regresado, dando órdenes, exigiendo obediencia.

—Mamá...

El busca vuelve a pitar y empieza a vibrar sobre la mesa como una abeja enfurecida.

—Joder —se queja. Después hace la llamada—. Doctora Marrigan.

Dejo la sartén y la bandeja de magdalenas en el fregadero, abro el grifo del agua caliente y echo jabón. El calor de la cocina ha empañado todas las ventanas.

La chica de verdad que solía ser se escabulle de la cocina y escucha los ecos de viejas voces gritándose de mala manera entre ellas en cada habitación de esta casa. Mamá contra papá. Papá contra mamá. Papá contra el trabajo de mamá. Mamá contra las novias de papá. Mamá y papá contra los informes escolares de Lia, los recitales de Lia, la decisión de dejarlo todo de Lia. Lia contra todo y todos.

Las voces se deslizaron hacia el interior de esta chica sin que se diera cuenta, como un bicho en una noche de verano que te araña el interior de la garganta justo después de percatarte de que te lo has tragado. Las voces nadaron entre sus entrañas y se multiplicaron, unos ecos diminutos y carbonizados se instalaron permanentemente en el interior de la cáscara de su cráneo.

::Estúpida/fea/estúpida/zorra/estúpida/gorda
estúpida/niña/estúpida/fracasada/estúpida/perdida::

—¡Lia! ¡Lia! ¡Mírame! —vocea mamá mientras me sacude por los hombros.

Pestañeo. Los platos están limpios, pero mis manos siguen en el fregadero. Las burbujas han desaparecido. El agua se ha enfriado.

Mamá me ~~arrastra~~ guía hacia la silla, rodeándome por los hombros y tomándome el pulso al mismo tiempo. Se arrodilla delante de mí y me levanta la cabeza, después me hace mirar a un lado y al otro y finalmente me obliga a fijar la mirada en la brillante luz de su bolígrafo.

—Seguro que tus niveles de azúcar están por los suelos —murmura.

Hay tres envoltorios de magdalenas vacíos doblados en triángulo sobre su plato. Un trozo de papel verde está junto al plato, garabateado con notas que ha tomado durante las llamadas telefónicas que ha hecho mientras yo estaba en *zombilandia*. El vaso de zumo y la taza de café están vacíos. Al parecer, el desagüe no se ha llevado solo el agua del fregadero, sino también el tiempo.

He perdido diez minutos, quizá quince.

Me sirve un vaso de zumo de naranja.

—Tómate esto.

Si no lo hago, lo más probable es que forcejeemos hasta que me tire al suelo, me abra la boca y vierta el jugo en su interior. O quizá me lleve directamente al hospital y me enganche a un tubo de alimentación intravenosa hasta que me hinche y rebote hasta el techo como si fuera un globo del desfile del día de Acción de Gracias.

Me trago el zumo de naranja. Al fin llega a mi estómago.

Toma asiento, sin dejar de mirarme en ningún momento, mientras las ventanas cobran su aspecto habitual y el ácido intenso del zumo se derrama por mis venas.

—Estoy bien —digo—. Solo estoy triste por Cassie.

En vez de contestar se levanta, tira de mala manera la sartén limpia sobre el fuego, enciende el gas, echa un trozo de mantequilla sobre la sartén, tira de la puerta de la nevera con fuerza y saca huevos y leche. Rompe dos huevos y los vierte sobre la sartén, los salpica con leche y lo remueve todo con un tenedor.

—No pienso comerme eso —digo.

Se encorva sobre la cocina y bate y bate.

—No puedo.

No obtengo respuesta. Bate-bate-bate.

—Se supone que no tienes que forzarme. Tengo que sentirme segura con la comida.

—Eso es lo más absurdo que jamás he oído.

Tira bruscamente los huevos revueltos en un plato limpio junto con dos magdalenas, cruza la cocina airada y me pone el plato delante.

El zumo de naranja es como un virus que ataca mis entrañas.

—Olvídalo.

Sacude la cabeza.

—No piensas con claridad. Estás mareada. Y me has mentido sobre el desayuno.

—Vale, de acuerdo, me olvidé de desayunar. Ha sido un día muy duro.

—Tienes un aspecto horrendo. ¿Cuánto pesas?

—Jennifer me pesa, nazi —digo—. Pregúntale a ella. —Se cruza de brazos—. 48,5 kilos el martes.

—No te creo.

—Jennifer te puede enseñar la libreta.

—Vas a comerte todo lo que hay en ese plato.

Dos huevos revueltos + leche + mantequilla = 365 + (dos magdalenas = 400) = horror.

—Lo intentaré.

Tomo un pequeño bocado de esa masa amarilla. El zumo de naranja está quemándome, agujereándome las paredes de mi intestino. Engullo eso amarillo y grasiento, corto otro pedazo y abro la boca de par en par para que el avión aterrice en el hangar.

Mamá se sirve otra taza de café.

Dejo el tenedor sobre la mesa.

—Tengo el estómago revuelto. No puedo hacerlo.

—Estás enferma. Cuando comas como una persona normal y corriente te sentirás mucho mejor.

—Comer me hace sentir peor.

—Come un trocito de la magdalena.

Despego lentamente el envoltorio de papel rosa de la magdalena. ¿En qué estaba pensando? ¿Creía que si cocinaba para ella y le daba un beso en la mejilla todo iría mejor? Corto la magdalena por la mitad, después cada mitad en cuatro partes y cada una de estas en dos. Me como uno de los trocitos. Una burbuja de harina explota en mi lengua.

Ella observa cómo mastico y engullo. Observa cómo cojo otro trocito, *un minuto, dos, tres, cuatro*... Hace un par de años vi la declaración de la renta de mi madre e hice los cálculos para adivinar su sueldo por hora. Acabo de malgastar doce dólares de su tiempo.

Empujo el plato.

—No puedo.

En vez de estallar, inspira profundamente y me devuelve el plato.

—Hagamos un trato.

El zumo de naranja me está dando retortijones en el estómago.

—¿Qué quieres decir?

—Si comes te explicaré cómo murió Cassie —dice.

—Estás de broma.

—¿Acaso bromeo cuando se trata de comida?

~~El hambre me está matando~~ Tengo que ser fuerte... ceder, pero nunca romper.

—Una magdalena.

—Dos magdalenas. Necesitas carbohidratos.

—Una magdalena y los huevos.

Vuelve a inspirar profundamente.

—Trato hecho.


Tardo una hora.

Huevos revueltos = 25 mordiscos.

Una magdalena = 16 mordiscos.


[036.00]


A mi estómago de ratoncito rosa le gusta ser pequeño y estar vacío. Ahora mismo me odia por cebarlo con toda esa comida.

Me recuesto en el sofá, me tapo con la manta eléctrica e intento mantener las arcadas.

Mamá se acomoda en el otro sofá, frente a mí. Se arropa las piernas con una colcha de punto, una que yo misma bordé la Navidad pasada, llena de puntos mal cosidos y patrones rotos.

—¿Estás segura de que quieres escuchar esto?

—No puede ser peor de lo que me he estado imaginando.

—Es desagradable.

—¿Estaba colocada?

—No, nada ilegal, pero se había tomado dos antidepresivos, un ansiolítico y una pastilla para la úlcera. Y vodka. Bebió mucho vodka.

—¿Coma etílico?

—No —responde mientras arregla el cojín sobre el que apoya su espalda, pero no dice nada más.

—Lo has prometido —amenazo—. Yo he cumplido mi parte del trato. Tienes que contármelo. Todo.

—¿Todo? —Coge aliento, adopta la típica postura de médico y empieza—: Cassie tenía el hígado dañado, sus glándulas salivales estaban destrozadas y su estómago estaba hinchado —me explica. Después, me muestra la mano cerrada en un puño y continúa—: Un estómago sano es de este tamaño, y puede estirarse hasta alcanzar una capacidad de alrededor de un litro. El órgano de Cassie tenía una capacidad de tres litros. Además, las paredes del estómago habían perdido su espesor y mostraban indicios de necrosis.

138

*La última vez que vi a Cassie* fue justo antes de Acción de Gracias. Yo iba de camino a la biblioteca; ella estaba colgando carteles para el musical. Tenía una apariencia limpia y llena de color: tejanos nuevos, jersey bonito, pendientes preciosos. Tenía las mejillas sonrosadas y su cabello brillaba bajo el sol. No parecía necrótica. Estaba mascando chicle. Tenía los ojos cansados, pero somos adolescentes. Todos los adolescentes tenemos ojeras.

Pasé por su lado y le susurré un tímido «hola», pero no me escuchó.

El cubo de Cassie se estiraba, tenía arcadas, se llenaba y se vaciaba una y otra vez, *labrándose así su propio camino.*

* * *

—Cassandra mantuvo una fuerte discusión con sus padres el jueves, durante la cena de Acción de Gracias —explica mamá—. Se levantó para vomitar la comida justo en mitad de la cena. Cindy dice que incluso Jerry se dio cuenta de que volvía a sus viejas costumbres. Le aconsejaron que se hospitalizara, pero ella se negó en rotundo. Tenía diecinueve años, así que no podían obligarla. Jerry perdió los estribos y la amenazó con no pagarle la universidad hasta que estuviera fuerte y sana. Cassie se fue de casa. Llamó a Cindy para decirle que volvería el sábado, que estaba en casa de una amiga. Estaba en un motel. Bebió, se dio atracones y vomitó durante dos días.

—Entonces, ¿fue un ataque al corazón porque sus electrolitos no estaban en orden?

Mamá se arropa con la manta de punto hasta el pecho.

—No, cariño. El esófago de Cassie reventó.

—Reventó.

—Se desgarró. Es el síndrome de Boerhaave. Lo suelen padecer los alcohólicos que vomitan después de beber demasiado. Devolver la comida forzadamente puede desgarrar el esófago —me explica mientras se mira las manos—. Estaba vomitando en el lavabo del motel cuando el esófago reventó. Tal y como te he dicho, estaba muy, muy borracha. Entró en estado de *shock* y murió en el cuarto de baño.

Cuento hasta diez, después hasta cien. Mi madre espera, observándome. Inspira. Espira.

—¿Quieres preguntarme algo? —me pregunta finalmente.

—¿Saldrá en los periódicos?

Mamá niega con la cabeza.

—Lo dudo. Como no hay abuso de drogas, supongo que dirán algo como que el fallecimiento fue el resultado de una enfermedad médica preexistente.

Fuera, en la calle, la gente empieza a subirse al coche; cierran la puerta de golpe y huyen de aquí tan deprisa como pueden. Si fuera la señora Parrish no permitiría que se fueran. Les rogaría que se trasladaran a mi casa durante dos meses, o incluso pagaría a desconocidos para que ocuparan todas y cada

139

una de las habitaciones de la casa. Les pediría que engulleran mi comida, que me alborotaran las alfombras, para que así pareciera que la casa no está vacía.

—¿Sintió algo?

Mamá gira la lámpara que ilumina la mesa de al lado. La tormenta ha descendido desde las montañas.

—Mucho me temo que sí. Murió aterrorizada y sola. Es una forma horrible de despedirse de este mundo.

Soy un iceberg navegando a la deriva hacia la esquina de un mapa.

—No te creo —interrumpo—. Te estás inventando todo esto para asustarme.

—No necesito inventarme nada. Está muerta, tú misma fuiste a su funeral. Cindy te mostrará el informe de la autopsia, si quieres.

—Ya no quiero hablar más.

Mamá se inclina ligeramente hacia delante.

—Tienes derecho a deprimirte. De hecho, prefiero verte triste en vez de fingiendo que no te afecta.

—No tienes de qué preocuparte —me incorporo y empiezo a trenzarme el cabello—. Estoy triste porque ha muerto y me angustia la forma en que murió, pero esto no me arruinará la vida. Incluso antes del verano Cassie y yo ya no éramos tan amigas como cuando éramos pequeñas.

Oímos cómo sopla el viento.

—Cindy quiere charlar contigo —comenta mamá—. Dice que eres la única persona que puede ayudarle a entender el porqué.

—¿El porqué?

Ella asiente.

—Cassie lo tenía todo: una familia que la quería, amigas, actividades. A su madre le gustaría saber por qué tiró todo eso por la borda.


¿Por qué? ¿Quieres saber por qué?

Entra en una cabina bronceadora y fríete durante dos o tres días. Cuando las ampollas de tu piel hayan estallado y te hayas descamado, retuércete en sal gorda y después ponte ropa interior cosida con hilo de cristal y alambre de cuchillas. Vístete con tu ropa habitual, siempre y cuando te vaya estrecha.

Fuma pólvora y ve al instituto para brincar entre aros, siéntate y suplica, cumple las órdenes. Escucha los murmullos que se cuelan en tu cabeza por la noche, llamándote fea y gorda y estúpida y puta y zorra y lo peor de todo, «una decepción». Vomitas y te mueres de hambre y te cortas y bebes porque necesitas un anestésico y eso funciona. Durante un rato. Pero entonces el anestésico se convierte en veneno y para entonces ya es demasiado tarde porque ya estás colocada hasta el alma. Te está pudriendo por dentro pero no puedes parar.

Te miras en un espejo y solo ves un fantasma. Oyes gritar a cada latido de tu corazón y todo-absolutamente-todo está mal.

«¿Por qué?» no es la pregunta correcta.

Pregúntate «¿Por qué no?».


El busca vibra sobre la mesa de la cocina. Mi madre suelta un par de palabrotas, comprueba el aparato y hace la llamada mágica.

—Doctora Marrigan.

Después de escuchar la llamada, se evapora de la sala de estar y sube a toda prisa las escaleras. Yo aprovecho para recostarme otra vez.

Por fin la manta eléctrica ha entrado en calor, así que me entierro debajo. Mi barriga de ratoncito gimotea porque mi madre me ha obligado a tragarme casi mil calorías. Tendré que mantenerme fuerte hasta mañana a la hora de cenar para equilibrarlo todo.

Me dejo llevar…


—Lia, levántate —me despierta sacudiéndome por los hombros—. Tengo que irme al hospital.

Sus ojos miran hacia mí, pero en realidad está visualizando lecturas de electrocardiogramas e informes sanguíneos. Está observando la línea recta y nítida que trazará con su bisturí sobre el pecho de su paciente en cuestión de una o dos horas.

Me siento, temblando, y alargo la mano para coger el mando de la manta eléctrica.

—Esta cosa no funciona.

—La he desenchufado para que no te quemaras.

Se sube la cremallera del abrigo y se inclina hacia delante para darme un beso en la mejilla.

—Siento tener que irme —se disculpa y vuelve a darme un beso en la cabeza—. Descansa.

Cierra la puerta de un portazo cuando sale, pero no porque esté enfadada. La doctora Marrigan siempre da portazos para asegurarse de que las puertas quedan bien cerradas.


[037.00]

La casa de mi madre respira y se alimenta. El lavaplatos alterna los ciclos ACLARADO, FREGADO, LAVADO NORMAL, ACLARADO ANTIBACTERIANO y SECADO. El sistema de calefacción filtra el aire por pulmones electroestáticos y lo expulsa silenciosamente. La caldera del agua caliente se enciende. El compresor de la nevera traquetea y después zumba, para mantener el interior frío.

No pasaría nada si me pusiera a gritar tan fuerte como para reventar los cristales de todas las ventanas. Todo seguiría funcionando según el manual de la propietaria y una pila de garantías lo aseguran.

Me estremezco al notar el frío del suelo y voy al cuarto de baño. Cuando tiro de la cadena, el agua corre y ¡zas! se lleva consigo todo lo que me rodea. Antes de cobijarme otra vez bajo la manta, abro las cortinas y me quedo ante las puertas acristaladas con vistas a lo que antes era el paraíso al jardín trasero.

Cuando papá se marchó, mamá contrató a varios paisajistas para convertir el huerto de hortalizas en un lecho de plantas perennes, algo que no tuviera que mimar en exceso ni regar demasiado. Así fue como desapareció la pila de abono orgánico, como el herbario se convirtió en semillas y como el terreno dedicado a las fresas se transformó en el camino de cemento de la entrada. Los chicos venían una vez a la semana para segar, recortar y pasar el rastrillo.

No creo que los haya contratado este año. Debía de parecer una selva en julio y agosto; ahora es una selva muerta. La hierba me llega a la altura de las rodillas y muestra un color marrón podrido. Además está cubierta de cáscaras de semillas que se desmoronan de las ramas raídas. Los arbustos perennes están desaliñados y unas enredaderas secas los han estrangulado. La cepa del arce que sujetaba mi casa del árbol se está pudriendo. Es como si mi madre ni siquiera supiera que, antaño, aquí había un jardín trasero.

*… Mi casa del árbol era nuestro castillo hasta el verano en que cumplimos doce años.*

La Yaya Marrigan se instalaba en casa durante las vacaciones de verano porque yo era demasiado mayor para tener una canguro pero demasiado pequeña para quedarme sola en casa. Hacía delicias al horno todas las mañanas: pan de calabacín, galletas de avena o pastel de arándanos. A mí me enseñó a hacer punto y a Cassie a hacer ganchillo. Unos ovillos de hilo infinito entrelazaban sus manos de papel y entretejían sus dedos.

No queríamos ver a una anciana preparar comida en el horno o tejer. Preferíamos pasar la tarde en el centro comercial. Deseábamos chasquear los dedos y, de repente, tener dieciséis años para poder conducir coches y tener novios peligrosos. La casa del árbol era demasiado pequeña para chicas inquietas como nosotras, pero era todo lo que teníamos. Leíamos, jugábamos a las cartas y al Uno, nos pintábamos las uñas, comíamos polos helados y bocadillos de queso con mostaza hasta que las manchas de nuestras camisetas eran permanentes.

Fue precisamente ese verano cuando al fin di el estirón después de años siendo más bajita que todo el mundo. La pubertad me provocó dolores por todo el cuerpo, hasta que mis brazos y piernas salieron automáticamente de sus articulaciones. Este cuerpo nuevo olía a humedad. El culo se balanceaba, los muslos parecían medir un kilómetro a lo ancho y una segunda barbilla brotó por debajo de la antigua. Mi profesora de ballet me pellizcaba los centímetros que me sobraban, me robó mi actuación en solitario y me dijo que dejara de comer helado de nue-

143

ces. Pasé de ser un elegante cisne a un patito feo incapaz de caminar sin tropezarse con sus propios pies.

Cassie decía que el ballet era para crías. Yo le respondí que me daba igual, aunque en realidad era mentira. Dos días después, se fue al campamento de teatro y yo me quedé sola.

Ése fue el verano en que mi padre publicó su libro más famoso. Salía continuamente en las noticias y fue entonces cuando mamá descubrió que tenía una aventura. Durmió en el sofá durante un par de semanas y después se fue. Me prometió que siempre me querría, pasara lo que pasase. Alquiló un apartamento de una sola habitación y se fue. La Yaya Marrigan dijo «¡por fin!» y empezó a echar pestes de él, porque, desde el principio, a ella siempre le había dado mala espina.

Mamá firmó el divorcio.

En el despacho del abogado, mis padres me juraron que siempre seríamos una familia gracias a mí, pero las cosas irían mejor ahora. No habría más gritos ni más discusiones. Al destrozar nuestra familia, en realidad, la estábamos haciendo más fuerte. Cuando finalmente me percaté de que nada de lo que decían tenía sentido, la abogada ya había terminado su trabajo y papá cruzaba el pasillo de la iglesia para casarse con Jennifer.

Mi estirón repentino me hizo trizas los órganos internos. El dolor, y mis gritos, me despertaban casi cada noche. Mi madre me sometió a pruebas para más de veinte tipos distintos de cáncer y consultó con expertos que miraban las fotografías en blanco y negro de mi interior hasta que finalmente concluyeron que no había nada mal. El dolor se esfumaría cuando dejara de crecer.

Ellos también mintieron. El dolor empeoró.

La Yaya Marrigan volvió a su casa justo antes de empezar las clases. Cassie regresó del campamento de verano con un acento británico forzado, un asqueroso caso de envenenamiento de hiedra y tres cajas de laxantes.

Yo le enseñé los diminutos cortes en la piel que me había hecho para dejar que la maldad y el sufrimiento se filtraran por las heridas. Al principio eran superficiales y cortos, como rasguños de una zarpa de un gato desesperado que quería esconderse bajo el porche frontal. Cortar el dolor era un condimento del sufrimiento. Así me resultaba más fácil no pensar que me habían robado *mi cuerpo, mi familia y mi vida, me resultaba más fácil no preocuparme...*

Las entrañas de Cassandra Jane explotaron como un globo rosa en una fiesta. Nadie le cantó o la sostuvo entre sus brazos o la ayudó a recoger los cristales rotos. Murió sola.

No soy capaz de mirar a través de ninguna ventana con vistas a su casa porque precisamente ahora estoy empezando a asimilar que Cassie nunca volverá a dormir ahí, que nunca volverá a cerrar la puerta de golpe, que nunca cantará bajo la ducha mientras se lava la cabeza.

Vuelvo a la sala de estar, con los ojos cerrados, y ando arrastrando los pies por el suelo. No abro los ojos hasta que estoy lo bastante lejos de las peligrosas ventanas.

Mi estómago sigue aullando, así que me tapo con la manta sobre el sofá, la enchufo y giro el mando hasta MÁXIMO. La grasa de los huevos se mezcla con la masa de las magdalenas y con el zumo de naranja. Fluye por mis arterias. Un fango pausado y lento que quiere convertirse en cemento. Siento que en cualquier momento mi corazón puede

pararse.

[038.00]

Me levanto más confundida de lo habitual porque la cama no está orientada hacia la dirección correcta. Además, ni siquiera es una cama, es un sofá, el sofá de mamá, el sofá suave de la casa de mi madre. Estoy abrigada con un edredón familiar, una colcha fabricada a partir de retazos de antiguos vestidos y viejas faldas de las mujeres del linaje de los Marrigan.

No recuerdo haberme quedado dormida, ni tener problemas para conciliar el sueño y menos aún de soñar. No me desperté cuando mamá llegó a casa. No sé si es algo bueno o malo.

Cassie no me visitó ayer por la noche. Eso es algo bueno. Quizás ella también puede dormir finalmente.

La atmósfera huele como siempre: a café y lejía.

—¿Mamá? —La palabra tiene un curioso sabor.

—Estoy aquí —responde con voz suave.

Me arropo con el edredón y arrastro los pies por toda la casa. Me da la sensación de que he estado fuera seis vidas y no seis meses.

Después de que papá se fuera ella lo cambió todo: muebles nuevos, alfombras nuevas, una cocina totalmente nueva. Echó abajo un par de tabiques y rediseñó las habitaciones de los dos pisos; instaló ventanas nuevas y movió de sitio las puertas. Nos pasamos dos años pisoteando a carpinteros, albañiles y tipos cubiertos de polvo que solo hacían que blasfemar. Cuando finalmente acabaron tenía una casa completamente renovada, sin un solo rastro ni huella de mi padre.

Lo cierto es que me esperaba que lo hiciera otra vez después de que yo también me fuera pero, por lo que sé, solo hay una cosa que ha cambiado: todos los cuadros, mapas y fotografías de Maine, de sus abuelos, de mí vestida de bailarina, de mí cuando era un bebé y dormía sobre su hombro; los ha descolgado de las paredes y los ha dejado en el suelo. Han dejado una marca fantasmal tras ellos, unos rectángulos de color con alcayatas vacías. El resto de la pared muestra un color más pálido.

Su voz se cuela por la puerta entreabierta de la biblioteca.

—Voy en un minuto.

—Estaré arriba —respondo.

Mi habitación está exactamente tal como la dejé cuando me encerraron en la clínica por última vez, desde las huellas de las botas en la puerta del armario hasta las tarjetas de cumpleaños hechas trizas por el suelo. No le ordenó a la señora de la limpieza que hiciera mi cama o la arrastrara hasta la pared o pasara la aspiradora o limpiara el polvo.

El marco de la puerta aún tiene las marcas del lápiz que muestran cuántos centímetros crecí cada año desde el momento en que entramos a vivir aquí hasta que empecé a ir al instituto.

Sin embargo, aquí sí hay algo diferente: han pasado una capa de barniz por el marco, de forma que las señales en lápiz y las fechas estarán protegidas para siempre, sin peligro de que alguien las borre accidentalmente.

—¡Lia! ¡A desayunar!
—Voy.

Cuando llego a la cocina se está sirviendo un tazón de muesli. La encimera está repleta de comida: cajas de cereales, paquetes de avena, una barra de pan, plátanos, una docena de huevos, yogures, bolsas llenas de panecillos y rosquillas. Ha ido a comprar mientras yo dormía.

Nos miramos la una a la otra y después observamos la cantidad de comida. Ninguna pronunciamos una sola palabra, pero el viejo guion planea por el aire.

tienes-que-comer/no-tengo-hambre/come-algo
deja-de-forzarme/escúchame/déjame-en-paz

147

Al otro lado de la calle, la señora Parrish camina ausente por su casa; una casa sin hija, una cocina sin Cassie. ~~Las rosquillas desprenden un aroma a azúcar celestial y sé cómo debe de saber un trocito.~~ Tengo que comer un poco de algo o se volverá loca y estoy demasiado cansada para ponerme a discutir. Cojo la barra de pan.

—Esto no tiene sirope de maíz alto en fructosa, ¿verdad? —pregunto.

—Claro que no —responde mientras se sirve una taza de leche de soja. Abre más los ojos para observar cómo corto una rebanada de pan (77) y la pongo en la tostadora.

—¿Queda algo de la mermelada de fresa de la Yaya?

—La tiré a la basura. No me fiaba mucho del cierre hermético después de tantos años. Pero he comprado confitura de ciruela y miel.

Si me como la tostada sin nada más le dará un ataque.

—Tomaré un poco de miel.

Cuando la tostada está lista, unto una microscópica capa de

miel (30) y me sirvo una taza de café solo. Ella finge que no me escucha ni me mira mientras me tomo el desayuno. Yo finjo que no me doy cuenta de que está fingiendo.

—¿Por qué están todas las fotografías en el suelo? —pregunto.

—Hace tiempo que quiero pintar la casa, pero aún no he decidido el color —explica—. Hace ya meses. Debería volverlas a colgar y punto.

No tenemos nada más de qué hablar. Gracias a Dios que hay un periódico.

Después de lavar los platos me doy una ducha y me lavo los dientes sin mirarme ni una sola vez al espejo. Me visto lentamente como puedo y ruego que suceda algún desastre natural que requiera que todos los médicos tengan que pasar el resto del día en el hospital.

—Lia —me llama—, ¿no bajas?

Me está esperando en la sala de estar. Cuando entro, con el cabello goteando sobre mi espalda, acaricia el cojín del sofá que tiene al lado, le da una única palmadita, como si no estuviera segura de querer que me siente ahí o no.

Me acomodo en el otro sofá, el que tiene la manta eléctrica.

—Bueno —empieza—, ¿qué te gustaría hacer?

—No lo sé. ¿Qué te apetece a ti?

—Podríamos charlar.

Debería haberme ido otra vez a la cama.

—De acuerdo.

—¿Cómo va el instituto?

—Una mierda.

Se inclina ligeramente hacia delante para alisar las revistas que hay sobre la mesa.

—¿Ya has entregado tu solicitud? ¿Ya has visitado el campus de la universidad?

—No necesito visitarlo. He ido allí desde que era una cría.

—Quizá te de otra perspectiva. Podrías conocer a la persona que se encarga de las visitas y hacer nuevos amigos. Siempre es una ayuda para motivarse.

Ya empezamos.

Tiro la manta al suelo y me levanto.

—Esto es absurdo. Vas a seguir sermoneándome y dándome órdenes, y yo voy a empezar a gritar, como siempre. No podemos fingir que nos llevamos bien. Me largo de aquí.

Ella alza las dos manos.

—Espera. Lo siento. Nada de sermones, lo prometo. Solo unos minutos más, por favor.

Me siento de nuevo y miro fijamente mis pies.

—Cuando vivías aquí —continúa— y visitabas a tu padre los fines de semana, ¿qué hacías con él?

—Casi siempre íbamos a librerías y leíamos libros. A veces me llevaba a jugar al squash.

—¿Te gusta jugar al squash?

—No. Es un deporte horrible.

—¿Entonces por qué ibas con él?

—Porque eso le hacía feliz. —Espero a que recite la lista de cosas malas del catedrático Overbrook, el catálogo de sus defectos y malas costumbres junto con sus detalles irritantes, pero no lo hace. También clava la mirada en mis pies. Parece perdida.

Me recuesto en el sofá.

—¿Podemos ver la televisión?

—Buena idea —responde. Coge el mando a distancia y enciende el aparato.

Vemos el canal Discovery Channel durante toda la mañana. Es mucho más productivo que hablar, pero no tanto como salir corriendo de esta casa por la puerta.

Ella no hace ningún comentario sobre mi almuerzo, lechuga con pepino. Yo tampoco digo nada cuando desaparece con su ordenador durante el resto de la tarde.

La discusión está cociéndose a fuego lento en la cocina durante toda la tarde. Después empieza a calentarse y las burbujas se hinchan y explotan cuando los ingredientes tocan el fondo de la cazuela y suben a la superficie. No hierve hasta que se pone el sol.

Mamá decide que vamos a cenar *sushi*. Yo decido que no pienso acompañarla al restaurante japonés. Ella decide que cenaremos en la mesa del comedor porque cuando las cosas están en su sitio, ella cree que tiene el control. Yo decido leer mientras ceno. Ella decide que comeré cuatro pedazos de *sushi* y cuatro trozos de *sashimi* y un tazón de fideos japoneses y una porción de tempura de langostino. Yo decido que no tengo hambre. Me tomo una taza de té verde.

Ella no me fuerza a comer, así que algo me huele mal. Trama algo. Espera hasta que su plato está vacío para lanzar la bomba.

—Quiero que vuelvas a vivir aquí.

—No.

—Has hecho grandes progresos con tu padre durante un tiempo —continúa—, pero al parecer ya no es así.

El suelo cruje bajo mi silla y unas vides brotan entre las tablas de roble pulidas. No quiero hablar sobre esto, ni escucharla a ella hablando sobre esto.

Continúa su discurso. Seguro que lleva días preparándoselo.

—No espero que me invites a tus sesiones de terapia. Lo que ocurra allí queda entre la doctora Parker y tú. Pero creo que ahora mismo este entorno sería mucho más sano para ti.

Las plantas se enroscan por las patas de la silla y se entrelazan entre sí para formar una tirante espiral que me levanta hasta el techo. Apenas puedo distinguirla entre las espinas. Ensordecen la mayoría de sus palabras, conduciéndome así a un adormecimiento repentino. Una pregunta afilada me despierta.

—¿Qué te parece el próximo fin de semana?

—¿Qué?

—Para traer tus cosas aquí. El próximo fin de semana. Ya lo he programado.

—No pienso mudarme.

Necesito algo de diversión. Paso la mano entre las afiladas ramas, cojo un trozo de *sushi* y lo engullo sin apenas saborearlo. La única forma de salir de aquí es haciendo ver que todo es normal.

—¿Y la semana que viene? —pregunta.

—No.

—¿Por qué no?

—Porque no quiero. No lo necesito. Mira, estoy comiendo. Estoy sana. Soy normal. Si volviera a esta casa solo empeoraría las cosas. Aquí es donde vivía cuando todo empezó. La casa de Cassie está justo al otro lado de la calle.

Mi cerebro (¡NO!) y mi estómago (¡NO!) me gritan (¡NO! ¡NO! ¡NO!) pero me obligo a engullir una cucharada de fideos japoneses.

—¿Qué te parece si hacemos una pequeña prueba? Solo una semana —sugiere—. Podrías venir aquí durante las vacaciones de Navidad y volver a casa de tu padre cuando empiecen las clases, en enero.

—¿Todas las vacaciones?

Se quita la máscara y baja los hombros.

—¿Tanto me odias? —pregunta con un tono de voz áspero—. ¿Ni siquiera puedes pasar una semana de tus vacaciones aquí?

Los fideos se me atragantan.

—Apenas somos capaces de estar en la misma habitación durante una hora, mamá. ¿Qué haríamos durante una semana entera?

—Podría enseñarte a jugar al bridge —dice.

—Preferiría aprender a jugar al póquer.

—Le pediré a uno de mis internos que me enseñe. Entonces, ¿vendrás durante las vacaciones?

151

~~No, no pienso poner los pies en esta casa nunca más. Me asusta y me entristece y deseo que te conviertas en una madre capaz de ver con sus propios ojos, pero ya veo que no.~~

—Por supuesto.

Sonríe.

—Gracias, Lia. Es un comienzo.

Los ojos se le llenan de lágrimas. No soporto estar aquí ni un minuto más.

Me pongo en pie.

—¿Te importa que utilice tu ordenador? Tengo deberes.

—Claro. La contraseña es…

—*Lia*. Me acuerdo.


Me paso quince minutos buscando el nombre de Cassie en Google y entrando en páginas de periódicos locales para comprobar si han redactado algún otro artículo o historia sobre ella. No lo han hecho.

Mis dedos recorren el teclado y fisgonean la papelera del

ordenador hasta encontrar la casa donde habitan los gritos de niñas hambrientas que cantan infinidad de himnos mientras sus gargantas sangran, se oxidan y se llenan de soledad. Podría leer estos cánticos durante el resto de mi vida y nunca encontraría el inicio.

necesito inspiración

necesito una amiga para el ayuno de mañana...
¡¡¡Ayuda por favor!!!

buena suerte para hoy, preciosas, sois fuertes
y hoy será un día fantástico
sí, ahora mismo me siento genial...
hoy solo he comido un tazón de cereales

si me como eso tendré que correr al baño para vomitarlo
pero estoy demasiado cansada para correr
¿alguna vez os habéis sentido así?

En los blogs y los chats siempre se puede oír el zumbido de alas diminutas, moscas que se golpean contra la pantalla del monitor sin saber por qué están intentando escapar. Eso nunca cambiará.

Tecleo la dirección del blog secreto de Cassie. Dejó de publicar comentarios tras perder el control el verano pasado, pero no lo borró. Me pregunto si ella lo visitaba tanto como yo.

Internet me traspasa como si fuera una bolsa de papel, agita su varita mágica y *flash*, aparece la imagen de dos chicas

*flash* saludando desde la casa del árbol, con los labios manchados de helado

*flash* llevan bañadores exactamente iguales

*flash vacaciones de Navidad de segundo curso de instituto en Killington*, las Navidades en que papá se fue de luna de miel, las Navidades en que mamá puso parqué en toda la casa, las Navidades en que me negué a acompañarla a visitar un hospital nuevo en Costa Rica, las Navidades en que los Parrish sintieron lástima por mí y metieron mi maleta en su coche para ir hasta Vermont. Llevaba una mochila cargada con los libros de Tamora Pierce, un cuchillo pequeño y una botella de vodka que había robado del mueble-bar de mamá.

Esquiamos durante una semana y un día. Cassie y yo teníamos doce años pero actuábamos como si tuviéramos veinticinco, éramos tan adultas que prácticamente teníamos nuestro propio apartamento, una diminuta suite al lado de la casa que sus padres tenían en multipropiedad. Coqueteábamos con los tipos que arreglaban los ascensores y fingíamos que ellos también tonteaban con nosotras. Nos obsesionábamos con los trajes de baño que debíamos llevar al jacuzzi y anotábamos las calorías que contenía cada mordisco de comida.

*flash* tomándonos una foto, con las mejillas hundidas
*flash* comparando el tamaño de nuestros panderos

Para el día de fin de año, sus padres nos regalaron una botella de champán sin alcohol. Cuando se fueron a la fiesta que celebraban en el hotel («No dejéis que entre nadie, chicas. Confiamos en vosotras»), Cassie lo mezcló con el vodka que yo había traído. Comimos galletas de jengibre caseras y bebimos hasta que nuestras cabezas salieron flotando por la puerta, bajaron las escaleras y se adentraron en la gélida oscuridad nocturna.

Una luna menguante nos contemplaba mientras avanzábamos a trompicones por la colina que se alzaba tras la urbanización. Hicimos ángeles de nieve e intentamos crear aros de humo con el vaho de nuestro aliento. Cassie interpretó a un lobo y empezó a aullar a la luna, mientras los ojos le brillaban. Yo lo hice fatal; no podía parar de reírme tontamente. Empezó a aullar más fuerte, más salvaje, intentando así atraer a los verdaderos lobos que habitaban en los bosques, o al menos a los operadores de las pistas de esquí, hasta que alguien abrió una ventana y le ordenó que se callara. Nos desplomamos sobre la nieve, desternillándonos de risa.

Los fuegos artificiales estallaban sobre nuestras cabezas. Las campanas repicaban. Los desconocidos gritaban al unísono porque era Año Nuevo y todo el mundo tenía derecho a empezar con buen pie.

—Tenemos que hacer una lista de propósitos —dije—. Yo me propongo leer un libro al día durante todo el año.

—Menuda tontería —me respondió Cassie—. Eso ya lo haces.

—Bueno, ¿y cuál es tu propósito?

153

Se lo pensó durante unos instantes.

—Los propósitos son inútiles. Yo quiero hacer un juramento.

—Juro que voy a volver a la habitación porque se me está congelando el culo.

—No, escucha —se sentó y me cogió las manos—. Es medianoche, un momento mágico. Cualquier cosa que juremos esta noche se hará realidad.

Esta era la Cassie de tercero-cuarto-quinto curso, la chica lo suficientemente fuerte para asestar puñetazos a los chicos y lo bastante loca como para lanzarse sobre un matorral de rosas y espinas. La hubiera seguido hasta el fin del mundo.

Nos pusimos de rodillas.

—Juro que siempre haré lo que me apetezca —prometió mientras ofrecía sus manos a la luna—. Seré feliz y rica y delgada y atractiva. Tan atractiva que los chicos me suplicarán que salga con ellos.

Volví a reírme.

—Para —gruñó entre dientes—. Te toca a ti. Piensa antes de abrir la boca.

Nunca sería popular. No quería serlo; me gustaba ser tímida. Nunca sería la chica más inteligente ni la más atractiva ni la más feliz. Cuando tienes doce años empiezas a conocer tus propios límites. Pero había una cosa que se me daba realmente bien.

Saqué el cuchillo de mi bolsillo y me corté un poco la palma de la mano.

—Juro que seré la chica más delgada del instituto. Estaré más delgada que tú.

Cassie abrió los ojos como platos al ver cómo la sangre me recorría la mano. Me arrebató el cuchillo y se rajó la palma.

—Apuesto a que estaré más delgada que tú.

—No, no apostemos. Seremos las más delgadas.

—De acuerdo, pero yo lo seré más.

Nos frotamos las manos y mezclamos nuestra sangre, porque era algo prohibido y peligroso. Las estrellas se arremolinaron en el cielo y los petardos empezaron a retumbar. La luna fue testigo de cómo caían gotas de sangre, semillas descuidadas que chisporroteaban en la nieve.

* * *

*flash* primer día de tercer curso de instituto, cortes de pelo horrorosos

*flash* fotografías del día del baile de cuarto con estudiantes de último curso que no soportábamos

*flash* último año, fiesta del reparto de la obra de teatro. Cassie, más borracha de lo que ellos se imaginaban; yo, mirando desde una esquina.


Mi madre llama a la puerta con suavidad y la abre.

—Se está haciendo tarde. He cambiado las sábanas de tu cama, por si quieres quedarte aquí esta noche.

Mantengo los ojos pegados a la pantalla y recorro frenéticamente el teclado para borrar mi historial. No puede ver lo que estoy haciendo. Se acerca a la ventana y desliza la cortina a un lado.

—Oh, no —dice—. Qué mal.

Apago el ordenador y me reúno con ella. Al otro lado de la calle, la señora Parrish está sentada en el bordillo de la acera, balanceándose hacia delante y atrás, con los brazos alrededor de su cuerpo y ataviada con un fino camisón y unas andrajosas zapatillas de andar por casa.

—Yo me ocuparé de ella —dice mamá—. Deberías irte a dormir.

—Tengo que volver a casa de papá —comento—. No tenía pensado pasar dos noches aquí. Tengo todas las cosas del instituto allí.


Mientras estoy haciendo la maleta, mamá se va a ver a la señora Parrish. Recojo la cocina y pongo en marcha el lavaplatos.

Antes de escapar de aquí, un cuchillo de mango de hueso que pertenecía a la cubertería de plata de la Yaya Marrigan se desliza en mi bolso.

El coche deja de funcionar justo cuando aparco a la entrada de la casa de Jennifer.

155

[039.00]

Conducir con lucecitas rojas parpadeantes en el cuadro de mandos ha provocado que el motor del coche se paralice. El hecho de que se me pare el motor es algo caro que saca de quicio a mi padre. Soy una desconsiderada/irresponsable/a-veces-sencillamente-tonta. Siempre que me grita se le hincha una vena por encima de la ceja izquierda que tiembla sin parar. Sus rugidos asustan tanto a Emma que esta se va pitando a su habitación, con *Kira* y *Pluto* pisándole los talones. Jennifer intenta adoptar el papel de árbitro y le pregunta a papá si quiere ir a dar un paseo con ella, pero él sigue despotricando y continúa rugiéndome durante otra media hora.

Quiero decirle que solo es un coche, pero pedacitos de mí están esparcidos por toda la ciudad: en el cementerio, en el instituto, en la habitación de Cassie, en el motel y en el fregadero de la cocina de mi madre. Reunir todos los pedazos exige mucha energía, así que me quedo aquí sentada y observo cómo explota. En realidad no puede hacer nada para castigarme. ¿Qué piensa hacer? ¿Obligarme a quedarme encerrada en mi habitación? ¿Quitarme todos mis privilegios, el teléfono?

A partir de ahora tengo que ir al instituto en autobús.

La temporada de fútbol de Emma acaba y empieza la de baloncesto. Practico con ella en el camino de entrada a casa. Es capaz de regatear tres veces antes de lanzar la pelota. Mi trabajo consiste en impedírselo.

Habla constantemente; no se detiene ni para respirar. Charla sobre los niños de su clase, el ojo bizco de su profesora, los palitos de pescado del comedor, la peste del baño y los ensayos del Concierto de Invierno. Quiere aprender a esquiar, a patinar sobre hielo y a practicar *snowboard*. Montar en moto también le parece algo divertido. Quiere que yo convenza a papá para que nos compre una. Me pregunta si creo en Papá Noel y si este es el primo de Jesús, porque ella cree que están emparentados pero no se comportan como una familia. Cuando sus dientes empiezan a castañetear por el frío, preparo un tazón de chocolate caliente artesano. Soy tan fuerte que ni siquiera un granito de azúcar aterriza en mi lengua.

Tengo que registrar su voz balbuceante para poder oírla cuando no esté.

La señora Parrish lleva dejando mensajes para mí en el contestador cada día desde hace dos semanas. Quiere/necesita/ exige/ruega/pide/merece/daría-cualquier-cosa-por-hablar conmigo. Durante solo diez minutos. Es importante/vital/crítico/imperativo/necesario/esencial/crucial que le devuelva la llamada. En uno de los mensajes dice que también quiere que venga mi madre. En los siguientes dice que le da igual si está mi madre o no, siempre y cuando responda a sus llamadas.

En el colegio se rumorea que Cassie murió por una sobredosis de heroína. No sé si debería confesar la verdad. ¿Qué es mejor? ¿Que te conozcan como la chica que murió con una aguja en el brazo o como la chica que se rompió de tanto vomitar?

El personal que se ocupa de hacer el anuario discute sobre cuánto espacio deberían dedicarle a su recuerdo. La gente que la conocía considera que debería ser una página entera. La gente que cree los rumores sobre cómo murió opinan que merece tan solo la mitad de la página y creen que sus padres deberían comprar un tablero para que la fotografía de Cassie pudiera estar en la ferretería local, en la agencia de seguros o en la floristería.

Llevo dejando un mensaje en el buzón de voz de Elijah cada día desde hace dos semanas. Le digo que he encontrado el depósito de chatarra, pero nunca me responde las llamadas. Apostaría a que se ha dado cuenta de la mierda que soy, lo cual es horrible, porque le necesito para que me cuente más cosas sobre el último día de vida de Cassie. Quizá me ayude a descubrir cómo alejarla de mí.

Todavía no se ha ido. De hecho, su entierro la ha convertido en un monstruo más fuerte y más furioso.

Cassie abre su caja de Pandora cada noche y hace autoestop hasta mi habitación. Ya no me mira desde las sombras.

157

Ahora, ataca. Cuando el somnífero surte efecto y amarra mis brazos y piernas al colchón, me abre la cabeza y me extrae el cableado. Agujerea mi cerebro y vomita sangre por mi garganta.

Lo más sencillo es esquivar el somnífero, esperar a que papá y Jennifer estén roncando y pasarme tres o cuatro horas ejercitándome en la máquina de subir escaleras. Cuando finalmente me meto en la cama, la almohada huele a azúcar quemado, clavos y jengibre.

Peso 44,4 kilos.

Peso 44 kilos.

Afilo el bonito cuchillo de la Yaya Marrigan y lo escondo debajo del colchón, por si acaso. Peso 43,8 kilos.

Algunas noches no logro conciliar el sueño. Después de hacer ejercicio empiezo a tejer, punto por punto, mientras escucho música con los auriculares y me balanceo a su ritmo hacia delante y atrás. El año pasado empezó como una simple bufanda pero en un momento que me despisté le crecieron alas y me pidió que la convirtiera en un chal, y así lo hice y después, enterrada en el cesto, se multiplicó hasta transformarse en una manta de cientos de colores con miles de historias. No compro la lana en una mercería. Compro jerséis viejos en tiendas de segunda mano (cuánto más viejos, mejor) y los deshago. Hay miles de mujeres entretejidas en esta bufanda/chal/manta. Pronto será lo bastante grande para calentarme.

Mi boca junto con mi lengua y mi estómago están empezando a conspirar contra mí. Me quedo adormilada en la habitación y de repente, ¡bam! aparezco ante la nevera, con la puerta abierta y cogiendo un pedazo de queso fresco. O la mantequilla. O la lasaña que ha sobrado en la cena.

—Dale un mordisco —me incita la luz interior blanca de la nevera—. Una cucharada, una cucharadita. Calienta el plato de lasaña, a temperatura baja en el microondas, y después mételo en el horno, a doscientos grados para gratinar, hasta que el queso forme burbujitas y los bordes se empiecen a chamuscar. Siéntate y coge el tenedor de plata de Jennifer y el cuchillo con mango de hueso y corta un trocito. Tómate una pastilla para detener el tiempo, porque esto lo vas a disfrutar. Llena tu boca con queso fundido, salchicha untada en salsa de tomate y un pedazo de pasta tan grueso como tu propia lengua. Traga. Ilumina las estrellas de tu cerebro, electrifica tu cuerpo, abróchate tu mejor sonrisa y la gente volverá a adorarte.

Si supiera que puedo parar después de dar un mordisco, o dos como máximo, lo haría. Pero peso 43,5 kilos, estoy cerca de terreno peligroso. Un bocado de lasaña provocaría una revolución. Engulliría un mordisco, diez mordiscos, la bandeja entera de lasaña. Y después comería galletas Oreo. Y después me zamparía un helado de vainilla. Y me acabaría la caja de cereales con arándanos. Y entonces, justo antes de explotar, mi estómago se desgarraría y toda la comida se introduciría por mi cavidad bucal, la sangre circularía a toda velocidad y tendría que recurrir a mi caja secreta, escondida en el armario, coger los laxantes y morir de humillación en el lavabo.

Saco el tarro de pepinillos en vinagre. La cabeza del pepinillo = 5.

*Kora* y *Pluto* me siguen hasta el piso de arriba. Compruebo la caja secreta, laxantes y diuréticos de emergencia, por si acaso. Hace meses que no los tomo. Menos mal que he echado un vistazo, porque no hay muchas provisiones. Tengo que recordarlo.

Cuando me estiro en la cama, los gatos se suben de un brinco. Se enroscan en los huecos del edredón y ronronean tan profundamente que el sonido retumba en mis huesos.

159

[040.00]

No. Debes. Comer. No. Debes. Comer. No. Debes. Comer. No. Debes. Comer. No. Debes. Comer. No. Debes. Comer. No. Debes. Comer. No. Debes. Comer. No. Debes. Comer. No. Debes. Comer. No. Debes. Comer. No. Debes. Comer. No. Debes. Comer. No. Debes. Comer. No. Debes. Comer. No. Debes. Comer. No. Debes. Comer. No. Debes. Comer. No. Debes. Comer. No. Debes. Comer. No. Debes. Comer. No. Debes. Comer. No. Debes. Comer. No. Debes. Comer. No. Debes. Comer. No. Debes. Comer. No. Debes. Comer. No. Debes. Comer. No. Debes. Comer. No. Debes. Comer. No. Debes. Comer. No. Debes. Comer.

No. Debes. Comer. No. Debes. Comer. No. Debes. Comer. No. Debes. Comer. No. Debes. Comer. No. Debes. Comer. No. Debes. Comer. No. Debes. Comer. No. Debes. Comer. No. Debes. Comer. No. Debes. Comer. No. Debes. Comer. No. Debes. Comer. No. Debes. Comer. No. Debes. Comer. No. Debes. Comer. No. Debes. Comer. No. Debes. Comer. No. Debes. Comer. No. Debes. Comer. No. Debes. Comer. No. Debes. Comer. No. Debes. Comer. No. Debes. Comer. No. Debes. Comer. No. Debes. Comer. No. Debes. Comer. No. Debes. Comer. No. Debes. Comer. No. Debes. Comer. No. Debes. Comer. No. Debes. Comer. No. Debes. Comer. No. Debes. Comer. No. Debes. Comer. No. Debes. Comer. No. Debes. Comer. No. Debes. Comer. No. Debes. Comer. No. Debes. Comer. No. Debes. Comer. No. Debes. Comer. No. Debes.

160

Comer. No. Debes. Comer. No. Debes. Comer. No. Debes. Comer. No. Debes. Comer. No. Debes. Comer. No. Debes. Comer. No. Debes. Comer. No. Debes. Comer. No. Debes. Comer. No. Debes. Comer. No. Debes. Comer. No. Debes. Comer. No. Debes. Comer. No. Debes. Comer. No. Debes. Comer. No. Debes. Comer. No. Debes. Comer. No. Debes. Comer. No. Debes. Comer. No. Debes. Comer. No. Debes. Comer. No. Debes. Comer. No. Debes. Comer. No. Debes. Comer. No. Debes. Comer. No. Debes. Comer. No. Debes. Comer. No. Debes. Comer. No. Debes. Comer. No. Debes. Comer. No. Debes. Comer. No. Debes. Comer. No. Debes. Comer. No. Debes. Comer. No. Debes. Comer. No. Debes. Comer. No. Debes. Comer. No. Debes. Comer. No. Debes. Comer. No. Debes. Comer. No. Debes. Comer. No. Debes. Comer. No. Debes. Comer. No. Debes. Comer. No. Debes. Comer. No. Debes. Comer. No. Debes. Comer. No. Debes. Comer. No. Debes. Comer. No. Debes. Comer. No. Debes. Comer. No. Debes. Comer. No. Debes. Comer. No. Debes. Comer. No. Debes. Comer. No. Debes. Comer. No. Debes. Comer. No. Debes. Comer. No. Debes. Comer. No. Debes. Comer. No. Debes. Comer. No. Debes. Comer. No. Debes. Comer. No. Debes. Comer. No. Debes. Comer. No. Debes. Comer. No. Debes. Comer. No. Debes. Comer. No. Debes. Comer. No. Debes. Comer. No. Debes. Comer. No. Debes. Comer. No. Debes. Comer. No. Debes. Comer. No. Debes. Comer. No. Debes. Comer. No. Debes. Comer. No. Debes. Comer. No. Debes. Comer. No. Debes. Comer. No. Debes. Comer. No. Debes. Comer. No. Debes. Comer. No. Debes. Comer. No. Debes. Comer. No. Debes. Comer. No. Debes. Comer. No. Debes. Comer. No. Debes. Comer. No. Debes. Comer. No. Debes. Comer. No. Debes. Comer. No. Debes. Comer. No. Debes. Comer. No. Debes. Comer. No. Debes. Comer. No. Debes. Comer. No. Debes. Comer. No. Debes. Comer. No. Debes. Comer. No. Debes. Comer. No. Debes. Comer. No. Debes. Comer. No. Debes. Comer. No. Debes. Comer. No. Debes. Comer. No. Debes. Comer. No. Debes. Comer. No. Debes. Comer. **No. Debes. Comer.**

[041.00]

Papá ha estado dándole largas al asunto de comprar un árbol de Navidad. Jennifer ha conseguido uno de un tipo desdentado que vende en su camioneta abetos cultivados en su propia casa. El tipo lo trae hasta casa y ella le da cincuenta dólares. Cuando papá trae a Emma del entrenamiento de baloncesto se pone a gritar de tal forma que incluso las ramas del abeto tiemblan.

Definitivamente, el baloncesto se le da mucho mejor que el fútbol. El banco de Jennifer patrocina al equipo y su madre se ha encargado de decirle al entrenador que si Emma no juega mucho retirará el patrocinio junto con los uniformes. Emma no tiene ni idea de esto. Cree que sale de titular porque es muy fuerte.

Me estoy controlando: la mitad de un panecillo (75) para desayunar, una manzana (82) para almorzar y cualquier cosa (500-600) para cenar para no tener problemas. ~~Mamá~~ La doctora Marrigan ha escrito un correo electrónico a papá diciéndole que estará en el hospital desde ahora hasta Navidad pero que, después, tiene una semana libre y yo he accedido a pasarla con ella. Nos envía una copia a mí y a Jennifer. Cuando Jennifer me pregunta sobre eso, le digo que todavía no he tomado una decisión.

Ahora que ha llegado definitivamente el invierno (es oficial porque hay un abeto con ramas que tiemblan en nuestro comedor) me resulta más sencillo esconderme bajo capas de ropa interior y camisetas de cuello alto, sudaderas voluminosas y pantalones anchos. Me niego a ver a la chica escondida tras la cortina. Sus rodillas son más anchas que los muslos; sus codos son más anchos que sus brazos.

Jennifer empieza a sospechar de mi peso. Intento engañarla jugueteando con la báscula Blubber-O-Meter 3000 hasta que finalmente muestra que peso 47,7. Suspira pesadamente cuando anota el número.

—Lo siento mucho —digo—. Me esforzaré más. Lo prometo. No te enfades conmigo.

Jennifer informa a papá enseguida. Se supone que tengo que estar en la ducha y no escuchando a escondidas en las escaleras.

—Sí, ha perdido algo de peso, pero cuando empiecen las vacaciones y tú te pongas a cocinar no podrá resistirse —dice papá.

—Si pierde más peso tendrá que someterse a un reconocimiento médico. Aunque tengamos que armar un escándalo para ello, como por ejemplo decirle que la única forma de que se pueda quedar aquí es haciéndolo.

—No quiero llegar a eso. ¿Por qué no haces un pastel de queso este fin de semana, con fresas por encima? A ella le encantaba.

✦  ✦  ✦

La adrenalina te patea cuando te estás muriendo de hambre. Eso es lo que nadie entiende. Además de tener frío y hambre, la mayoría del tiempo siento que soy capaz de hacer cualquier cosa. Me da poderes sobrehumanos para el olfato y el oído. Puedo ver lo que la gente está pensando a una distancia considerable. Hago los deberes y tareas suficientes para no llamar la atención. Cada noche subo miles de escaleras que me conducen hasta el cielo; me dejan completamente exhausta, así que me desplomo sobre la cama y no me doy cuenta de la presencia de Cassie.

De repente ya ha amanecido, de modo que me subo a la rueda del ratón y todo vuelve a empezar.

Quinientas calorías al día funciona. Resultado = 42,6 kilos. Otro objetivo cumplido.

Debería ser el champán chispeante que salpica las estrellas, pero el altavoz situado entre mis oídos se activa de repente, con el volumen al máximo, gritándome otro objetivo: 38,5, 38,5 38,5.

38,5 es terreno peligroso. 38,5 simboliza los fuegos artificiales del Cuatro de Julio en una cajita metálica.

*La segunda vez que me* ~~encerraron~~ *ingresaron* por mi propio bien, todo mi cuerpo, incluyendo la piel, el pelo, mis uñas de los pies pintadas de azul cielo y todos mis dientes, pesaba 38,5 kilos: 4,5 kilos de grasa, 34 kilos todo lo demás.

Unas espirales de grasa estaban asfixiando mis muslos, mi culo y mi tripa, pero ellos no eran capaces de verlas. Decían que mi cerebro se estaba encogiendo. Unas tormentas eléctricas iluminaban el interior de mi cabeza. Mi cansado hígado estaba haciendo las maletas. Mis riñones estaban perdidos en una tormenta de arena.

38,5 no era relleno suficiente para Lia, la niña de papel.

38,5 era piel que quería desaparecer.

38,5 era el cabello suave y esponjoso de un mono que crecía por mi piel para mantener el calor.

Decían que tenía que engordar.

Yo les confesé que mi objetivo era alcanzar 36,3 y les dije que si querían mi respeto, les recomendaba que dejaran de mentirme.

Cuando mi cerebro empezó a funcionar otra vez comprobé sus cálculos. Alguien había cometido un error porque no habían pesado las serpientes que habitaban en mi cabeza ni *las sombras que se escondían tras mi caja torácica.*

38,5 es posible. He estado ahí antes, en terreno peligroso, donde el aire huele a humo de jengibre y a azúcar y unos astutos troles se ocultan bajo los puentes.

Pero 38,5 me hace desear 33,5. Para lograr ese objetivo tendré que romperme los huesos con un mazo de plata y extraerme la médula con una cuchara de mango muy largo.

[042.00]

Cuando acaba el semestre universitario, papá vuela hasta Nueva York para hacer investigaciones sobre una sociedad histórica y para alejarse de todas las mujeres locas que viven en su casa. Jennifer lleva a Emma a un partido de baloncesto. Yo me quedo en casa estudiando. Quemo 858 calorías en la máquina de subir escaleras; mis piernas echan humo y mi cabello arde en llamas.

Cuando regresan a casa me he encargado de llenar la sala de estar con apuntes y libros abiertos. Ellas ni siquiera se fijan, porque Emma se muere de dolor y Jennifer está a punto de explotar. Durante los calentamientos previos al partido, mi hermana~~stra~~ ha tropezado con los cordones de las zapatillas, se ha caído en la pista y se ha roto el brazo derecho. Han pasado dos horas en urgencias y ahora tiene el brazo enyesado y a Jennifer se le ha corrido todo el rímel.

Abrazo a Emma con cuidado de no rozarle el brazo roto y le beso en la cabeza.

—Sé cómo te sientes, Emmaceta. Yo me rompí el brazo cuando iba a primero, cuando papá me quitó las ruedecitas de apoyo de la bicicleta. Pedaleé un metro y medio y me caí. Me golpeé tan fuerte que rompí el pavimento. Te curarás pronto, no te preocupes.

—Esto es un poco más grave —interrumpe Jennifer—. Se ha fracturado el radio y el cúbito.

—Romperse el brazo consiste precisamente en eso —contesto con cuidado—. Una fractura del radio o del cúbito, o de ambos. Son los nombres técnicos del antebrazo. ¿Quieres hablar con mi madre sobre esto?

—Es cardióloga, ¿por qué tendría que saber algo sobre fracturas?

Abro la boca pero decido que no merece la pena el esfuerzo.

—Recoge el sofá, por favor —me ordena mientras asoma la nariz en la nevera—. Emma necesita descansar con el brazo en alto.

Fabrico un nido para Emma, con mantas suaves y cojines varios. También le pongo a *Elefante*, *Oso* y *Caracol*, el círculo de amigos de peluche. Cuando Emma se recuesta, mando a distancia en mano, Jennifer me entrega las llaves del coche y su tarjeta de débito.

—Necesito que vayas a la farmacia y recojas las recetas del médico —me informa—. Y compra algunos polos, pero los fabricados a base de zumo de frutas, no con sirope de maíz.

—No quiero polos, quiero chocolate —protesta la víctima desde el sofá.

No sé si peso lo suficiente para apretar el acelerador. Peso 42,2 kilos y tengo un déficit de 1.500 calorías diarias. Si destrozo otro coche, me encerrarán y tirarán la llave.

—Hum... me siento algo mareada. No creo que coger el coche sea una buena idea.

Jennifer agarra la jarra de cristal que hay sobre la encimera, coge una galleta de pasas y copos de avena del tamaño de mi cabeza y me la ofrece.

—¿Podemos dejar de pensar en ti un minuto, Lia? Métete algo de comida en la boca, deja de quejarte y ve a la maldita farmacia.

Mastico la galleta en el asiento del conductor. Todavía no he arrancado el coche. Esta galleta no contiene calorías. No es comida. Es combustible, gasolina y aceite para que el motor no explote. Cuando ya he comido un cuarto de galleta, giro la llave en el contacto.

El tipo que está detrás del mostrador de la farmacia me dice que van con retraso debido a una epidemia de gastroenteritis, así que los medicamentos de Emma tardarán otros diez o quince minutos. La tienda, que aparte de ser farmacia vende todo tipo de productos, está tan repleta de decoraciones navideñas que apenas queda espacio para almacenar productos de higiene corporal y pastillas para la tos. La música está demasiado alta. De alguna forma se las han apañado para que la tienda huela a galletitas de jengibre.

No encuentro los laxantes ni los diuréticos. Lo han cambiado todo de sitio. El pasillo 4 se ha convertido en el Mundo de los Juguetes de Papá Noel. El pasillo 3 está recubierto de nieve. Nieve de verdad.

Miro a mi alrededor. Personas agotadas vagan por los pasillos en busca de una crema para las hemorroides, analgésicos y enjuagues bucales. Dos mujeres caminan por el pasillo cubierto de nieve, dejando marcadas sus pisadas y lanzando copos de nieve al aire sin darse cuenta. Cuando los copos aterrizan, no se funden. Es una publicidad un tanto cara para ser una farmacia, pero últimamente la gente comenta que Amoskeag es el nuevo Boston. Supongo que esto es a lo que se refieren cuando lo dicen.

Cassie aparece en el pasillo 3. La Cassie muerta.

—Ey —dice—. En la última estantería. Los encontrarás ahí.

Lleva una chaqueta de esquiar gris sobre un vestido azul. Lleva el pelo recogido en una cola de caballo completamente empapada, como si acabara de salir de la ducha. El olor a jengibre, clavo y azúcar quemado se intensifica.

—¿No estás orgullosa de mí por saber hacer esto, por seguirte? —Su voz vibra como si tuviera moscas moribundas atrapadas en la garganta.

Me inclino hacia la última estantería. Tiene razón. Cojo dos cajas de diuréticos y tres de laxantes. En cualquier instante desaparecerá porque no es más que una alucinación.

Me incorporo. Está tan cerca de mí que, si estuviera respirando, podría oler su respiración.

—Vete —murmuro.

—¿Me estás tomando el pelo?

Patea la nieve y toda la tienda queda cubierta de copos blancos. Las motas de nieve se mantienen suspendidas en el aire, ni se elevan, ni se caen.

—No perteneces a este mundo —le digo—. Vete.

Ella frunce el ceño, parece confundida.

—Pero yo quiero estar por aquí. Me ha costado mucho trabajo descubrir cómo hacer esto, ¿sabes? No es nada fácil entrar y salir constantemente.

Me tapo los oídos.

—Para.

Las persecuciones nocturnas tienen sentido. Por la noche estoy cansada, drogada y no tengo azúcar en las venas. ¿Pero en el pasillo 3 de la farmacia? Seguro que Jennifer ha metido algo en esa galleta. Está intentando convertirme en una psicópata para poder deshacerse de mí.

Cassie se apoya en la estantería.

—Deberías comprar también desinfectante. Lo necesitas para limpiar el plátano mohoso que tienes en el bolso guardado en el fondo del armario. Es asqueroso.

—Tú no estás aquí. No estoy hablando contigo.

Cassie ladea la cabeza.

—Lo dices en serio, ¿verdad? No te acabas de creer que me estás viendo.

Intento mover los pies, pero mis botas están congeladas entre la nieve.

—¿Qué tengo que hacer para que te lo creas? —me pregunta.

—¿No se supone que tienes que estar en el cielo o algo?

—Es un poco más complicado.

—No eres más que un producto de mi imaginación o una alucinación provocada por los medicamentos que me tomo o por esa maldita galleta. Tú no existes.

Sus ojos parpadean, como si fueran dos luces intermitentes.

—Eso hiere mis sentimientos, de verdad.

—Mi hermana necesita su medicina. Tengo que irme.

La luz gana intensidad y Cassie se desvanece un tanto. Puedo ver la silueta de las estanterías a través de ella.

. Acerca su boca a mi oído.

—Casi has llegado, amiguita. Sigue así de fuerte.

No puedo moverme. No puedo correr.

—Sé lo mal que te sientes. Atrapada —dice—. Pero mejora, te lo prometo. Mejora, y mucho.

De repente, parece la misma chica que me suplicaba que la acompañara al parque para que no se abalanzara accidentalmente sobre el último chico del que se había encaprichado. Debería cerrar los ojos hasta que desapareciera por completo. No lo hago.

—¿De qué estás hablando? —pregunto.

Me aparta un copo de nieve de la mejilla.

—No estás muerta, pero tampoco estás viva. Eres una chica de hielo, Lia-Lia, atrapada entre los dos mundos. Eres un fantasma con un corazón que sigue latiendo. Pronto cruzarás la frontera y estarás conmigo. Estoy entusiasmada. Te echo de menos, traviesa.

Yo me retiro, intento sacudir las telarañas de mi cabeza.

—¿Se puede saber qué te pasa? ¿No te importa nada de lo que ha ocurrido? —Ella frunce el ceño—. ¿No te importa que tus padres se estén subiendo por las paredes intentando saber qué te pasó? No tendrías que haberlo hecho. Deberías haber pedido ayuda.

La nieve se precipita sobre ella y forma un torbellino que alcanza el techo y lo sobrepasa.

—Lo intenté —confiesa mientras las llamaradas de sus ojos me queman las mejillas—. Tú no respondiste al teléfono.

[043.00]

No ha ocurrido. No la he visto. Todo está bien.
Bien. Bien. Bien. Bien. Bien.

Llevo a casa el medicamento de Emma, me tomo un tazón

de sopa de tomate hecha con agua (82) y finjo acabar los deberes. Mientras ellas dos ven una película, yo lleno la bañera de agua hirviendo, me desnudo y me introduzco en ella.

El tiovivo está dando vueltas demasiado deprisa. Quiero bajarme. Quiero cerrar los ojos o, al menos, parpadear. Quiero escoger lo que veo y lo que no veo. Toda la basura que nos rodea diariamente cuando estamos despiertos, la escuela, la casa, la casa, el centro comercial, el mundo, ya es bastante mala. ¿Acaso no merezco un respiro al menos cuando duermo? Y si estoy condenada a que me persigan fantasmas, ¿no sería justo que solo aparecieran por la noche y se disolvieran cuando les toca la luz del sol?

Saco el brazo del agua. Es como un tronco. Vuelvo a sumergirlo en la bañera y parece inflarse. La gente ve un tronco y lo llama ramita. Me gritan porque no pueden ver lo que realmente ven. Nadie es capaz de explicarme por qué mis ojos no funcionan como los demás. Nadie puede detener todo esto.

El tiovivo vuelve a girar. Para bajarme de ahí creo que voy a tener que chillar, pero no puedo. Mi corsé de hueso está tan ceñido que apenas puedo respirar.

Cuando Cassie se arrastra hasta mi cama esa noche y me rodea la garganta con sus manos, no menciona lo que ha ocurrido en la farmacia. Yo tampoco.

Mi corazón suena como una alarma de incendios durante toda la noche.

[044.00]

El espectáculo debe continuar.

No hay forma humana de que una niña con el cúbito y el radio fracturados pueda tocar el violín en el Concierto de Invierno de la Escuela Primaria Park Street, así que el director de la orquesta le confía a Emma el triángulo de metal para que pueda golpearlo suavemente en el momento adecuado. También le han encargado los cascabeles del trineo que sonarán durante la canción *Navidad, dulce Navidad*. Se pasa toda la noche del jueves practicando.

169

Salgo pronto del instituto (tengo retortijones... ¡ja!) y me paso todo el viernes por la tarde en la cocina, porque Emma ha apuntado a su madre a la venta de pasteles de Navidad y tiene que llevar algo y Jennifer ha salido para comprar galletas baratas con azúcar pegajoso de color rojo y verde. He preparado muñecas de jengibre con una banda rosa en el brazo y he horneado una barra de pan de nueces, receta de la Yaya Marrigan. Las cucharas de medir quieren que me zampe azúcar, mantequilla y melaza. Yo disimulo y finjo que soy alérgica a los ingredientes. Si los pruebo, los labios y la lengua se me hincharán y me ahogaré hasta morir.

Utilizo los restos de la masa de jengibre para hacer una galleta de vudú, una chica robusta con cabello rubio y mechones pelirrojos ataviada con un vestido azul y un agujero negro a modo de boca. Cuando se enfría, la coloco sobre la tabla para cortar y la aplasto con el rodillo hasta que solo queda una pila de polvos de jengibre.

Cuando Emma llega a casa de sus clases particulares, huele las galletas y grita de tal forma que las ramillas del árbol de Navidad vuelven a temblar. Extiende el brazo izquierdo y el enyesado y me abraza, casi fracturándome las costillas. Le dejo que me pinte las uñas del mismo color que las lleva ella para que parezcamos gemelas.

Jennifer se sorprende un poco al ver las galletas. Emma le recuerda que la apuntó para la venta de galletas y yo me ofrezco para ocupar su lugar, que la desconcierta todavía más.

Solo tenemos tiempo para cenar un bocadillo de pavo (230) antes de ir al concierto.

La escuela primaria Park Street huele exactamente igual que cuando yo asistía: cuerpos cálidos y sudorosos, salsa de espaguetis barata, rotuladores mágicos y papel. Hay un tributo a Cassie en el tablero de anuncios justo en la entrada. La foto se tomó hace un par de años, antes de que el exceso de vomitar le quemara las glándulas salivales y se le hincharan hasta adoptar el mismo tamaño que una nuez en el fondo de su mandíbula. Al ver la fotografía el corazón me da un brinco, pero sigo caminando como si nada, giro hacia la derecha, donde está la biblioteca, y después hacia la izquierda. La fotografía sigue ahí, no me la he inventado, no es una visión fantasmagórica. Su padre es el director de esta escuela y su madre dirige todas las demás actividades. Tiene sentido que le hayan hecho un santuario.

Emma se va dando saltitos para colarse entre los bastidores y ocupar su lugar en la fila.

—¿Estás segura de que no quieres entrar y escuchar el concierto? —me pregunta Jennifer—. Podríamos turnarnos después del intermedio.

¿Y sentarme junto a seiscientos padres sudorosos y armados con cámaras de vídeo?

—No, de verdad, entra tú. Disfruta de todo el concierto.

Me da un abrazo lo suficientemente apretado para que mis costillas crujan. Ha pasado tan rápido que no lo he visto venir. Se aparta, me coge el rostro entre las manos y me besa en la nariz.

—A veces eres muy dulce, lo sabes, ¿verdad? Te debo muchísimo —se acerca de nuevo y me susurra—: No soporto a estas mujeres. Me sacan de quicio.

—Ningún problema —respondo intentando no tambalearme bajo el peso de su beso.

Hay cuatro mesas de cafetería dispuestas en el fondo de la entrada para la venta de pasteles. Las mesas rebosan de platos de galletas con diez tipos diferentes de chocolate, incluyendo las que contienen germen de trigo, leche o las que van sin huevo. Las madres de esta escuela ven demasiados programas de cocina. Hay bizcochos de trufa, barquillos de canela, pastas de azúcar glaseado con menta. Alguien ha preparado magdalenas con sabores extraños y curiosos: granada, té verde, arándano, pistacho y guayaba. (Las magdalenas tienen etiquetas para los alérgicos con los ingredientes que contienen.) En la última mesa, cerca de la caja que reúne el dinero, hay dos cubos llenos de lacitos recubiertos de chocolate espolvoreados con fideos de colores. También hay tres casas de jengibre perfectamente modeladas que se subastarán posteriormente. Una tiene una ventana con cristal hecha con caramelo fundido.

Las madres con las que voy a trabajar están zampando galletas sin sacudirse las migas que se derrumban en sus chaquetas.

—¿Quieres dulce de leche? —me preguntan mientras observan mi clavícula—. Prueba el pastel de chocolate de siete capas. Está para morirse.

Adoro ese pastel. Me encantaría tomar un poco de dulce de leche, chismorrear sobre el último episodio de cualquier serie, morder el dulce de leche, reírme, saborearlo porque está riquísimo y me apetece y tragármelo para que mi barriga brille. Pero no son para mí.

—No, gracias —respondo.

—¡Pero mira qué delgada estás! —chillan—. ¡No tienes que preocuparte! ¡Nosotras sí! —dicen mientras se dan palmadas en las caderas y en la tripa—. ¡Coge uno! ¡O dos!

Una mano mueve las cuerdas de esta marioneta. Estiro los labios, pestañeo y me encojo de hombros.

—He cenado un montón —miento—. Picaré algo más tarde.

Una oleada de gente hambrienta nos interrumpe y vendemos, vendemos, vendemos. En algún momento distingo a la señora Parrish, vestida como Mamá Noel, que se abre camino entre la multitud. Un grupo de niños pequeños se abalanzan sobre ella y la saludan efusivamente mientras le piden que le diga a Papá Noel que se han portado muy bien este año. Ella sigue caminando, ignorándoles por completo, dirigiéndose directamente hacia la mesa de pasteles. Me escondo detrás de una de las casas de jengibre hasta que se marcha.

Cuando el concierto se reanuda les digo a las madres gordas que vayan a escuchar a sus hijos, que yo me ocupo de la comida y de la caja registradora. Todo esto no me tienta. Me provoca mareos; así de fuerte soy.

Las madres intentan convencerme una y otra vez para que cambie de opinión («No, estoy segura, de verdad, id para allá, en serio, de verdad»). Finalmente caminan entre empujones hacia el auditorio, armadas con sus bizcochos de emergencia en caso de que alguien sufra una bajada de azúcar.

Me siento detrás de la montaña de nubes rosas con envoltorio. La orquesta está tocando *Noche de Paz* o *Adeste Fideles*. Ando por el pasillo. Cassie todavía no ha hecho su aparición estelar, todavía no. No hay nieve a la vista. No huele a jengibre, pero eso es por la cantidad de pasteles que hay. No creo que venga, no con su cara estampada en el tablón de anuncios, como si fuera un cartel de SE BUSCA, no si sus padres están aquí. Ellos también la verían, lo sé. El festival se convertiría en un infierno. No se atreverá.

Saco mi labor, sujeto las agujas con fuerza y empiezo a tricotar. Punto, punto, punto del revés. Punto, punto, punto del revés. La lana se humedece por el sudor de mis manos. Punto, punto del revés, punto. No. Retrocedo y deshago las últimas puntadas. Punto, punto, punto del revés.

~~Mis dedos me traicionan y quieren ese dulce de leche~~. No, no quieren. ~~Quieren un trozo de pastel de chocolate de siete capas; desean coger alguna de esas extrañas magdalenas además de varios lacitos~~. No, no quieren. ~~Quieren estrujar las nubes rositas y metérmelas en la boca~~. No lo harán.

La labor se desploma sobre mi regazo. Las agujas pesan demasiado, la lana está entretejida con hilo de hierro. El cartílago de mis dedos, rodillas y codo está reduciéndose. Luchas hambrientas-hambrientas contra el hambre-hambre por el campo de batalla que se ha convertido mi mente.

Todo me duele.

De repente, se entreabre una puerta y enseguida se cierra de golpe. Un soplo de aire con aroma a jengibre, clavos y azúcar quemado me sacude el rostro y el pelo.

Hoy, durante todo el día, he ingerido 412 calorías. Las quemaré, además de unas doscientas más, si encuentro la energía suficiente para subirme a la máquina de peldaños: podría comerme la mitad de una magdalena (150), o incluso un cuarto (75). Podría rascar el glaseado y solo mordisquear el bizcocho.

No debería. No puedo. No lo merezco. Estoy como una vaca y me doy asco a mí misma. Ya ocupo mucho espacio. Soy fea, una hipócrita repugnante. Soy un maldito problema. Una pérdida de tiempo.

Quiero irme a dormir y no despertarme, pero no quiero morir. Quiero comer como lo hace la gente normal, pero necesito ver mis huesos, o me odiaré cada día más hasta que me arranque el corazón o me tome todas las pastillas del mundo.

Cojo la magdalena que, sin duda alguna, debe de tener un

sabor horrendo: a granada. Contiene un glaseado rojo además de semillas rojas por encima. Chupo las semillas e hinco el diente. Explotan en mi boca, un sabor húmedo y bermejo, no como una baya, ni parecido a una manzana, sino más sombrío, como el vino. Podría comerme un puñado de estas semillas, o quizá seis puñados, o puede que incluso zamparme todo un cubo.

No, no podría. Solo como seis: 1.2.3.4.5.6. Cuando las engullo, sienten calor al pasar por mi garganta, lo cual no me asusta.

Escucho cómo se abre otra puerta, pero no logro divisarla. Las cuerdas que dirigen esta marioneta están rotas y no puedo sentir estas manos, ni impedir que quiten el envoltorio de la magdalena y me la acerquen hasta la boca. Estas mandíbulas mastican. La boca engulle y se da prisa, porque aquí viene otra y después otra hasta que finalmente todas las magdalenas con semillas rojas han desaparecido de la mesa. Todas. Y. Cada. Una. Estas manos alcanzan un trozo de bizcocho de chocolate, después cogen un pedazo de dulce de leche y pescan una figurita de jengibre con brazos rosas. Me disuelvo en una nube de azúcar hasta que las puertas del auditorio se abren repentinamente y el vestíbulo se llena de aplausos, silbidos y cuerpos calientes.

Salgo pitando hacia el baño.

No importa hasta dónde introduzca el dedo, la fosa séptica no se vaciará. Así que decido echar un chorro de jabón de manos en mi boca y hacer gárgaras hasta que las burbujas manen por las comisuras de los labios y recorran mis mejillas.

[045.00]

En mitad de la noche, alguien me clava una estocada con su espada en la barriga. Me despierto gritando y llamo a mis padres entre chillidos. Jennifer enseguida viene corriendo a mi habitación, pero mi padre está de viaje y mi madre no vive aquí. Me ayuda a ir hasta el cuarto de baño. No sé si debería sentarme sobre la taza del baño o meter la cabeza en ella.

Me bajo los pantalones y me siento. Jennifer humedece una toallita del baño con agua fría, la escurre un poco y la coloca en mi nuca.

—Estoy bien —farfullo.

—No, no lo estás —contradice mientras me sujeta la cabeza por la frente—. No tienes fiebre. Quizás algo te ha sentado mal y tienes una intoxicación. ¿Qué has comido?

La hoja de la espada me vuelve a rasgar las tripas y me retuerzo gimiendo.

—Sopa y galletas saladas. Y todos para cenar hemos comido bocadillos de pavo.

—¿Tienes náuseas?

Sacudo la cabeza a modo de negación.

—¿Has comido algo en el vestíbulo del colegio?

Antes de mentir, mi cabeza se pone a decir sí.

—Magdalenas.

—¿Magdalenas? ¿Te comiste más de una?

Asiento otra vez.

—Estaban riquísimas.

—No me cuadra que una magdalena pueda hacerte todo esto. Quizás han utilizado huevos crudos para hacer el glaseado. ¿Estarás bien si voy un momentito abajo? Quiero consultar algo.

—¿Qué? —pregunto mientras mis dientes rechinan—. Claro. Cuando vuelvas, ¿podrías traerme una taza de té a la menta?

—No deberías comer nada hasta que el estómago se asiente.

—Por favor, Jennifer. Sé que me ayudará.

—De acuerdo, relájate. Solo respira. Té a la menta, marchando.

Cuando se ha ido empiezo a gemir. Sé exactamente lo que me ocurre. Soy un fracaso glotón que se ha atiborrado de comida. Un desperdicio. Mi cuerpo no está acostumbrado a ingerir carbohidratos con alto contenido en azúcar mezclados con brujería. Apenas puedo apañármelas con la sopa y las galletitas saladas.

La espada vuelve a acuchillarme el estómago. Los laxantes que he devorado cuando hemos llegado a casa están torturando

175

mis tripas. Además, mis niveles de fosfato han subido como la espuma por ingerir azúcar de forma inesperada. Por si eso fuera poco, existe la posibilidad de que mi talento especial para morirme de hambre haya teñido mi estómago rosa de un gris fantasmagórico mientras mis células mueren por abandono. O quizá Cassie, desde su tumba, ha fabricado una muñeca vudú de jengibre parecida a mí y está apuñalándola poco a poco.

Me pesa demasiado la cabeza y no puedo mantenerla sobre los hombros. Me encorvo y dejo que quede colgando entre mis piernas.

—¿Lia?

Por la cortina de mi cabello distingo las pantuflas de Emma que se arrastran por el suelo hasta entrar en el cuarto de baño.

—Lia, ¿vas a morirte? —pregunta mientras los ojos se le humedecen y la voz se le quiebra.

Me obligo a incorporarme e intento ignorar los puntos negros que nublan mi visión.

—Solo me duele el estómago, cariño. Nadie se muere de eso. Me pondré bien.

176

Jennifer lleva a Emma a la cama y prefiere creer mi mentira. Le digo que me siento mucho mejor, que voy a leer un ratito en el baño, por si acaso. Me paso la mayor parte de la noche corriendo de la cama al baño, vaciándome, vaciándome y vaciándome mientras los laxantes me muelen por dentro y hacen el trabajo sucio. Friego la taza del baño con el producto de limpieza azul después de cada visita.

Cuando me desplomo sobre la cama, alguien empieza a golpearme el pecho con un bate de béisbol. Intento tomarme el pulso, pero el corazón me late tan deprisa que enseguida pierdo la cuenta. Estoy sudando. Mi cuerpo está consumiéndose, corta en pedacitos mis músculos y los lanza a la chimenea para que el motor no arranque.

Siento algo metálico en mi boca. Tengo que levantar a Jennifer.

Si la despierto, se asustará.

Si se asusta, llamará a una ambulancia.

Si llega una ambulancia, estoy perdida.

Me doy la vuelta y le pido a Cassie que me acaricie la espalda y me cante una canción.

[046.00]

Cuando papá al fin llega de su viaje a Nueva York el sábado, estoy en el sofá durmiendo. Me sacude el hombro y doy un brinco. No estoy segura de dónde estoy, ni de quién soy ni de quién es él. Pero él no se da cuenta.

—¿Dónde están Jen y Emma? —pregunta.

Me incorporo y me siento. Muy lentamente. Los retortijones en el estómago de ayer han desaparecido, pero me da la sensación que he hecho cien mil abdominales.

—En el centro comercial. ¿Qué tal tu viaje?

—Excelente —remarca—. Mi editora me aplaza la fecha de entrega y me va a dar otro anticipo para costearme un viaje de investigación a Londres. Soy el mejor.

Alza el puño en el aire, como si se tratara de un jugador de fútbol profesional, pero más bien se parece a un profesor de universidad que intenta coger un taxi.

—Eso es genial, papá.

De repente, su sonrisa se desvanece.

—¿Estás bien? No tienes muy buen aspecto.

—Ayer algo me sentó mal, supongo que una magdalena —explico mientras me tapo los hombros con la manta—. Quién sabe.

—¿Llamaste a tu madre?

—No.

—Es médico, ya lo sabes.

—Sí, soy consciente de ello. No había necesidad de que viniera hasta aquí acompañada de una ambulancia en mitad de la noche. Jennifer me ayudó. Estoy bien, solo un poco cansada.

—¿Estás segura? —pregunta mientras posa la mano sobre mi frente.

—¿Por qué haces eso?

—Es lo que normalmente se hace cuando tus hijos están enfermos.

177

—Eres un caso perdido —bromeo.

Me da un rápido abrazo.

—Tienes toda la razón, qué le vamos a hacer. Os he traído unos regalitos de la gran ciudad, quizás eso te anime. Espera un segundo.

Sale del comedor y vuelve con una bolsa de plástico.

—Echa un vistazo.

Vacío la bolsa. Supongo que la varita mágica con lentejuelas es para Emma, lo cual significa que los libros son para mí: todo historias sobre la agonía que supone la educación secundaria para niñas de doce años. A menos que los libros sean para Emma y la varita mágica para mí. Podría ser útil.

—¿Qué prefieres: fresa, uva o miel? —me pregunta mientras entra en la cocina.

—¿Qué?

—¿Fresa, uva o miel? Es casi la hora de comer, así que voy a preparar unos bocadillos de mantequilla de cacahuete con mermelada.

Me pongo la varita mágica sobre el brazo y le sigo, con la manta arrastrando tras de mí como si fuera una capa.

—No tengo hambre. Todavía tengo el estómago algo revuelto.

—Entonces te prepararé un poco de té y una tostada. ¿Ya te has tomado tus medicinas?

Mi cabeza le indica que «no» antes que yo pueda impedirlo.

—Razón de más entonces. Tienes que comer algo antes de poder tomar tus medicamentos. Siéntate, cielo.

Mientras el pan se tuesta (dos rebanadas = 154), se prepara un par de bocadillos para él, ambos con deliciosa mantequilla de cacahuete y mermelada de uvas. Mete un tazón en el microondas para calentar el agua para el té y, de forma distraída, le da un bocado a uno de los bocadillos. Coge un plato para mis tostadas y le da un segundo bocado. Solo hace que comer y ocuparse de sus asuntos, untando mantequilla (100) sobre mi tostada sin siquiera preguntarme, sacando la leche de la nevera y trayéndola a la mesa junto con el plato y el té. Se ha zampado la mitad de su bocadillo.

¿Cómo lo hace?

Ya no recuerdo qué es comer sin planearlo, sin contar las

calorías y el contenido graso de los alimentos; sin medir mis caderas y muslos para decidir si lo merezco, lo cual normalmente suele ser que no, no lo merezco. Así que me muerdo la lengua hasta que sangra y mantengo la boca cerrada con mentiras y excusas mientras una lombriz ciega serpentea por mi tráquea, resoplando y abriéndose camino hacia mi cerebro.

Estoy agotada. También me he olvidado de dormir.

Papá empieza a decir tonterías sobre unas cuantas cartas mohosas en los archivos de Londres y fantasea con encontrar unos billetes a buen precio para que toda la familia vayamos a Londres, lo cual nunca sucederá. Me trago las pastillas y me bebo el té. Justo cuando voy a coger la mitad de una rebanada de pan (38) + un cuarto de cucharada de mantequilla (25) = 63, suena el teléfono.

Empiezo a ponerme en pie.

—No —dice papá—. Deja que salte el contestador automático.

Después de la señal, la voz de la señora Parrish cruje en el altavoz.

—¿Lia? Lia, por favor, coge el teléfono. No estoy enfadada, te lo prometo. He buscado por todas partes, pero no encuentro el collar de Cassie, el que tenía un cascabel de plata como colgante. Pensé que quizá si me lo ponía... ¿Puedes ayudarme? —De repente se le entrecorta la voz, solloza y se sorbe la nariz—. Solo quiero que me llames, Lia. No puedo... Necesito tu ayuda.

Cuando la señora Parrish cuelga el teléfono, papá borra el mensaje.

—Debería visitar a su terapeuta en vez de molestarte.

Observo las grietas en el hormigón que separan las baldosas del suelo. Si pudiera convertirme en una espiral de humo me introduciría por ellas y desaparecería.

—No pasa nada —miento—. Se siente atrapada. Es muy triste.

—¿Así es como te sientes tú? —me pregunta después de sorber un poco de leche—. ¿Atrapada y triste?

Debería haber fingido que seguía dormida cuando ha entrado en casa.

—No.

—Pues a nosotros nos lo parece.

—¿A quién te refieres con «nosotros»?

La mantequilla de cacahuete intenta cerrar su boca, pero no es lo suficientemente fuerte.

—Ayer por la noche mantuve una larga charla con tu madre.

—¿Has hablado con mamá dos veces en un año?

—Sin sarcasmos, por favor —pide mientras mordisquea su bocadillo y mastica—. Chloe cree que deberías hacerte una revisión.

—¿Una revisión?

—Jennifer está de acuerdo.

—¿Una revisión para qué?

Deja de comer.

—Para ver si deberías volver a ingresar en el hospital.

Las grietas del suelo se ensanchan.

—¿Quieres encerrarme otra vez?

—Chloe dijo que te llamaría esta mañana para hablar contigo sobre esto.

—No ha llamado —contesto. Empiezo a temblar. El frío está penetrando por las ventanas—. ¿Crees que debería hospitalizarme?

—¿Francamente? Me parece un poco exagerado. Podrías sacar mejores notas, pero vas a la escuela. No sales a hurtadillas por las noches ni te metes en líos. Sin embargo, me gustaría que subieras de peso. Ya le he dicho a tu madre que quizás unas cuantas visitas al nutricionista serían más que suficiente.

—Pero mamá quiere encerrarme.

—La revisión podría demostrar que está equivocada. Piénsalo así.

—Ya ha concertado la cita, ¿verdad?

Coge la varita mágica y la inclina de forma que las brillantes lentejuelas se deslicen por su interior.

—Dos días después de Navidad, a las diez en punto.

Las grietas del suelo se abren de par en par, creando cañones sin fondo. Me tambaleo en el borde.

—Qué detalle —digo—. Podré escribir una redacción sobre las vacaciones de Navidad en la granja donde me entuban la nariz, me obligan a tragar mantequilla mientras me ceban de pastillitas mágicas y después me lavan el cerebro hasta convertirme en una zombi gorda. Qué divertido.

180

—No te admitirán a menos que realmente lo necesites. ¿No quieres estar sana, sentirte mejor?

—Solo intentas deshacerte de mí.

—Estoy preocupado por ti. Quiero que regrese mi hija.

Me levanto y me paseo entre la mesa y el horno.

—Ya he estado en el hospital. Dos veces —digo mientras la capa se desliza por mis hombros—. Dijiste que era la última vez porque ya había agotado el seguro.

—Si tenemos que ingresarte, tu madre venderá algunas acciones y yo volveré a hipotecar la casa. Pero tú puedes evitar todo eso. Si comieras más...

—No necesito comer como tú.

—¡Maldita sea, Lia! —grita—. Eso no es verdad y lo sabes. ¿Acaso tienes que morirte de hambre?

Los gritos de papá me asustaban antes. Ahora tan solo me hacen más despiadada.

—Tu esposa es testigo de cómo me peso en la estúpida báscula cada semana.

—Sí, y estás bajando de peso. Esta semana, ¿cuánto era? ¿47,2 kilos? Me juraste que no bajarías de 50.

—Soy de constitución pequeña pero de metabolismo graso.

—¡Otra vez con esa basura! —chilla escupiendo algunas migajas del bocadillo sobre la mesa—. Me rogaste que te dejara mudarte aquí. No soportabas vivir con tu madre ni un minuto más. Me contaste cuál era el problema y yo te creí, al igual que te creí cuando me prometiste que serías sincera.

Intento bajar el tono de voz. Si él pierde los estribos, yo me agarro a ello y sigo provocándole.

—Tú tampoco has cumplido tus promesas. Todos esos fines de semana cancelados, los viajes que íbamos a hacer, la casa que ibas a comprar en el lago.

Me clava la mirada.

—No cambies de tema.

—Necesito tiempo —confieso—. No puedo meterme comida en la boca y ya está. Tengo que empezar mi vida desde cero.

—¿Y cuándo ocurrirá eso exactamente? —pregunta con un tono de voz alto y desgarrador, la voz que solía utilizar para discutir con mi madre cuando, supuestamente, yo estaba durmiendo—. ¿Este año, quizá? ¿Este siglo?

—Lo estoy intentando —digo.

—No, no lo estás intentando. Llevas viviendo aquí seis meses y ni siquiera has desembalado tus malditas cajas.

—Oh, ¿así que finalmente te has dado cuenta? —gruño.

—¿Qué significa eso? —pregunta.

—Nunca estás en casa. Jennifer es quien se ocupa de todo para que tú puedas asistir a tus reuniones, ir a la biblioteca, jugar tus partidos de squash e ir a tus lujosas cenas. Oh, espera un segundo, ¿dónde he visto esto antes? ¿Tienes una amante, papá? ¿Estás preparado para un segundo divorcio? No te olvides de contratar a un buen psiquiatra para Emma; ella cree que eres una especie de dios.

En cualquier momento le dará un infarto. Aprieta los músculos de las mandíbulas de tal manera que los dientes se le romperán. Estoy segura de que me agarrará y me tirará por una ventana y no aterrizaré en el suelo hasta haber planeado cien kilómetros.

Coge la jarra de leche y se sirve más en el vaso. Toma un trago largo y de forma muy deliberada lo coloca suavemente sobre la mesa.

—Deja de examinar mis defectos. Es de ti, Lia, de quien estamos hablando.

Las arrugas de su rostro se hunden, decepcionadas. Tiene los ojos enrojecidos a causa de las largas noches, la multitud de errores y una hija defectuosa. Es más fácil contestarle cuando grita.

—Me gustaría entender qué te pasa por la cabeza —dice mientras vuelve a inclinar la varita mágica, pero esta vez no contempla cómo la purpurina se desliza en su interior—. Comprender por qué estás tan asustada.

El tiovivo empieza a dar vueltas en mi cabeza; gira tan rápido que tan solo puedo ver destellos de color amarillo miel, rojo cereza y púrpura. Fue un error mudarme a esta casa, pero no tenía otro sitio adonde ir.

—Por favor, Lia —susurra—. Por favor, come.

El tiovivo se parte, convirtiéndose así en millones de astillas de colores que vuelan por mi cabeza.

Le arrebato el bocadillo de su plato y empiezo a devorarlo.

—¿Esto es lo que quieres? —grito—. ¡Mira! ¡Lia está comiendo! ¡Lia está comiendo! —Con cada bocado abro la boca

para que el pan, junto con la gelatina, la mantequilla de caca-
huete y la saliva salpiquen los desfiladeros que nos separan—.
¿Estás contento ahora?
Me llama mientras salgo corriendo de la cocina.
No me sigue.

[047.00]

Enciendo la estufa eléctrica de mi habitación y la pongo al máximo. Además subo el volumen de mis altavoces hasta que empiezan a temblar sobre sí mismos. La música funde el aire y revuelve los papeles que hay sobre mi escritorio. Me meto en la
cama, pero el colchón está relleno de piedras y conchas y no
puedo acomodarme. Abro libros, pero las historias están cerradas con llave y no conozco las palabras mágicas para abrirlas.
    ¿A qué-Por qué-Cuándo-Cómo-Quién? ¿A qué-Por qué-
Cuándo-Cómo-Quién? ¿A qué-Por qué-Cuándo-Cómo-Quién?
    ¿A qué tengo miedo? ¿Por qué ni siquiera quiero sentirme
mejor? ¿Cuándo voy a hacerlo? ¿Cómo puedo saberlo? ¿Quién
sería si hiciera lo que me piden?
    ¿Cómo he llegado a esto?
    Quizá mamá tomó drogas cuando estaba embarazada de mí.
Empezó la residencia ese mismo año, así que probablemente
pasó los nueve meses casi sin dormir y nací con el síndrome del
feto con exceso de cafeína. O quizás el catedrático Overbrook
fumó marihuana mezclada con una sustancia química experi-
mental y dejó preñada a mi madre con esperma mutante.
    Da igual.
    Quito el polvo de las estanterías y de la repisa de la ventana
y bajo las escaleras lentamente para buscar la aspiradora y coger
un vaso lleno de cubitos de hielo (el catedrático Overbrook intenta entablar conversación conmigo; qué pena que él ya no
exista, que yo ya no tenga un padre ni una madre; solo tengo es-
pacios blancos sin paredes) y una caja con bolsas de basura.
Cuando ya he pasado la aspiradora por la moqueta, abro bruscamente una de las cajas de cartón repleta de la basura que tenía en
casa de mamá y lanzo todo lo que hay en su interior en una bolsa

183

de basura. Ni siquiera miro qué contiene. Ni escucho a mis dedos, que me informan de que se trata de una muñeca, de un collar, de un libro de Jane Yolen, de una colección de monedas. Mastico el hielo en mi boca y trago los diminutos cubitos. Todo es basura.

El catedrático Overbrook entra justo cuando estoy atando con un lazo la tercera bolsa de basura. Observo cómo mueve la boca. Me ofrece una taza de té de menta y un plato de las asquerosas galletas que Jennifer compró para la venta de pastelitos. Va al despacho para recoger algunos materiales que ha olvidado.

Cuando ya se ha ido, lanzo las galletas en la taza del baño y tiro de la cadena. Me tomo algunos caramelitos para la locura y, para facilitar el paso por mi garganta, bebo agua helada. Engullo quinientos diminutos carámbanos...

::Estúpida/fea/estúpida/zorra/estúpida/gorda
estúpida/niña/estúpida/fracasada/estúpida/perdida::

... aunque me hacen daño en la barriga. De hecho, me duele.

Lia la Repugnante llama a la recepción del motel Gateway. Lia la Repugnante le dice a Charlie, quien responde la llamada telefónica, que si no consigue que Elijah se ponga al teléfono en menos de un minuto llamará a la policía y denunciará a Charlie por acoso sexual.

Él enseguida asiente.

—Un segundo.

Mientras espero, me raspo la laca de uñas. La doctora EstúpidaParker dice que la tristeza, en realidad, significa enfado y enfado, en realidad significa miedo. No puedo creer que le paguen por inventarse esa basura. Siento que quiero empezar una guerra, o hacer explotar un edificio, o romper todas las ventanas de esta casa. Me pregunto qué diría que significa eso.

Elijah finalmente se pone al teléfono.

—Ey, hola. ¿Qué tal?

Lia: Tengo que hablar contigo.

Elijah: ¿Hoy eres Emma o Lia?

Lia: Tú mientes siempre.

Elijah: Es una mala costumbre.

Lia: Lo siento. Te pido disculpas.

Elijah: De acuerdo. No te preocupes.

Lia: Entonces, ¿amigos otra vez?

Elijah: Supongo.

Lia: Genial. ¿Cómo va tu coche?

Elijah: Estará listo cuando Charlie cierre el motel durante el invierno.

Lia: ¿Dónde tienes pensado ir?

Elijah: Oxford, Missisipi, quizá. O quizá viaje hasta México. Me gustó mucho la última vez (*Tapa el micrófono del teléfono con la mano y habla con Charlie*). Tengo que irme. El jefe se ha vuelto loco y dice que debo trabajar porque para eso me paga.

Lia: No, espera, tengo una pregunta.

Elijah: Dispara.

Lia: Dijiste que la primera vez que viste a Cassie fue cuando encontraste el cadáver.

Elijah: Eso no es una pregunta, pero sí.

Lia: En el cementerio me preguntaste por qué no respondí al teléfono cuando ella me llamó esa noche. ¿Cómo sabes que me llamó?

Elijah, el silencio en persona:

Lia: ¿Sigues ahí?

Elijah: ¿Podemos hablar de esto en otro momento?

Lia: No. Tienes que contármelo. Ella quería que lo hicieras.

Elijah, después de inspirar profundamente: Se registró en el motel el jueves por la noche, pero no la vi por aquí hasta el sábado. Me invitó a pasar un rato con ella, así que fui a su habitación después de trabajar. Había estado bebiendo… mucho. Me comí un par de galletas y no me gustó mucho el percal. Así que me piré.

Lia: ¿Cómo sabes que me llamó?

Elijah: Estuve jugando a las cartas con Charlie hasta medianoche y después decidí ir hasta el centro. Cassie me vio pasar por delante de su habitación y abrió la puerta. Estaba llorando y farfullaba que Lia estaba enfadada con ella y que por eso no contestaría al teléfono. Le dije que se fuera a dormir. No me dejó en paz hasta que consiguió que anotara tu teléfono y le

185

prometiera que te daría el mensaje. Me fui de allí tan rápido como pude.

Lia: ¿Qué dijo Cassie?

Elijah: Mira, todo esto ya se lo he contado a la policía. Vieron las cintas de seguridad; menos mal que Charlie es un paranoico. Nunca la toqué. Ni siquiera le quité el bolso, aunque podría haberlo hecho. Volvió a aparecer en el vídeo un par de horas después de que yo me fuera, tambaleándose por el aparcamiento y cantándole a la luna. Después volvió a la habitación.

Lia: ¿Cuál era el mensaje?

Elijah: Nada, en realidad. No olvides que estaba borracha.

Lia: Dímelo.

Elijah: Me dijo, «Dile a Lia que ha ganado. Yo he perdido y ella ha ganado». Esas fueron sus palabras. En ese momento parecía importante, pero ahora no le veo el sentido. ¿Acaso os habíais apostado algo? ¿Qué ganaste?

Cuelgo el teléfono sin despedirme.

He ganado el viaje de las chicas de hielo a la frontera del país del peligro.

[048.00]

Vuelvo a subir el volumen de los altavoces y me dirijo al cuarto de baño para lavarme y despojarme de la llamada telefónica y del polvo y me cepillo los dientes para deshacerme de los restos de bocadillo.

1.2.3.4.5.6.7.8.9.10.11.12.13.14.15.16.17.18.19. 20.21.22.23.24.25.26.27.28.29.30.31.32.33.

No he ganado. No puedo creer que dijera eso. Gilipolleces típicas de Cassie, melodramáticas y exageradas. No es mi culpa que perdiera la chaveta, o que sus padres nunca le prestaran atención. No es mi culpa que vomitara, o que vomitar fuera lo único que le hacía sentir mejor.

me llamó.

Me cepillo los dientes hasta que me sangran las encías y entonces los limpio con más vigor todavía. El líquido rojo de Lia me gotea por la barbilla, transformándome así en un vampiro hambriento dispuesto a chupar la vida de cualquiera que me moleste. Quizás ese sea mi problema. Quizá soy uno de los no-muertos. Los vampiros son pálidos, fríos y delgaduchos, justo como yo. Desprecian en secreto el sabor de la sangre, odian hacer llorar a la gente, detestan los cementerios y los ataúdes, al igual que a la bestia que llevan dentro. Pero jamás lo revelarán hasta que alguien les atraviese el corazón con una estaca.

… cadáver, sola…

Bebo agua del grifo, me enjuago la boca y escupo.

La báscula aparece en el suelo, la buena, la que no miente. Me desnudo y me pongo en pie sobre ella para pesar mis errores y medir mis pecados.

40,4 kilos.

Podría decir que estoy entusiasmada, pero no sería más que una mentira. El número no me importa. Si bajara hasta 31,7, querría conseguir 29,5. Si pesara 4,5 kilos no estaría feliz hasta que lograra 2,2. El único número que me bastaría sería el 0. 0 kilos, 0 vida, talla XS, doble cero, cero puntos. Finalmente lo entiendo.

Abro la ventana y lanzo la báscula al jardín. Abro el grifo de la ducha; solo agua caliente y observo el espejo. Los agujeros de mi rostro están llenos de arena y pus. El blanco de mis ojos es un charco de limonada derramada con sombras púrpuras por debajo. Mi nariz no es más que un conjunto de mocos, mis oídos son un cúmulo de cera y mi boca, una alcantarilla. Estoy encerrada en el espejo y no hay salida alguna.

::Estúpida/fea/estúpida/zorra/estúpida/gorda
estúpida/niña/estúpida/fracasada/estúpida/perdida::

187

El cuchillo con mango de hueso, herencia de la Yaya Marrigan, resbala de debajo del colchón, se desliza hasta el cuarto de baño y se asienta a la izquierda del lavamanos, con el filo apuntando al botiquín.

Las pastillas que me tomé hace una hora apalean mis venas como contenedores metálicos golpeándose entre sí por la calle. Las serpientes de mi cabeza se despiertan, se deslizan por mi cerebro e intentan morder a los buitres. Los pájaros baten sus alas nocturnas una, dos y hasta tres veces y alzan el vuelo hasta formar un círculo en el aire. Sus sombras bloquean la luz del sol.

Utilizo mi camiseta para deshacerme del vapor que está empañando el espejo. Unas gotas de sudor me recubren los brazos, se agolpan entre la pelusa de lanugo, vello fino y blanco que ha empezado a brotar por mi cuerpo para mantener el calor.

Cuerpo estúpido. ¿Qué sentido tiene que me crezca pelusa al mismo tiempo que se me cae el pelo de la cabeza?

—¿No te gustaría saberlo? —me responde el cuerpo estúpido.

—Tú ganas —añade Cassie.

Gano porque estoy más delgada. Soy una XS. Permanecí fuerte y ni siquiera tuve la tentación de comerme mi porción del pastel. Ni siquiera probé un bocado.

Aprieto las yemas de los dedos contra mis pómulos. Si embistiera mi cabeza contra un muro de piedra, seguro que me fracturaría cada hueso de mi rostro. Recorro la barbilla con los dedos, después los deslizo por mi garganta, paso por las alas de mariposa de mi tiroides y acaricio mis clavículas, que se abrochan con mi esternón como la espoleta de un pájaro.

Los gatos de Emma están en la entrada, arañando la puerta para que les deje entrar.

Mis manos leen un mapa de braille labrado en hueso, que empieza por mi pecho, plano y hueco, enhebrado con hilos venosos color azul y fibras de hielo. Cuento mis costillas como cuentas de un rosario mientras murmuro conjuros y los dedos se enroscan bajo la jaula huesuda. Casi pueden rozar lo que se esconde en su interior.

La piel se hunde al llegar a la tripa, completamente vacía, y vuelve a ascender, como una montaña rusa, cuando recorre los huesos de mis caderas, un par de bolas talladas en piedra y decoradas con cicatrices rosadas producto de cortes con cuchilla. Me giro sin dejar de mirar el espejo. Mis vértebras son canicas húmedas amontonadas una sobre la otra. En mis hombros, afilados como cuchillas, parece que de un momento a otro vayan a crecer plumas.

Cojo el cuchillo.

Los tendones de mi mano se tensan, cuerdas que mantienen una tienda de campaña anclada al suelo mientras el viento sopla con fuerza. Unas delgadas cicatrices esculpen el interior de mi muñeca, se ensanchan al tomar la curva del codo, donde me corté profundamente en noveno curso.

He ganado. Gané.

Estoy perdida.

La música de mi habitación atruena de tal forma contra el espejo que los oídos empiezan a pitarme. Contemplo a la chica fantasma que se refleja; espera que alguien tense aún más los cordones de su corsé de huesos para que pueda doblegarse sobre sí misma hasta desaparecer.

Me corto.

La primera incisión nace en el cuello y muere justo debajo del corazón; es lo bastante profunda para que, finalmente, pueda sentir algo, pero no lo bastante profunda para desollarme. El dolor fluye como lava y me deja sin respiración.

La hoja del cuchillo se abre camino en la carne que separa dos costillas y después, en la carne que separa otras dos costillas. Unas gotas inmensas de sangre salpican el fregadero, semillas rojas maduras. Soy tan, tan fuerte, tan mágica y con unos huesos tan resistentes como el hierro, que el cuchillo traza una cuarta línea entre dos costillas, recta e inmaculada. La sangre se acumula en los huecos de mis caderas y gotea en las baldosas del suelo.

Unos agujeros negros se abren ante mis ojos y el pájaro salvaje que permanecía encerrado en mi corazón bate sus alas frenéticamente. Estoy sudando, por fin tengo calor.

La música deja de so...

189

190

191

[049.00]

La puerta del cuarto de baño se abre.

Emma es testigo de la sangre que tiñe mi piel, de las grietas rojas que se abren en mi cuerpo. Emma ve el cuchillo húmedo, de plata y hueso.

Los gritos de mi hermana pequeña rompen los espejos en mil añicos.

[050.00]

La sala de urgencias está cubierta de niebla. Unas sombras furiosas vuelan por las paredes y planean sobre el techo.

Cassie me toma la mano y me susurra números:

—Tu ritmo cardíaco era de 33 latidos por minuto en la ambulancia. Bradicardia traviesa. El electrocardiograma también era extraño, probablemente a causa de la deshidratación y la pérdida de sangre. Estás respirando bien, pero tienes la misma presión sanguínea y temperatura que la suciedad.

Cierro los ojos.

Cuando los abro, ya tiene los resultados del laboratorio.

—Anemia —me informa—. Glucemia baja, fosfato bajo, calcio bajo, hormona T3 baja (no sé qué significa), glóbulos blancos bajos, plaquetas bajas. Te han cosido con hilo negro, treinta y tres puntos, es curioso, ¿verdad? Oh, y tienes cuerpos cetónicos en la orina. Sigue así y pasaremos el fin de año juntas. Sé fuerte, cielo.

—¿Dónde está Emma? —pregunto.

Una enfermera me envuelve en collares de tubos de plástico y cables verdes y decora la habitación con bolsas de plástico llenas de agua y sangre. Me pincha con una aguja.

Me recuesto sobre un ataúd de cristal donde los arbustos de rosas trepan por las paredes para tejer una fortaleza espinosa.

[051.00]

Dos días después, dos días antes de Navidad, me someten a juicio y resuelven que estoy lo bastante gorda y sana para salir del hospital. El plan de enviarme directamente a New Seasons no funcionará. No hay espacio para una Lia-de-piel-y-huesos con trastornos. Todavía no. El director le promete a ~~mamá~~ la doctora Marrigan que tendrá una cama para mí la semana que viene.

Hasta entonces, estoy lo suficiente estable. Todos dicen que estoy estable.

Soy un fracaso para comer, un fracaso para beber, un fracaso para cortarme en tiras. Un fracaso en la amistad. Un fracaso como hermana y como hija. Un fracaso con los espejos, las básculas y las llamadas telefónicas. Menos mal que estoy estable.

193

Papá me recoge en el hospital. Me ha visitado todos los días solo, sin Jennifer (para asegurarse de que no se encuentre con mamá) y ha llorado apoyando la cabeza en mi colchón, pero no ha dicho gran cosa, ni siquiera cuando me ha ayudado a subir al coche.

Nevó mientras yo estaba enganchada a todos esos tubos. Los campos nevados reflejan de tal modo los rayos de sol que me ciegan la vista. Bajo el visor y la chica del espejo me observa. Una parte de mi cerebro, la que está hidratada y con glucosa, me dice que es mi propio reflejo. Pero una parte más grande lo duda. Incluso el nombre escrito en la pulsera del hospital me resulta ajeno, como si las letras no estuvieran en el orden correcto o faltara una parte del nombre.

Subo el visor con la esperanza de que papá no se haya percatado de mi desconcierto.

Los médicos unieron mis pedazos con cordones fuertes. Me olvido continuamente de los puntos hasta que realizo algún movimiento rápido y estalla el dolor. Me han llenado de agua con azúcar, también, y me han cebado con comidas servidas en bandejas de plástico divididas en cinco rectángulos. Este cerebro funcionaba bajo los efectos de un fármaco y este cuerpo bajo los efectos de otro; esta mano introducía la comida en mi boca tan deprisa que ni siquiera podía contar los mordiscos. Unieron mis pedazos, pero no utilizaron nudos dobles. Mis entrañas se filtran entre las grietas de mi cuerpo, lo noto, pero cada vez que lo compruebo las vendas están secas.

Así que vuelvo a introducir este espíritu en el cuerpo acomodado en el asiento del acompañante del coche de mi padre.

—¿Dónde está Emma? —pregunto—. Hoy empiezan las vacaciones de Navidad, ¿no?

Papá pulsa un botón del cuadro de mandos. El sonido de una trompeta de jazz retumba en nuestros oídos. Alargo la mano para alcanzar el botón del volumen, hago una mueca de dolor y bajo la música.

Conduce durante quince minutos sin decir una sola palabra.

Cuando coge la salida de la carretera no gira hacia la derecha, sino hacia la izquierda, hacia el norte, hacia un horizonte donde se agolpan nubes de tormenta que traen más nieve de la cima del mundo.

—¿Dónde vamos?

—Te llevo a casa.

—Este no es el camino.

Aprieta los dedos alrededor del volante.

—Te quedarás en casa de tu madre hasta que te admitan.

—No, papá, ¡por favor! ¿Qué pasa con Emma? Ella quiere que yo le prepare más galletas de jengibre y necesita ayuda para envolver vuestros regalos y habíamos pensado ir a la iglesia a cantar villancicos. Y le prometí que iríamos a pasear en trineo y haríamos ángeles en la nieve.

Acelera hasta pasarse al carril de adelantamiento sin comprobar los retrovisores.

—No verás a Emma hasta que te mejores. Quizás eso te sirva como incentivo. Si no lo haces por ti, al menos puedes pensar que lo haces por ella.

De repente, la voz se le quiebra. Se sorbe la nariz, traga saliva y acelera hasta que la aguja del velocímetro se dispara hacia la zona roja. No reconozco a este tipo. Me agarro del pica-

porte de la puerta; no estoy segura de que consigamos llegar
sanos y salvos.

Todavía tiene las llaves de la casa de mi madre en el llavero,
junto con el resto: las del despacho, las del gimnasio, las de casa
de Jennifer y las de tres coches diferentes. Abre la puerta, cruza
el umbral y espera que yo le siga.

~~Mamá~~ La doctora Marrigan está en la biblioteca, pasando
sus apuntes al ordenador. Cuando entramos, alza un dedo para
que así pueda acabar de anotar los detalles sobre el último
*bypass* cuádruple de un tipo que se ha pasado los últimos cuarenta años devorando hamburguesas con queso.

Papá lleva mi bolsa hasta ~~la habitación de invitados~~ mi habitación. Cuando baja, durante un segundo parece que ~~mamá~~
la doctora Marrigan vaya a darle una propina, como si fuera un
mozo de hotel o un botones.

—¿Has hablado con la doctora Parker para que la reciba
mañana? —pregunta ella.

—Jennifer la recogerá a la una y la traerá de vuelta a casa
después de la sesión —explica papá mientras se sube la cremallera de la chaqueta y se pone los guantes—. ¿Estarás tú aquí
por la mañana?

—¿Por qué tiene que llevarme Jennifer? —pregunto—.
Puedo ir yo sola en coche, si me dejáis uno.

Ni siquiera se molestan en mirarme. Aparentemente, no
estoy en la habitación.

~~Mamá~~ La doctora Marrigan le dice que sí con un gesto de
cabeza ~~a papá~~ al catedrático Overbrook.

—Una de mis enfermeras, Melissa, se quedará aquí desde
que yo me vaya a trabajar hasta que Jennifer llegue. También
puede echarnos una mano después de Navidad, siempre que no
esté de guardia. Quince dólares la hora, en efectivo.

—Está bien —dice mi padre.

—¿Habéis contratado una canguro? —pregunto.

No reaccionan. Sigo sin estar aquí.

—¿A qué hora volverá? —pregunta mamá.

—Es una sesión de dos horas, así que supongo que estará
en casa entre las cuatro y media y las cinco menos cuarto

195

—responde papá—. Estarás en casa para entonces, ¿verdad?

~~Mamá~~ La doctora Marrigan alisa la pila de revistas médicas colocadas sobre la mesita de café.

—Mañana acabo el turno a las siete. Además es Nochebuena. Melissa se irá directamente a casa de su hermano cuando Lia se marche, a la una. No podemos pedirle que vuelva.

Mi padre frunce el ceño.

—Supongo que Jen podría quedarse.

—Si las cosas no están muy movidas, me escaparé antes —dice ella.

—Eso sería perfecto.

Apenas noto su beso de despedida en mi mejilla. Sale por la puerta principal de casa y se toma su tiempo para cerrarla tras él.

—La manta eléctrica que hay sobre el sofá está enchufada y ya está caliente —dice ~~mamá~~ la doctora Marrigan—. Hay un bol de sopa, también, con carne de ternera y cebada. Mientras te lo comes te explicaré cómo van a ser las cosas a partir de ahora.

—Ahora sí que me hablas, ¿verdad? —digo.

—Voy en un minuto, cuando acabe esto.


Después de diez minutos se acerca y se recuesta en el reposabrazos del otro sofá, con la espalda recta, como si estuviera intentando mantener el equilibrio de una corona sobre su cabeza. Espera a que yo dé el primer paso.

—Quiero volver a casa de papá y Jennifer.

Alarga la mano para encender una lámpara. El sol se pone muy pronto a finales de año.

—Todos estamos de acuerdo en que te quedes aquí —comenta—. La clínica ha llamado para confirmar tu día de ingreso la semana que viene —me explica mientras sacude el polvo de la pantalla de la lámpara—. Tienen tus expedientes médicos y, después de tu cita mañana con la doctora Parker, la llamarán por teléfono.

—Tengo dieciocho años. Todo lo que le diga es privado.

—No si un juez decide que eres un peligro para ti y para los demás.

—¿Y eso cuándo ha ocurrido?

—He operado a la mitad de jueces de este condado, Lia. Si tiene que pasar, créeme, pasará.

No tengo dieciocho años, vuelvo a ser una niña de doce que lleva sandalias y baila el *pas de Mom* otra vez. Ella está entre bastidores, diciéndome todo lo que hago mal.

Unas espirales de humo brotan de la superficie de la sopa.

—Ese sitio no me ayudó. Es ridículo que volváis a enviarme.

—Eso decía tu padre.

—¿Ah sí?

—Pero después de lo que has hecho ha cambiado de opinión en algunas cosas. Al final ha tenido que admitir que esta situación es desesperada. Aun así, sigue creyendo que el tratamiento no funcionará.

No puedo controlarme.

—¿Por qué no?

—Porque tú no quieres curarte. Él dice que nada funcionará hasta que tú realmente quieras estar sana y llevar una vida de verdad. Casi estoy de acuerdo con él.

—¿Entonces por qué me obligáis a ir? —pregunto—. ¿Para qué malgastar vuestro dinero?

—Porque si no lo hacemos, morirás.

—Estás exagerando.

Rodeo el bol de sopa con las manos y me inclino hacia él. Los puntos, excesivamente tirantes, hacen que me sienta hambrienta, así que cojo la cuchara y revuelvo la sopa. En el fondo del bol se habían acumulado las verduras y la carne. La Yaya cocinaba esta sopa, pero no puedo permitirme probarla. El primer sorbo derretiría la capa de hielo que me mantiene suspendida sobre un agujero abierto.

Dejo la cuchara y escondo las manos bajo la manta.

—¿Por qué siempre hace tanto frío en esta casa? —digo. Las palabras retumban, como si mi botón de volumen estuviera estropeado.

—No tienes suficiente grasa corporal para mantener tu temperatura. La solución es comer algo nutritivo cada pocas horas. Es muy sencillo.

—No necesito comer cada pocas horas. Tengo un metabolismo lento.

—Tu metabolismo es ahora lento porque tu cuerpo cree que estás atrapada en una hambruna. Se está aferrando a cada gramo para mantenerte con vida.

Aprieto los puños bajo la manta, para que ella no pueda verlo.

—Estás exagerando mis problemas para no tener que preguntarte por qué estás sola y triste.

—Deja de cambiar de tema.

—Deja de intimidarme. Es mi vida. Puedo hacer lo que me dé la gana.

Mamá golpea la mesita con la mano.

—¡No si te estás matando!

El viento se cuela por los ventanales y serpentea entre nosotras. Empiezo a tiritar. Ella se levanta y se pasea por el comedor. Yo clavo la mirada en un punto descolorido de la pared.

—¿Qué sentido tiene este comportamiento tan irracional? —me pregunta dándome la espalda—. ¿Qué intentas demostrar?

—¿Crees que me gusta asustar a Emma? ¿Crees que disfruto cuando os enfadáis tanto conmigo que ni tan siquiera me miráis?

Se da media vuelta.

—No lo sé. No entiendo nada de lo que haces. Tómate la sopa.

Me tapo con la manta hasta la barbilla.

—No puedes obligarme.

Cierra las pesadas cortinas. Así nos resguardan de la corriente de aire y me esconden entre sombras. Enciende un par de lámparas más antes de inspirar profundamente y volver a sentarse.

—Tu cuerpo quiere vivir, Lia, aunque tu cabeza no —dice—. En el hospital, tus carencias enseguida se recuperaron; las funciones del hígado mejoraron, el intervalo QT mejoró, los niveles de fosfato y calcio aumentaron. Eres resistente, Lia, y lo digo en el mejor sentido de la palabra, médicamente hablando.

Cuerpo resistente, una mancha rebelde, un ácido que se oxida y desmenuza un edificio entero.

—Si no comes, no seré yo quien empuje la comida por tu garganta, aunque debo admitir que es toda una tentación. Pero, al menos, tienes que estar hidratada. Si restringes los fluidos te pondrán en una sala para psicópatas. De inmediato. Ya he arreglado todos los papeles con la doctora Parker y he consultado con el abogado del distrito.

—Te odiaré para siempre si me encierras en un manicomio.

—Tienes que tomarte los medicamentos que te han recetado. Todos —dice mientras le quita la pelusa a la colcha de punto—. Melissa y yo te vigilaremos después de que te las tomes para asegurarnos de que llegan a tu sistema. Mediremos cuántos litros bebes y cuántos excretas.

—¿Vas a medir mi pis?

—Es la mejor forma de asegurarnos de que estás hidratada. Hay un envase de plástico en el cuarto de baño para la orina.

—Es absurdo. No estoy tan enferma.

—La incapacidad de evaluar de forma racional tu situación es resultado de una mala alimentación y una química cerebral trastornada.

—Odio cuando hablas como si fueras una enciclopedia.

Se inclina hacia delante.

—Odio cuando te matas de hambre. Odio cuanto te cortas la piel. Y odio cuando nos intentas alejar.

—Yo también lo odio —susurro—, pero no puedo parar.

—No quieres parar.

El veneno de sus palabras nos horroriza a las dos.

Vuelve a ponerse en pie y rápidamente recoge la colcha de punto mientras llora desesperadamente y se sorbe la nariz. Al principio creo que saldrá del comedor, quizá para colocar la colcha en el armario o para meterla en la lavadora. Pero no lo hace. La extiende sobre la manta eléctrica bajo la que me escondo y me arropa cariñosamente.

—Lo siento —me dice—. Eso ha sido cruel.

—Ha sido sincero —replico. El peso de la manta me hace sentir bien—. La doctora Parker estaría de acuerdo.

Durante un instante el viento se detiene. La casa guarda silencio, espera que le revele la verdad.

Podría intentarlo. Quizá no toda la verdad. Quizá solo las palabras, las palabras horribles

::Estúpida/fea/estúpida/zorra/estúpida/gorda
estúpida/niña/estúpida/fracasada/estúpida/perdida::

199

que me apuñalan cuando pienso en comerme un panecillo de canela o un bol de cereales con arándanos. Y además también está el asunto de sentirme atrapada entre dos mundos sin una brújula que me guíe, sin un mapa.

Ella me acaricia la mejilla; se inclina hacia mí, pero no me da ningún beso. Me huele el cabello una, dos, tres veces.

—¿Qué estás haciendo? —pregunto.

Se sienta a mi lado.

—En la facultad de medicina leímos un estudio que demostraba que las madres podían identificar a sus bebés por su olor el día después de haber dado a luz. Creí que era una chorrada.

—¿Es verdad?

—En cuestión de horas podía distinguirte por tu olor. Me consolaba, como si fuera una droga. Me encantaba el aroma de mi hija. Te olisqueaba la cabeza todo el rato cuando eras un bebé.

—Mamá, eso suena un poco raro. Y si yo creo que es raro, imagínate cómo debe de parecerle a una persona normal.

—Dormí sobre tu almohada durante meses cuando te mudaste a casa de tu padre. Hacía ver que aún podía distinguir tu aroma. Es estúpido, ¿no?

Trago saliva.

—No tanto.

—Cuando te fuiste casi me muero.

—No tenía elección.

—Lo sé —admite mientras mira sus manos mágicas—. Mi única hija se estaba muriendo de hambre y yo no podía ayudarla. ¿Qué tipo de madre permite que eso ocurra? Fui una madre desastrosa —dice. Después, respira hondamente y continúa—: Quería que te quedaras aquí, pero tú no querías estar aquí. Quería que te alejaras de Cassie porque ella estaba destinada a meterse en problemas. Tú estabas decidida a seguirla donde fuera. Cindy me informó cuando Cassie rompió vuestra amistad. Me hizo tan feliz que casi me puse a bailar en mitad de la calle…

—¿Huelo a galletas? —interrumpo.

—¿Qué?

Me aclaro la garganta.

—¿Huelo a galletas? Mi cabeza, quiero decir. ¿Como a jengibre, clavo y azúcar?

Su sonrisa es cálida y sincera.

—No, para nada. Siempre me ha parecido que hueles a fresas silvestres. ¿Eso también es raro?

Ninguna de las dos se atreve a respirar, porque las dos estamos en las mismas coordenadas de espacio y tiempo. Mamá y Lia, sin teléfonos, ni bisturís, ni palabras ardientes. Ninguna de las dos quiere romper el hechizo.

Si ahora dejo al descubierto toda mi fealdad, este puente frágil se desmoronará bajo su peso.

—No —respondo—, no es raro, es dulce.


Para cenar, tomo un fluido para reemplazar electrolitos que sabe a lavabo de hospital (= ? Mamá ha arrancado la etiqueta y ha desenchufado la batería del ordenador para que no pueda buscar las cifras). También como un plátano pequeño (90). Sabe a plátano.

Mamá cena una ensalada césar con pollo y mucho aliño y lo acompaña con dos pedazos de pan integral de centeno. Ve un documental sobre Corea del Norte mientras yo finjo leer. Cuando acaba el documental me revisa los puntos, el pulso y la presión sanguínea y me da los medicamentos, incluso el somnífero.

Apostaría a que ella también se ha tomado uno. ¿Cómo si no puede conciliar el sueño sin ver cuerpos abiertos por la mitad y corazones latiendo?

Me duermo sin darme cuenta y me despierto en mitad de la noche. Estoy confundida: no sé dónde estoy, ni por qué estoy aquí, ni quién soy. Miles de dedos trepan por mi colchón, rozándome la piel para rascarme los huesos. Salgo de la cama de un brinco y me paseo para deshacerme de esa sensación.

Al otro lado de la calle, en casa de Cassie, una manada de lobos están escarbando en el jardín de rosas, buscando cadáveres para comer y huesos para mascar. Ya no diferencio cuando estoy despierta de cuando estoy dormida, y no sé qué es peor.

[052.00]

Los altibajos se repiten a lo largo de la noche. En vez de alejarse hacia el océano, la tormenta invernal se queda atrapada en el corazón de Nueva Inglaterra. Se supone que hoy la nieve cubrirá hasta sesenta centímetros. Me pregunto si debería llamar a alguien para que llevara a Emma a pasear en trineo. A Mira, quizá. O a Sasha. ¿Responderían al teléfono si supieran que soy yo quien les llama?

Pensar en Emma me impulsa a deshacerme de mis puntos con un par de pinzas. Deberían quemarme en la hoguera por lo que le hice. Dejarme ir a la deriva en un témpano de hielo. Desearía que existiera una forma de hacerle olvidar lo que vio, de borrar por completo ese recuerdo y dejarle la memoria limpia. No hay jabón suficiente en el mundo.

No tendría que utilizar pinzas. Podría çortar los puntos con un cortaúñas y estirar hasta que este cuerpo se desbaratara.

Mi madre me llama. Bajo las escaleras.

~~El perro guardián~~ La enfermera Melissa llega mientras estamos desayunando (medio pomelo = 37, una tostada seca = 77), con un tazón gigantesco de bebida de electrolitos (= ?) y algunas pastillitas (= sábanas de terciopelo blanco que envuelven mi cerebro). Solo tiene un par de años más que yo, pero ya posee esas arrugas en la frente que te dicen «ni lo intentes» típicas de las buenas enfermeras, conseguidas de tanto fruncir el ceño.

Una hora más tarde, orino quinientos mililitros de agua amarilla. Melissa permanece en el baño y me observa.

—No te pagan lo suficiente por esto —le digo.

Llama por teléfono al despacho de ~~mamá~~ la doctora Marrigan para informarle sobre el fluido.

Me muero por saber cuánto peso. Aquí no hay ninguna báscula y tampoco me lo dijeron antes de salir del hospital. Me metieron tanta mierda que apostaría lo que fuera a que he engordado cinco kilos. Me pica la piel de la grasa nueva. En cualquier momento se desgarrará y me descamaré. Melissa me ofrece crema corporal y me vigila mientras la aplico por mis brazos y piernas.

Duermo bajo una montaña de mantas durante el resto de la mañana.

* * *

Jennifer me lleva en coche hasta la consulta de la doctora Parker sin decir una palabra. No la culpo. Yo tampoco me dirigiría la palabra, si fuera ella. Estoy segura de que está atemorizada: si abre la boca, no dejará de gritarme durante días y eso destrozaría las Navidades.

Avanzamos tras un quitanieves durante todo el camino; los limpiaparabrisas no paran de moverse rápidamente de un lado a otro. Aprieta tanto los dedos alrededor del volante que los nudillos le empalidecen. El cúmulo de nieve impide ver cualquier cosa hasta que estás lo bastante cerca para chocar.

Finalmente gira hacia el aparcamiento de la consulta y aparca cerca de la curva.

—Bueno —intento—, nos vemos a las cuatro, ¿verdad?

Ella asiente una vez sin apartar la mirada de la tormenta.

—Y, ejem, ¿quieres que vaya la mañana del día de Navidad para poder abrir los regalos todos juntos?

—Dile a tu madre que me llame —dice mientras enciende el ventilador, que echa una ráfaga de aire cálido.

—De acuerdo —digo, y abro la puerta.

—Espera —comenta repentinamente al mismo tiempo que me agarra del brazo. Por primera vez desde que me ataron a la camilla me mira a los ojos—. David no quiere que te diga esto, pero me da igual. Te quiero, Lia. Cuando me casé con tu padre juré que te querría como si fueras mi propia hija. Pero has hecho daño a mi niñita. —Se agita de la ira que le corre por las venas—. Le has hecho daño por morirte de hambre; le has hecho daño con tus mentiras, por pelearte con todos los que intentamos ayudarte. Ahora, Emma solo consigue dormir un par de horas por la noche. Tiene pesadillas de monstruos que engullen a toda nuestra familia. Nos comen lentamente, dice, para que podamos sentir sus dientes afilados.

Mi corazón queda paralizado cuando cambia de marcha, mientras el motor sigue acelerándose, como si fuera un coche de carreras que derrapa por la pista.

—Yo...

Ella me suelta el brazo y me tapa la boca con la mano.

203

—Chist. Ve ahí y cuéntale toda la verdad a esa mujer. Explícale todo lo que te ronda por la cabeza y por qué haces estas cosas. Cuéntale que existe la posibilidad, y es más que factible, de que no vuelvas a vivir en la casa de tu padre nunca más, así que te recomiendo que empieces a intentar llevarte bien con tu madre.

—¿No puedo volver?

—No puedo dejar que también destroces la vida de Emma. No te lo permitiré.

Se gira en el asiento del conductor, con la máscara de madrastra suburbana bien atornillada.

—A las cuatro en punto. Quizá tarde un poquito más, depende del estado de las carreteras.

## [053.00]

La recepcionista, Sheila, no está en el escritorio. Quizá se ha ido antes para preparar la cena de Navidad. Acerco el oído a la puerta cerrada de la consulta privada de la doctora Parker; alguien llora al otro lado de la puerta. Percibo murmullos de Parker y después distingo el molesto ¡ding! que marca el temporizador de la sesión.

No aparto la mirada del suelo cuando la paciente que lloraba cruza la sala de espera y abre la puerta, adentrándose en la tormenta de nieve mientras se sorbe la nariz y solloza.

La doctora Parker siempre se mete en el baño entre sesión y sesión e incluso, algunas veces, se toma un descanso para meditar. Pasarán al menos cinco minutos hasta que me invite a entrar. He venido preparada, armada con mis lanas y agujas. Tengo que acabar esta bufanda/chal/manta para que pueda empezar algo para Emma; un gorro, quizás, o un jersey para su elefante de peluche.

Miro por la ventana. Hay un coche atascado en el aparcamiento. El motor se acelera mientras la conductora hace girar los neumáticos apretando el pedal del acelerador, pero el coche no se mueve. Un quitanieves avanza pesadamente, con las cadenas tintineando, mientras sus palas rompen el hielo que cubre la carretera. Todo está enterrado bajo la nieve. Parece un mundo completamente diferente.

—Da asco, ¿verdad? —dice Cassie.

El corazón me da un brinco.

Está sentada al otro lado de la sala de espera, con los pies apoyados sobre la mesita del centro. Tiene una revista sobre el regazo, abierta precisamente en la página de los autodefinidos. Está vestida de acuerdo con el clima: el vestido azul del entierro, una chaqueta de esquiar gris, una gorra de lana con manoplas a juego que ha dejado en la silla de al lado y unas botas aislantes recubiertas de pelo.

—Nunca te dan un descanso. Siempre es lo mismo: «habla con la terapeuta, habla con tu padre, haz lo que te dicen, ¿por qué no maduras de una vez». —Llena un par de casillas vacías del crucigrama y después borra las letras—. Trece vertical. ¿Sabes alguna palabra de diez letras para «juramento»?

—¿Por qué no me dejas en paz?

—Te echo de menos.

El sabor de la parte posterior de mi garganta me indica que en breve podría desmayarme. Me apoyo en el escritorio de Sheila y me pellizco uno de los cortes que me hice entre las costillas. El dolor me enciende como una pistola eléctrica.

—Sabes lo que vio Emma, ¿no?

Cassie escribe una respuesta en el crucigrama.

—«Testimonio» cabe. Puede ser.

—Aún no me acabo de creer que le hiciera eso.

—No mereces vivir —me comenta como si me estuviera diciendo qué par de tejanos me quedan mejor—. Utiliza un cuchillo más afilado la próxima vez. O haz cortes más profundos. Acaba con esto de una vez.

—Creo que no quiero morir.

Resopla.

—Sí, claro. Ni siquiera eres capaz de comerte un bol de cereales sin tener un colapso. Con el corazón en la mano, Lia, ¿realmente te ves capaz de hacer algo difícil, como, no sé, digamos, ir a la universidad? ¿O conseguir un trabajo? ¿O quizá vivir tú sola? ¿Y qué te parece ir a comprar al supermercado? Uuuuuh… ¡qué miedo!

Oigo la cadena del baño de la consulta de la doctora Parker.

Avanzo lentamente hacia la puerta.

—¿Por qué eres tan cruel?

—Las amigas se dicen siempre la verdad.

—Sí, pero no para hacerse daño. Para ayudarse.

En este instante está sentada en la silla, junto a la ventana. Un segundo más tarde está delante de mí, mirándome a los ojos. De repente, la temperatura se desploma bajo cero. El tacto de su piel es áspero, como el de una estatua de cementerio. Su olor es asfixiante.

—¿Quieres que te ayude, Lia-Lia?

¿Se puede matar a un fantasma clavándole una aguja de tricotar en el corazón? ¿O al menos derribarlo al suelo, donde debería estar?

—¿Quieres que te ayude como tú me ayudaste a mí? —me pregunta estirando la última palabra hasta que se queda sin aliento—. ¿Cómo funciona esto, entonces? No estás delgada. Estás como una ballena embarazada. Tu madre desearía haberte dado en adopción cuando te dio a luz. Tu padre, en secreto, cree que tú, en realidad, no eres hija suya. La gente se ríe de ti cuando mueves el culo. Eres fea. Eres estúpida. Eres aburrida. Lo único que se te da bien es morirte de hambre, pero ni siquiera lo haces bien. Eres un desperdicio. —Me guiña el ojo—. Y por eso te quiero. Date prisa, ¿de acuerdo?

La doctora Parker abre la puerta.

—¿Preparada?

[054.00]

Enciende la estufa eléctrica y me da una manta de emergencia para que la extienda sobre la horripilante colcha de lana.

—Siento mucho que haga tanto frío. Tienen que cambiar las ventanas de inmediato.

Me enrosco hasta crear una bola sobre el sofá y mantengo firmemente agarrada la lana sobre mi estómago.

Ella asume su posición tras el escritorio.

—Sé que has pasado unos días malos. Me alegro mucho de que hayas venido. Me imagino que te duelen los puntos.

Ahora ocurre lo de siempre: mantengo mi boca cerrada durante quince minutos y me dedico únicamente a arrancarme el vello blanco que me cubre los brazos. Pero tengo el corazón lleno de veneno, en cualquier momento explotará, y bombea con tal fuerza en mi caja torácica que los dientes me rechinan y los puntos quieren saltar.

—Me da la sensación de que han vertido un océano entero en mi interior —articulan mis labios.

—¿Lo dices por los fluidos intravenosos? —pregunta.

—Siento que me ahogo cada vez que me muevo.

—Estabas muy deshidratada. ¿También habías dejado de beber, incluso agua?

Saco mis agujas de tejer y la lana de la bolsa. Punto, punto, punto del revés.

—No me acuerdo. A lo mejor.

—¿Cómo van los cortes?

—Los puntos duelen más que los cortes. El médico me puso demasiados. Apenas puedo hacer ningún movimiento sin que se me abran.

Durante un minuto ninguna decimos nada más, pero después me pregunta:

—¿Puedo echar un vistazo a los puntos?

—No —respondo—, todavía no.

Ella asiente.

—¿Qué más te molesta?

—Ese olor me está volviendo loca. —*Mierda*. No quería contárselo.

—¿Qué olor?

Pongo las agujas sobre mis rodillas y observo cómo la lana se enreda alrededor de mis manos.

—Tú no lo notas, ¿verdad?

Ella niega con la cabeza, muy lentamente, como si tuviera miedo a asustar a esta pobre niñita que cubre mi piel.

—¿Podrías describirlo?

—Al principio lo confundí con el aroma de las galletas, las galletas de Navidad. Creí que lo distinguía porque mi estúpido cerebro estaba engañándome para que comiera. Pero no es eso. Es Cassie. Cuando distingo este olor, significa que ella está cerca.

—Cassie, tu amiga, la que murió el mes pasado.

—Jengibre, clavo y azúcar, como cuando las galletas se chamuscan un poco. Al principio me gustaba; me recordaba a ella. Ahora, me asusta.

—No lo acabo de entender.

*Oh, Dios mío. Oh, Dios mío.* Estoy en la cima de la montaña más alta. El suelo de hielo está temblando, quizá sea un terremoto, y el mundo que hay bajo mis pies se abre con fuego y unos brazos de acero se preparan para derribarme.

Tengo que moverme. No puedo quedarme aquí ni un minuto más.

Me lanzo montaña abajo y abro la boca.

Le cuento el funeral de Yaya Marrigan y le relato las sombras que rondan por la casa desde entonces. Le explico que veo fantasmas reflejados en los escaparates de las tiendas, en los espejos antiguos. La tranquilizo y le digo que la mayoría son bastante amables, pero no todos.

Mientras mis labios se mueven frenéticamente la sala se extiende, se alarga, se estrecha, como si fueran paredes de caucho rojas manejadas por las manos de un gigante. La voz de la doctora Parker se desvanece lentamente mientras su escritorio se aleja cada vez más de mí.

—¿Te asustan los fantasmas?

—Cassie, sí.

Tenso el hilo de lana que rodea mis manos hasta que mis dedos se tornan de color púrpura.

—¿Puedes hablarme un poco más de ella?

Se lo cuento. Le cuento cada-estrafalaria-historia-de-Cassie, cómo se sentó dentro de su propio ataúd, cómo me observaba por la noche, cómo se introducía en mi cabeza, me seguía a todas partes y pateaba la nieve de la farmacia. Le explico cómo dejé de tomarme las pastillas y cómo empecé a tomarme otras, cómo hacía ejercicio por la noche, cómo dejé de comer, cómo dejé de beber y cómo me cortaba y me cortaba para alejarla de mí, para alejar todo lo que me rodeaba. Le confieso que nada de esto funciona. Lluvia, lluvia, lluvia; lluvia que mana por mi rostro, casi ahogándome.

La doctora Parker mantiene sus diminutos ojos de araña clavados en los míos; me sonsaca las palabras simplemente manteniéndose inmóvil en el centro de su telaraña, sin apenas respirar. Hablo hasta que se me vacía la garganta y ya no siento las manos.

Ella sale de detrás de su escritorio y, amablemente, desenrolla la lana. La sangre vuelve a fluir por mis dedos. Me seca las lágrimas con un pañuelo muy suave y se sienta a mi lado.

—¿Quién más sabe todo esto?

—Nadie. No, espera, no es cierto. Cassie también lo sabe.

—¿Nunca les has dicho a tus padres que ves fantasmas? ¿Ni siquiera cuando eras más pequeña?

—Ni loca. Mamá me habría dicho que dejara de dramatizar. Papá me habría sugerido que pensara en especializarme en poesía, quizá que planificara un doctorado sobre el periodo gótico. Nunca me escuchan; apenas pueden verme. Soy una muñeca de la que se han cansado.

La doctora Parker se saca un caramelo para la tos con sabor a cereza del bolsillo de su chaqueta de punto, lo desenvuelve y se lo lleva a la boca. Lo chupetea durante un minuto. Fuera, la nieve sigue acumulándose y acumulándose.

Finalmente, habla.

—¿Por qué me lo estás contando hoy?

Trago saliva. Estoy con el agua al cuello. Debería contárselo todo.

—Cassie está intentando matarme. Dice que estoy atrapada entre los vivos y los muertos y quiere que me una a su equipo. De hecho, ahora mismo está en la sala de espera, haciendo un crucigrama.

—¿La has visto ahí? —pregunta la doctora Parker mientras me acaricia la mano con la yema de los dedos.

—Le he dicho que me deje en paz. Pero no lo hará.

¡Ding! El temporizador cállate-ahora-mismo me interrumpe.

Aprieta los labios y se pone en pie, muy lentamente, como si quisiera estirar los músculos de las piernas y de la espalda.

—¿Puedes ver a Cassie ahora?

—No, no está aquí, está al otro lado de la puerta. O al menos estaba ahí hace un rato. Revisa el crucigrama. Se ha equivocado en la trece vertical. Ha escrito «testimonio» y la palabra correcta es «compromiso».

Mientras se lo explico, la doctora Parker se sirve agua en una taza térmica y la calienta en el microondas.

—Podrías comprobarlo —le reto mientras meto el ovillo de lana en la bolsa—. No me lo estoy inventando; ni tampoco es una alucinación. Es tan real como la sangre de mis vendas o ese caramelo para la tos de tu boca.

—No hay forma de demostrar quién ha rellenado el crucigrama.

—Pero ya te he dicho el error que ha cometido.

Saca la taza del microondas, mete una bolsita de té, añade un terrón de azúcar y lo remueve todo con un palito de plástico.

—Podrías haberlo visto cuando ojeabas la revista o cometer tú misma esa equivocación.

—Supongo.

Oigo voces en la sala de espera; el siguiente paciente está furioso por haber tenido que salir de casa en Nochebuena con tal tormenta de nieve.

La doctora Parker me ofrece la taza.

—Té —dice—, siempre ayuda.

Tomo un sorbo. Sabe a virutas de lápiz edulcoradas.

Vuelve a tomar asiento tras su escritorio y coge un bolígrafo.

—Estoy muy orgullosa de ti, Lia. Has logrado más hoy que en los últimos dos años —me felicita. Escribe una nota en un bloc de papel amarillo—. ¿Me das permiso para comentar esta sesión?

Me sueno la nariz.

—Claro, ¿por qué no?

—Gracias. Quiero hablar con el director de la clínica New Seasons sobre esto. Quizá prefiramos desarrollar un tratamiento completamente diferente. Quizás ese centro no sea el mejor lugar para ti.

Me sueno la nariz, otra vez.

—¿Puedo quedarme en casa y recibir tratamiento como paciente externa?

Anota otra frase antes de contestarme.

—No. No he dicho eso.

Algo en su voz me deja helada mientras alzo la mano para pedirle otro pañuelo.

—No lo pillo.

—Deberíamos considerar la opción de un centro de cuidados psiquiátricos.

Se produce un estruendo retumbante al otro lado de las ventanas, los truenos estallan sobre la nieve. Los cristales tiritan. Ella sigue hablando como si fuera algo que ocurre todos los días, como si estuviera acostumbrada a enviar a niñitas asustadas a manicomios.

—Te mereces lo mejor —continúa—. Personas cualificadas que saben cómo volver a equilibrar tu mente. Cuando las alucinaciones y las falsas ilusiones estén bajo control te resultará más fácil trabajar en tu propia imagen y en las relaciones personales que te causan tanto dolor y sufrimiento.

—Crees que me lo invento —interrumpo—. No crees que vea fantasmas.

—Creo que has creado un universo metafórico en el que puedes expresar tus miedos más oscuros. Por una parte, sí, creo en fantasmas, pero nosotros los creamos. Somos nosotros quienes nos perseguimos, y a veces lo hacemos tan bien que perdemos el hilo de la realidad —me explica. Se pone en pie y añade—: Detesto tener que parar ahora, pero tengo a otro paciente esperando. Tendrías que estar muy orgullosa, Lia. Hoy has avanzado muchísimo. ¿Cómo vas a ir hasta casa?

—Jennifer.

Ella abre la ventana y contempla el aparcamiento.

—Todoterreno negro, ¿verdad? No lo veo ahí.

—Odia conducir en estas condiciones.

—Estoy segura de que llegará enseguida.

~~Perdona, pero ¿hace dos minutos has dicho que me recomiendas ingresar en un manicomio para gente que le falta un tornillo solo porque he decidido finalmente contarte la verdad?~~

—Más vale tarde que nunca.

La sigo hasta la sala de espera, donde una madre muy enfadada está gritándole en murmullos a su hija, que tiene una mirada asesina. La doctora Parker les hace una señal con la mano, invitándolas así a entrar.

—Cuídate, Lia —me dice—. Te llamaré mañana.

[055.00]

Cassie ha desaparecido.

Abro la revista en la página de los crucigramas. Trece vertical, *testimonio*. Quince horizontal, *Cassandra*. Siete vertical, *Lia*. Obviamente nuestros nombres no son las respuestas a las pistas, pero caben en las casillas.

A la doctora Parker le gustaría. Quiere encerrarme en una caja del tamaño de un diagnóstico. Me encarcelará allí para que los visitantes puedan observarme a través de las barras.

En la clínica New Seasons conocí a tres chicas que habían estado encerradas en un centro psiquiátrico: Kerry, Alvina y Nicole. Contaban historias horripilantes mientras hacíamos abdominales y flexiones en las duchas o cuando realizábamos saltos de mariposa bajo la luz de la luna a las tres de la madrugada. Las paredes acolchadas eran reales, decían. Y también lo eran las cintas almohadilladas para atar a la gente que cruzaba los límites. Los medicamentos les nublaban tanto el cerebro que incluso olvidaban sus nombres y gritaban por los pasillos. Las luces nunca se apagaban. Nunca era por la mañana y nunca era de noche, contaba Kerry. Nunca.

¿Acaso eso sería peor que las mujeres adultas que vivían en el mismo pasillo que el nuestro pero que nunca nos dirigían la palabra? Chicas de hielo que tenían veinticinco, treinta, treinta y siete años, que vagaban por el centro en sus jaulas de huesos de niñas de once años; cuevas vacías con ojos sangrantes que se arrastraban de un tratamiento a otro; siempre las pesaban, pero nunca era suficiente. Un día el viento se las llevará. Nadie se dará cuenta.

Un coche se adentra en el aparcamiento. No es Jennifer. Quizás iría más rápido si caminara, pero estoy congelada y agotada.

Observo los diplomas colgados en la pared. He asustado a la doctora Parker. No puede admitir que mis fantasmas existen. Si lo hiciera, destrozaría su versión de la realidad. Si me diera la razón, sus ideas del trauma, modificación del comportamiento, autoayuda e ingreso en centros no serían más que una mentira. Ficción. Historias que cuenta a pacientes maniáticos cuando necesitan echar una siesta.

Ambas tenemos razón.

Los muertos caminan, te persiguen y se introducen en tu cama por la noche. Los fantasmas entran a hurtadillas en tu cabeza cuando no estás atento. Las estrellas se alinean y los volcanes escupen trozos de cristal que predicen el futuro. Las bayas venenosas hacen más fuertes a las niñas, pero a veces pueden matarlas. Si aúllas a la luna y juras con tu propia sangre, todo lo que desees se cumplirá. Cuidado con lo que deseas. Siempre hay un truco.

La doctora Parker y mis padres viven en un mundo de papel maché. Remiendan los problemas con trozos de papel de periódico y un poco de pegamento.

Yo vivo en la frontera. La palabra *fantasma* a mí me suena a *recuerdo*. La palabra *terapia* significa *exorcismo*. Mis visiones retumban en mi cabeza, como si fueran un eco, y se multiplican-multiplican. No sé qué significan. No soy capaz de diferenciar dónde empiezan o si acabarán.

Pero de esto no me cabe la menor duda: si vuelven a lavarme el cerebro, o a inundarme con un océano de pastillas, no regresaré.

213

[056.00]

Cojo el teléfono del escritorio de la recepcionista. El móvil de Jennifer no da señal, salta directamente el contestador. Lo mismo ocurre cuando marco el teléfono de papá. La doctora Marrigan sigue en el hospital, así que no vale la pena ni intentarlo.

La nieve cae tan deprisa y de manera tan abundante que resulta difícil diferenciar los semáforos. Unos montículos sombríos, que sospecho que son coches, avanzan lentamente, con pequeñas montañas de nieve sobre los techos. Jennifer siente pánico cuando nieva, siempre cree que los neumáticos no paran de resbalar y que el coche derrapa. Pero me lo ha prometido. Aparecerá en cualquier momento y me llevará a casa de mi madre, la que no tiene un árbol de Navidad porque es un engorro. Ingeriré fluidos y los excretaré en un contenedor de plástico. Mamá hará un par de llamadas, recibirá otras tantas y hará todo lo necesario para mantenerme encerrada en mazmorras de hierro.

Nieva lo suficiente como para asfixiarnos.

Llamo a un taxi. Le ofrezco pagar el doble del precio establecido por las condiciones meteorológicas.

El tipo aparece en dos minutos. Aún no hay rastro de Jennifer. Me subo al coche y le digo al conductor dónde quiero ir. Se disculpa porque no funciona la calefacción. Yo le digo que no pasa nada.

El taxi se detiene delante de un banco. Me dejan entrar, aunque solo falta un minuto para que cierren.

Después me lleva hasta una pizzería. Siempre está abierta.

No quiere llevarme en coche hasta el motel Gateway. Dice que allí nadie pedirá un taxi, así que nadie le pagará la tarifa para volver hasta el centro de la ciudad. Además, ¿qué ocurrirá si se le atasca el taxi?, me pregunta.

Pongo tres billetes de veinte dólares enfrente de su cara y le pido que se dé prisa.

No hay montículos del tamaño de un coche en el aparcamiento del motel, solo una camioneta El Camino. El taxista se niega a aparcar ahí porque no ha pasado la máquina quitanieves. Le doy su dinero, cojo el bolso, la mochila con mis lanas y la pizza y camino hacia la nieve.

Elijah abre la puerta de la habitación 115 sin deslizar la cadenita de seguridad. El viento me quita la capucha.

—Por favor.

+    +    +

Arrastro la tormenta de nieve en mis botas y hablo desesperadamente deprisa.

—De acuerdo, escúchame. Mi padre me ha echado de casa y
las normas de mi madre son dementes.

Él solo me mira fijamente. Yo le muestro la pizza.

—Cuéntame un ejemplo —me dice.

—Me hace mear en un vaso de plástico cada vez que voy al
baño para que pueda examinarlo.

Él coge la caja de la pizza y la deja sobre la cama.

—¿Por qué?

—Está obsesionada con mi cuerpo. Siempre lo ha estado.
Me hacía comer tofu cuando era una cría en vez de comida
normal para bebés. Me obligó a asistir a clases de ballet cuando
tenía solo tres años. ¿Quién hace eso?

—Entonces, ¿vienes hasta aquí para darte un respiro de una
noche? ¿Unas pequeñas vacaciones sin padres?

Me quito las manoplas.

—No exactamente. ¿Cuándo te vas?

Me arrebata las manoplas y las lleva hasta el cuarto de
baño.

—Mañana, si despejan las carreteras. Dame tu abrigo. Lo
colgaré en la bañera.

Me desabrocho el abrigo y me lo quito.

—¿Tan pronto?

—Nadie ha reservado una habitación para Navidad. —Lleva
el abrigo hasta el baño y descuelga una percha al pasar junto al
armario—. Charlie se fue a casa de su hermana, en Rhode Is-
land, antes de que estallara la tormenta de nieve. Solo tengo que
dejarlo todo cerrado, palear la nieve y conducir en dirección sur.

Me tomo un minuto para respirar y mirar a mi alrededor.
Las páginas y los trozos de cinta adhesiva que decoraban las
paredes están arrancados. Ha vaciado el armario y los cajones
y ha metido toda su ropa en bolsas de basura negra que están
junto a la puerta. La pila de libretas está amontonada en una
caja abollada que contenía tetrabrics de leche.

—Déjame ir contigo —le digo castañeteando los dientes
por el frío—. Acabo de vaciar mi cuenta bancaria. Llevo en

215

efectivo todo lo que he cobrado como canguro. Puedo pagar la gasolina y ayudarte a conducir.

—No sé —vacila—. Estoy acostumbrado a viajar solo.

Dice algo más, pero los oídos, de repente, se me han taponado. Unos puntos negros amenazan con derribarme hacia el suelo. No puedo desmayarme. Esta es mi única salida.

—Creo que no me has oído —le digo—. Tengo casi mil dólares y una tarjeta de crédito que podemos utilizar hasta que mi padre la cancele. Tú quieres...

::mareada / gravedad / suelo / oscuridad::


[058.00]

Me despierto en su cama. Llevo la ropa puesta. Bajo las mantas, mis pies están apoyados sobre unas cuantas almohadas. Están tan elevados que no puedo ver qué hay tras ellos.

Elijah se inclina hacia mí.

—¿Estás bien? ¿Qué demonios ha ocurrido?

Me rozo la frente y siento un chichón.

—Supongo que me he desmayado. No habrás llamado a una ambulancia, ¿verdad?

—¿Debería hacerlo?

—No —respondo mientras intento incorporarme con dificultad.

—¿Estás enferma?

—Un poco.

Los puntos negros danzan ante mis ojos otra vez, así que me recuesto.

—Estuve en el hospital un par de días porque estaba deshidratada. Todavía estoy un poco débil, temblorosa, pero no es para tanto.

Abre los ojos de par en par.

—¿Me tomas el pelo? ¿Que no es para tanto? No puedes venir conmigo, ni siquiera deberías estar aquí. Si me pillan otra vez con una chica muerta a la policía le dará exactamente igual si tengo una coartada grabada en vídeo. Tienes que irte.

—No puedo irme a casa.

—Me da igual dónde vayas, pero no puedes quedarte aquí conmigo.

Señalo la ventana.

—¿Ves esa tormenta? La policía no tiene suficientes agentes para atender todos los accidentes; la mitad de las carreteras están cortadas por choques múltiples. Tengo dieciocho años, estoy sobria y no tengo órdenes de arresto pendientes. No vendrán a buscarme, te lo prometo.

—Quizá la poli no, pero ¿y tus padres?

—No tienen la menor idea de que estoy aquí. No les conté dónde trabajabas ni cómo te conocí.

Coge la baraja de cartas colocada sobre la televisión y las deja caer, una a una, formando una pila. Algunas resbalan y aterrizan en el suelo.

—Todo esto me da mala espina.

Está a punto de echarme de su habitación de una patada, así que tendré que llamar a mis padres. Ellos fingirán que estaban preocupadísimos por mí, me meterán en un coche y me llevarán a un hospital mental donde los cristales de las ventanas están pintados de negro para que los pacientes no sepan si es de día o de noche. Me encerrarán allí hasta que me olvide de mi nombre porque, una vez alcance ese punto, ya nada importará.

217

Las lágrimas me recorren las mejillas, otra vez.

—Por favor.

—No, no lo hagas. No llores. Para. Odio cuando las chicas lloran —me pide. Se levanta y se va al lavabo. Regresa con un rollo de papel higiénico en la mano—. Toma.

Arranco un trozo, me seco los ojos y me sueno la nariz, pero las lágrimas siguen humedeciéndome el rostro.

—¿Qué ha sucedido? —me pregunta. Se arrodilla junto a la cama de forma que ambos estamos a la misma altura—. ¿Qué demonios está pasando?

—Lo he estropeado todo —susurro—. Todo. Todo.

—¿Estás embarazada? ¿Fumas crack? ¿Has robado un banco? ¿Has disparado a alguien?

—Te lo enseñaré.

Vuelvo a incorporarme, poco a poco, me quito la sudadera,

el jersey de cuello alto y una camiseta interior. Cuando me dispongo a deshacerme de la última capa, él alza las manos.

—No. Espera. No es necesario. Esto no va bien. Para nada. Espera, ¿eso es sangre?

Me quito la camisola y no puedo evitar gesticular una mueca de dolor.

—Ayúdame.

Me deja que me apoye en su brazo. Me pongo en pie, contando hasta diez para asegurarme de que no vuelvo a desmayarme, y finalmente desenvuelvo las vendas y dejo que las gasas planeen hasta aterrizar en el suelo.

Sus ojos recorren los cortes y los puntos, hilos negros que asoman como alambres rotos. Los moratones han aflorado, un abanico de colores típicos de una puesta de sol que decoran mis huesos. Él no se fija en mis pechos, ni en mi cintura, ni en mis caderas. Solo ve la pesadilla.

—¿Qué ocurrió? —murmulla.

—Me caí del borde del mapa —explico mientras recojo la camisola y me la pongo. Es más suave que las vendas—. Mi hermana vio cómo me hacía esto. Se llama Emma. Juega al fútbol, aunque lo detesta. Tiene nueve años, me quiere muchísimo, me adora y —hago una pausa hasta que la voz vuelve—, y yo le he destrozado la vida. No puedo quedarme aquí. He hecho daño a demasiada gente.

La nieve cae suavemente, cada copo ingrávido se posa sobre otro y así continuamente hasta crear una pesada montaña capaz de derrumbar un techo.

—¿Puedo tocarte el brazo? —pregunta finalmente.

—Claro.

Me toma la mano derecha y me acaricia con el pulgar. Me recorre el antebrazo y pasa el dedo entre el río que separa el cúbito y el radio. Enrosca los dedos alrededor del nudo de mi codo y traza un círculo con el pulgar y el índice alrededor de mi bíceps.

—¿Cuánto pesas? —me pregunta.

—No lo suficiente —respondo sorbiéndome la nariz—. Demasiado —se me escapa un sollozo—. Ya no lo sé.

—Vístete —me ordena mientras me da mi camiseta—. Puedes venir conmigo pero con dos condiciones.

—¿Cuáles?

Introduzco la cabeza y los brazos, me bajo la camiseta y recojo el jersey de cuello alto.

—Tienes que comer lo necesario para no desmayarte, ni morirte.

—Razonable.

—Y segunda condición. Tienes que llamar a tus padres y decirles que estás a salvo.

—No. No puedo hablar con ellos.

—Si no les llamas, no puedes venir.

—¿Cada cuánto llamas a tu familia?

El rostro se le torna, de repente, mucho más estricto.

—Yo no tengo familia.

—Tú mismo dijiste que tu padre era un imbécil, pero que adorabas a tu madre.

—Mentí. Crecí solo.

El viento empuja la tormenta hacia el motel.

—Pero dijiste que no mentirías más —replico.

Desvía la mirada hacia las paredes, ahora completamente vacías.

—¿Quieres oír la verdad?

—Sí.

Elijah recoge mi sudadera y acaricia el suave y cálido interior de la tela.

—Mi madre está muerta. Falleció cuando yo tenía quince años. Mi padre me pegó por última vez una semana más tarde. Me echó de casa porque me defendí. Lo mejor que ha hecho por mí.

Me entrega la sudadera.

—Oh —es todo lo que logro articular.

—No me estoy tirando un farol —comenta con la mirada petrificada—. Si no te pones en contacto con ellos ahora mismo, llamaré a la policía y te denunciaré como intrusa.

Dejo un mensaje en el contestador automático de mi madre, de forma que tardará un buen rato en escucharlo. Le digo que estoy a salvo, que estoy con un buen amigo y que volveré a llamarla más tarde.

* * *

Elijah encuentra una película navideña en un canal de televisión. La vemos en silencio. Él come un par de pedazos de pizza y me señala. Yo le doy un par de mordiscos.

Dos horas y dos somníferos más tarde me quedo dormida. Ni rastro de Cassie en mi cabeza. Ni rastro de la peste de Cassie en mi nariz. Ni rastro de cuchillos, ni cerraduras, ni siquiera de una sombra en el rincón. Tengo un par de bocados de pizza en la tripa y no siento deseos de apuñalarme la barriga.

Me despierto dos veces.

La primera vez el reloj muestra la 1.22 de la madrugada. Sueño que remuevo cenizas con una pala. El mango de la pala está tan caliente que no puedo sostenerlo. Abro los ojos. Me pesa tanto la cabeza, supongo que por culpa de las pastillas, que no puedo levantarla de la almohada.

Elijah está sentado a la diminuta mesa que hay junto a la ventana, con un cigarro en la boca. Las imágenes parpadeantes de la televisión le iluminan la cara. Baraja las cartas una, dos, tres veces. Reparte una mano; rectifica y mete las cartas otra vez en la baraja. Vuelve a barajar los naipes una, dos, tres veces. Lleva la camisa remangada hasta los bíceps. El tatuaje del hombre monstruo dibujado en su antebrazo brilla más que el extremo del cigarro. El humo parece brotar de su piel y permanece suspendido sobre su cabeza, como si estuviera ardiendo. Elijah se transforma en el monstruo de su piel, o quizá la criatura se transforma en Elijah; se intercambian la personalidad una y otra vez, tan deprisa como las cartas se reparten sobre la mesa: ¡flas! ¡flas! ¡flas!

Mis ojos se apagan hasta sumirse en una oscuridad absoluta.

La segunda vez que me despierto, el sol penetra entre las rendijas de las cortinas.

Elijah se ha ido.

* * *

Abro las cortinas. El espacio donde la camioneta El Camino estaba aparcada está cubierto de nieve. Al parecer se quedó atascada dos veces al intentar salir del aparcamiento. Debería haber oído los neumáticos patinando, el motor acelerando. Me habría dado cuenta si no me hubiera tomado el segundo somnífero.

En realidad no se ha ido. Seguramente habrá salido a comprar gasolina y algo para desayunar. Deberíamos haberlo comentado ayer por la noche. Apuesto a que podría comerme la mitad de un panecillo e incluso unas cucharadas de yogur.

Me desperezo bajo las mantas, que huelen a humo, y me quedo dormida.


Es la una de la tarde. Es el día de Navidad, o eso creo.

Ha pasado la máquina quitanieves. ¿Habrá tenido un accidente? ¿Se ha perdido?

Me tomo un par de vasos de agua del grifo hasta que la cabeza se me despeja. Ingerir dos somníferos, definitivamente, ha sido un error porque he tardado varios minutos en darme cuenta de que la caja abollada con las libretas ha desaparecido. Al igual que las bolsas de basura llenas de ropa.

Pero él regresará. Tiene que hacerlo.

221

A las dos enciendo el televisor y empiezo a tricotar, balanceándome hacia delante y atrás, hacia delante y atrás, tejiendo medios puntos y puntos bobos con las largas agujas. Coso durante toda la tarde. Entretejo razones para que Elijah regrese. Trenzo disculpas para Emma. Entrelazo nudos de ira y me olvido de algunos puntos por cada error que he cometido. Hilo puntos hinchados y húmedos que tienen un aspecto horroroso. Voy tejiendo hasta que el sol desaparece tras el horizonte.

Duermo.

Me despierto en la oscuridad nocturna, busco el interruptor de la luz, me levanto a mear.

Cuando vuelvo, distingo un trozo de papel escondido debajo de mi bolso. Lo desdoblo. Hay una llave y una nota de Elijah.

L...

*Sé que los recuerdos te persiguen allá dónde vayas, lo veo en tus ojos. Tienes que prestar atención a tus visiones. Enfrentarte a ellas.*

*Puedes odiarme por robarte todo tu dinero, pero no por impedirte que me acompañes. Tu familia quiere ayudarte. Ellos te quieren.*

*No deberías huir de eso.*

*Paz,*

E

*P. D.: La llave abre la oficina. La máquina expendedora está abierta. No se te ocurra comer las galletas de queso. Tienen más años que tú.*

Me ha dejado un billete de veinte dólares. Para pagar un taxi, supongo.

Vuelve a nevar. Me tomo un par de somníferos más y mi visión empalidece.

[060.00]

Ellos me dicen:

—Cómete esto, Lia. Cómete esto, por favor, cómetelo, por favor, solo esto, por favor, solo este pedacito.

—Por favor.

Los cuervos me acechan, con las alas plegadas pulcramente tras ellos y la mirada hambrienta y amarilla clavada en mí. Empiezan a rodearme, una, dos, tres veces, mientras las garras arañan el suelo de piedra de la iglesia.

Me enrosco sobre el gélido altar. Ellos revolotean y se acercan hacia mí. Noto el tacto de sus plumas negras en la boca y los oídos.

mi cuerpo
mi habitación de motel
sola

Los cuervos se alimentan. Me arrebatan pedazos del cuerpo con los picos; algún trozo de mi pantorrilla, otro del interior de mi codo; tiran de la carne que rodea el hueso y se alejan volando con su tesoro.

[061.00]

Tardo dos horas en poder salir de esa pesadilla y volver a la cama de la habitación 115. Horas no, días. Horas, o días, o semanas. No lo sabría decir. Ya no sé cuántos somníferos me he tomado.

Todo me duele. Las lombrices se introducen por mis cortes, serpentean por mis articulaciones y penetran por mis asquerosos huesos. El corazón me late muy deprisa y, de repente, se estira sobre el fango para hibernar. Si tuviera un cuchillo me cortaría lo bastante profundo para ponerle fin a este juego. Ni siquiera tengo un tenedor de plástico.

Cojo las agujas de tejer.

Podría hacerlo.

Si realmente deseara morir, ahora mismo, en este preciso instante, en esta habitación solitaria, podría apuñalarme una vena; se ven fácilmente. Podría aventurarme en la ventisca y desplomarme sobre la nieve y sangrar. La hipotermia junto con la pérdida de sangre es como irse a dormir, como pincharse el dedo con una espina o un huso.

Podría hacerlo.

Una araña se balancea en la sombra de una lámpara. Se columpia hacia mí, rozándome el rostro y aterrizando sobre la cabecera de la cama. Entreteje la telaraña y vuelve a balancearse. Otravez-otravez-otravez. Cuando se agota la tela que cose entre sus diminutas manos, las piernas corretean, cortando la luz como si fueran cuchillos negros en miniatura. La telaraña crece, hebra a hebra. Cada una borda un camino para el siguiente paso. Primero se entretejen de arriba abajo y después se unen con hebras cosidas horizontalmente. Más seda, más tensión, más espacio para caminar; teje un mundo creado a partir de su interior.

223

LAURIE HALSE ANDERSON

Si tuviera las patas de una araña cosería un cielo donde las estrellas se alinearan. Los colchones estarían bien atados a los remolques, y los cuerpos nunca chocarían contra los parabrisas. La luna se alzaría sobre un mar de color vino y solo entregaría bebés a doncellas y músicos que hubieran rezado mucho durante muchos años. Las chicas perdidas no necesitarían brújulas, ni mapas; encontrarían caminos de jengibre que las guiarían por el bosque hasta llegar a casa.

Nunca dormirían en cajas plateadas con sábanas de terciopelo blanco, no hasta que fueran abuelas arrugadas dispuestas a emprender el viaje.

La araña suspira y se dedica unos suaves cánticos.

Me llamo Lia. Mi madre es Chloe, mi padre, David. Y mi hermana, Emma. Y Jennifer.

Mi madre es capaz de meter las manos en los pechos abiertos de desconocidos y arreglar sus corazones rotos, pero no sabe qué música me gusta. Mi padre cree que tengo once años. Su esposa cumple sus promesas. Me trajo una hermana que me está esperando en casa para que juegue con ella. Me llamo Lia.

Mis huesos se escapan de la cama, cruzan la habitación hasta alcanzar la ventana. Estiro de la cuerda para abrir las cortinas. El sol está atrapado cerca del suelo. No sé dónde está el este. No sé si está amaneciendo o anocheciendo.

Me siento. El espejo refleja la nieve y la luz débil que se cuela por la ventana, detrás de mí. No puedo verme en el espejo. No estoy allí. O aquí. Cierro los ojos y los vuelvo a abrir. No sucede nada; todo sigue igual.

Percibo un sonido y giro la cabeza… son burbujas de aire que flotan sobre agua. Mis pulmones. Sigo respirando. Es una buena señal.

Quizás exista una posibilidad para querer seguir con vida, pero antes quiero dormir un poco más.

[062.00]

Me despierto rodeada de penumbra.

El tiempo está atrapado entre melaza, melaza residual vertida en un cuenco para batir huevos. El espejo refleja la oscuridad del exterior. Es de noche. Estaba anocheciendo, no amaneciendo.

Estoy en el motel Gateway, habitación 115. El chico-monstruo se ha ido. Descuelgo el teléfono: no hay señal. El motel está sumido en un sueño profundo, cerrado durante la temporada.

Mis brazos luchan contra las mantas mientras mis pies tocan el suelo. No están esperando a que tome una decisión. Se van. Nos vamos. El frío se retuerce por mis tobillos, hambriento y deseoso de derribarme al suelo. Tardo un mes en encontrar la chaqueta. Un año en atar los cordones de las botas.

Cojo la lana. Cojo el bolso. Cojo la llave.

El corazón vibra, como tiembla la salsa de arándanos cuando la vuelcan de la lata.

Salgo fuera.

Ha dejado de nevar. La luna creciente está en lo más alto; las estrellas se rozan las manos; a mí me castañetean los dientes. Un viento glacial me penetra por los cortes de las costillas y por las diminutas grietas de mis huesos. No me queda mucho tiempo.

Arrastro los pies hasta llegar a la oficina. Al pasar por la habitación número 113, me doy cuenta de que la puerta está abierta. Y las luces encendidas.

no.

No puede ser. Todo está apagado. Todo está helado.

no.

sí.

Me asomo. Cassie está sentada con las piernas cruzadas sobre la cama, jugando al solitario, con las cartas repartidas por toda la manta. Cuando cruzo el umbral, lanza los naipes por el aire.

—¡Por fin! —exclama—. ¿Por qué siempre llegas tarde? Te has vuelto a perder, ¿verdad?

Su habitación está cálida. Unos dibujos animados ridículos aparecen en la pantalla de la televisión. Hay una bandeja de galletas de jengibre mordisqueadas sobre la mesa, al lado de una botella de vodka. Unas palomitas de maíz saltan en el microondas.

Cassie me arrastra hasta que consigue que me siente a su lado.

—De acuerdo, escúchame. Los dos próximos minutos son un infierno, una auténtica pesadilla. Pero es el único camino, lo siento. Te lo haría más sencillo si pudiera.

—¿De qué estás hablando?

Se ríe entre dientes.

—Deja de tomarme el pelo. Es un momento muy serio. Estás a punto de cruzar.

—Tengo que llamar a mis padres.

—No puedes.

—¿Qué? ¿Pero qué está sucediendo?

Me da unas palmaditas en el hombro con sus dedos de piedra

—Lia, cariño. Te estás muriendo. ¿Verdad que estás mareada? ¿A que te sientes muy extraña? Tu corazón está a punto de dejar de latir.

Le aparto las manos.

—No quiero jugar.

—No tienes otra opción. Este es tu destino. Ha llegado el momento.

Alarga la mano otra vez. Unos zarcillos de neblina emergen de sus dedos y se enroscan alrededor de mis brazos.

—Relájate. No duele tanto.

—Quiero irme a casa.

—Vigila antes de cruzar.

—Tengo que enseñar a Emma a tejer. Se lo prometí.

—Ya le comprarán un DVD.

—Pero yo no quiero.

Cassie habla lentamente.

—Tus riñones han dejado de funcionar hace un par de horas. Hambre, deshidratación y agotamiento y, para rematar, casi una sobredosis. Buen trabajo, Lia-Lia. Muy buen trabajo. Tus pulmones están tapados. Solo te quedan unos pocos minutos. Relájate.

Se inclina hacia mí y exhala una espiral de bruma que aterriza sobre mí como si se tratara del humo de una hoguera. Mi corazón se agita una vez. Intento respirar. Mis pulmones no se expanden.

Durante un momento, un momento de ataúd de cristal, quiero darme por vencida. Congelarme. Desangrarme. La rendición sería más fácil de tragar. Podría dormir para siempre jamás.

Mi estúpido corazón vuelve a agitarse sobre el barro; aún no está dispuesto a hibernar. Una vez más vuelve a latir, más rápido esta tercera vez. Prende una diminuta llama en mi sangre.

Agito los brazos para espantar la niebla.

—Abre la boca.

—¿Qué?

—Si estoy muriéndome, deberías ser amable conmigo. Va, Cass, un pequeño favor.

Se encoge de hombros y suspira. Después, abre la boca. Sobre su lengua yace el disco verde, el cristal «para mirar» nacido en el corazón de un volcán y enterrado junto a ella, en la tierra. Se lo arrebato.

—¡No! —chilla.

Intento ponerme en pie, pero las piernas no me responden.

—¡Es mío! —grita mientras me golpea el brazo.

El cristal sale volando por los aires y rebota sobre la alfombra. Nos empujamos para abrirnos camino, cuerpo contra sombra, cuerpo contra resplandor trémulo. Ella aterriza más cerca del cristal, pero no lo ve. Yo rebusco bajo la mesa lateral, fingiendo así que el cristal esta ahí. Me agarra por la chaqueta y me empuja hacia un lado.

—¡Ajá! —dice mientras lo busca a tientas.

Palpo la alfombra con los dedos hasta que lo encuentro.

227

Cassie tiene la cabeza sumergida bajo la mesa. Acerco el cristal para mirar a través de él.

Está mugriento.

Lo lamo, como si fuera una piruleta de manzana. El ruido hace temblar a Cassie. Se gira en el mismo instante en que yo observo a través del cristal color esperanza el cielo, donde las estrellas están alineadas.

Su grito queda sofocado por una manta de terciopelo blanco, elegante y sordo.

La luz que resplandece ante mis ojos destella-destella-destella, mostrándome cientos de futuros para mí. Médico. Capitana de barco. Guardabosques. Bibliotecaria. Amada por ese hombre o esa mujer o esos niños o esas personas que me votaron o dibujaron mi retrato. Poeta. Acróbata. Ingeniera. Amiga. Guardiana. Torbellino vengador. Un millón de futuros, no todos bonitos, no todos eternos, pero todos míos.

—¡Me has mentido! —exclamo—. Sí que tengo elección.

Cassie salta sobre la cama, haciendo pucheros y con los brazos cruzados sobre el pecho.

228

—Tienes razón. Déjame en paz. Ve y ten una vida real. Culpa mía por haber intentado estropearlo todo.

Le ofrezco el cristal.

—Mira a través de él. Quizá puedas regresar.

—No funciona así. Algunas de las leyes de física son reales, ya sabes. No puedo alterarlas. Estoy atrapada aquí para siempre.

—¿Atrapada en la mitad? ¿Entre los dos mundos?

—Sí, supongo que esa es la clásica definición de fantasma, ¿no?

—¿No preferirías estar en el mundo de los muertos? —pregunto.

—Sí —responde, pero enseguida sacude la cabeza, ignorando las lágrimas que le cubren los ojos—. No. Quizá. A veces vislumbro imágenes fugaces, como cuando ves campos frutales desde la ventanilla de un avión. Hay algo que me recuerda a mí misma, cuando era una niña, cuando el mundo era nuestro reino, pero no se por qué.

Mi corazón está agitando una bandera roja. Tengo que apresurarme.

—Rápido —digo—, dime qué echas más de menos.

—¿Qué?

—¿Qué echas más de menos de estar viva?

Sus ojos se desdibujan, transformándose así en nubes de verano.

—La voz de mi madre cuando canta, un poco desafinada. El hecho de que mi padre asistiera a todas mis competiciones de natación: escuchaba su silbido incluso cuando tenía la cabeza sumergida, aunque luego me riñera por no haberme esforzado un poco más. —Mientras habla, yo me alejo lentamente hacia la puerta. Ella no se da cuenta—. Echo de menos ir a la biblioteca. Echo de menos el olor de la ropa limpia recién salida de la secadora. Echo de menos zambullirme en el mar con una tabla grande. Echo de menos los gofres. Oh —exclama. Entonces inclina la cabeza hacia atrás, como si estuviera montada en un columpio. La silueta empieza a desvanecerse—. Oh, esto es fantástico, Lia. Nunca se me había ocurrido hacer esto, sacar lo mejor de mí.

Abro la puerta.

—¿Te sientes mejor?

Es transparente.

—Mucho mejor.

—Me alegro. —Mi corazón salta dentro del pecho.

—Ve hasta la oficina —dice mientras su cuerpo acaba de desaparecer, como la niebla con la luz del sol—. El teléfono público de la pared todavía funciona. Hay monedas en el primer cajón. Date prisa.

—Lo siento —le digo—. Siento no haber contestado al teléfono.

Sus ojos brillan como dos estrellas.

—Siento no haberte llamado antes.

[063.00]

Tardo el resto de mi vida en llegar hasta la oficina. Al parecer, la luna está prestando atención a mis visiones y las estrellas están alineadas, así que encuentro las monedas en el primer cajón y el teléfono público funciona.

229

Llamo a mi madre y le farfullo cómo llegar hasta aquí. Le digo que finalmente estoy viva, pero que deberían darse mucha prisa.

Los paramédicos tocan mi corazón con sus varitas mágicas mientras nos dirigimos a toda velocidad en ambulancia hacia el hospital. Una, dos, tres veces.

[064.00]

Me dicen que llevo diez días en el hospital.
He estado durmiendo. Pero no he tenido ni un solo sueño.

[065.00]

230

Mi tercera visita a New Seasons es la más larga, hasta ahora. Es una maratón y no una carrera hacia la salida. La mayor parte del tiempo, paseo. Me detengo y me siento cuando estoy cansada. Hago multitud de preguntas.

De vez en cuando paso un día o dos con nubes de tormenta en mi cabeza. Me siento, mantengo la calma, hasta que desaparecen.

Nada de juegos esta vez. Nada de fiestas del ejercicio a medianoche en la ducha. Nada de lanzar la comida en las plantas o de esconderla en mi ropa interior o de sobornar a alguna encargada para que mienta sobre lo que he comido. Evito el dramatismo de las chicas que siguen con el cuello hundido en la nieve, huyendo del sufrimiento tan rápido como pueden. Tengo la esperanza de que algún día lo consigan.

La idea de comer me asusta. Las voces desagradables siempre están de guardia, ansiosas por derribarme

::Estúpida/fea/estúpida/zorra/estúpida/gorda
estúpida/niña/estúpida/fracasada/estúpida/perdida::

pero yo no se lo permito. Ingiero todos los bocados e intento no contarlos. Es duro. Cojo la mitad de un panecillo de canela y los números se abalanzan sobre mí, *¡buu!* La mitad de un panecillo (165). El panecillo entero (330). Dos cucharadas de queso en crema (80).

Inspiro lenta y profundamente. *La comida es vida.* Exhalo el aire y vuelvo a inspirar. *La comida es vida.* Y ése es precisamente el problema. Cuando estás viva, la gente puede hacerte daño. Es más sencillo esconderte en una jaula de huesos o bajo una capa de nieve y confusión. Es más sencillo encerrarte en ti misma y alejar a los demás.

Pero no es más que una mentira.

*La comida es vida.* Así que alcanzo la segunda mitad del panecillo y unto la crema de queso. No tengo ni la menor idea de cuánto peso. Me aterra saberlo, pero estoy trabajando en ello. Estoy empezando a medirme en fuerza, no en kilos. A veces, en sonrisas.

Leo muchísimo. Emerson, Thoreau, Watts. Sonya Sanchez; tenía razón, es fantástica. La Biblia, un par de páginas. El Bhagavad Gita, el doctor Seuss, Santayana. Escribo poesía, un tanto torpe y aleatoria. Nuestro rellano se va de excursión a un restaurante rural. De postre, pido un gofre con sirope e incluso repito.

Me están enseñando a jugar al bridge. No me interesa el póquer. La suerte está echada.

Mamá, papá y Jennifer me visitan. Charlamos y charlamos hasta que la presa estalla y las lágrimas fluyen con un poco de sangre, porque todos estamos enfadados. Pero nadie vocifera en nuestras sesiones. Nadie utiliza palabras horripilantes. Nos turnamos para limpiar todos los años de mugre.

A veces me da la sensación que la piel se me incendiará en cualquier instante. Estoy enfadada con todos ellos. Estoy enfadada con todos nosotros. Me enfurece que matara de hambre a mi cerebro; me exaspera el hecho de sentarme en la

231

cama tiritando por la noche en vez de bailar, leer poesía, comer un helado, besar a un chico, o quizás a una chica, de labios suaves y manos fuertes.

Estoy aprendiendo a sentirme furiosa, triste, sola, alegre, entusiasmada, asustada y feliz. Estoy aprendiendo a saborearlo todo.

Esta vez no miento a las enfermeras. No discuto con ellas, ni les tiro ningún objeto, ni les grito. Discuto con los médicos porque no creo en su varita mágica al cien por cien y es algo de lo que necesito hablar. Ellos me escuchan. Toman notas. Me sugieren que escriba todo lo que se me pasa por la cabeza. Al menos no piensan que estoy loca porque veo fantasmas.

Mi cerebro se remueve y bosteza cuando dejo de tomarme mis caramelitos para lunáticos. Crece cuando lo alimento.

Otra página desaparece del calendario. Ya estamos en abril. La doctora Parker viene a visitarme. Ella, junto con el equipo del hospital, están desarrollando un plan de transición para mí, para que la Lia del hospital se convierta en la Lia real.

—¿Qué más da si lo llamamos depresión o visión de fantasmas? —me pregunta—. No te has autolesionado desde que estás aquí. Estás hablando. Estás comiendo. Estás floreciendo. Eso es lo que verdaderamente importa.

Los padres de Cassie vienen el día en que florecen los azafranes de primavera. Lloramos.

Echo tanto de menos a Cassie que cuando pienso en ella me entristezco y parece que me falte el aire. De vez en cuando aparece, pero casi nunca dice nada. La mayoría de veces mira cómo hago punto. Le estoy haciendo un jersey a mi madre.

Le escribo una carta a Emma cada día que pasa. Cuando al final le dejan que venga a visitarme, me regala una tarjeta de «mejórate» firmada por toda su clase. Dice que ya no quiere jugar a béisbol. Este año, el deporte de moda es el lacrosse.

Su abrazo me da fuerzas. Ahora siento que podría llevar a

cuestas el mundo entero. Quiere que vuelva a casa pronto. Ya estoy casi preparada.

Estoy cosiendo las hebras de seda de mi historia, entretejiendo la tela de mi mundo. El diminuto elfo bailarín se convirtió en una muñeca de madera cuyas cuerdas estaban controladas por personas que no le prestaban atención. Perdí el control. Comer era algo trágico. Me costaba respirar. Vivir era lo más duro de todo.

Quería tragarme las amargas semillas del olvido.

Cassie también. Nos apoyamos la una en la otra, perdidas en la oscuridad y vagando en círculos infinitos. Ella se cansó y se fue a dormir. De algún modo, yo logré salir de la penumbra y pedí ayuda.

Enhebro, coso y entretejo mis palabras y visiones hasta que una vida empieza a tomar forma.

No hay una cura mágica; un hechizo que lo aleje todo para siempre. Solo hay pequeños pasos; un día más fácil, una risa inesperada, un espejo al que ya no le das importancia.

Me estoy descongelando.

233

[AGRADECIMIENTOS]

Viajé hasta los mundos de *Frío* gracias a los innumerables lectores y lectoras que me escribieron para contarme las batallas que libraban contra los trastornos alimenticios que sufrían, las autolesiones que se provocaban y la sensación de sentirse perdidos. Su valentía y sinceridad me guiaron por el camino hasta llegar a Lia, y me ayudaron a comprender su desolación. Pese a que la historia de Lia no está basada en una persona real, sí me inspiré en todos los lectores y lectoras, así que quisiera darles las gracias.

235

La doctora Susan J. Kressly, de Doylestown, en el estado de Pennsylvania, es una extraordinaria pediatra, una maravillosa madrastra para mis hijas y una muy buena amiga. Sue me insistió durante años para que abordara el tema de los trastornos alimenticios y siempre me facilitó comentarios muy útiles sobre las primeras versiones del manuscrito. Aprecio tanto su insistencia como su ayuda. No podría haber escrito este libro sin ella.

La psicoterapeuta Gail Simon se ha especializado en pacientes que padecen trastornos alimenticios en Buckingham, en el estado de Pennsylvania, durante treinta y tres años. Además, también trabaja en un centro de tratamientos dedicado únicamente al estudio de los trastornos alimenticios desde hace casi veinte años. Gail leyó amablemente el manuscrito para asegurarse de que el deterioro físico y psicológico de Lia estaba descrito de forma precisa y real. Le agradezco mucho su ayuda.

Pero se necesita todo un pueblo para construir un libro. Mi pueblo se asienta en un altísimo edificio de Manhattan, en la planta donde se encuentran las oficinas de Penguin Books. Me considero una autora muy afortunada por trabajar codo con codo con el brillante editor Joy Peskin. Sus amables preguntas y su ojo perspicaz me fueron de gran ayuda, pues pude enfocar la historia de Lia desde otro punto de vista además de guiarme entre las tormentas de dudas. Muchas gracias también a Regina Hayes, directora y editora del sello Viking de Penguin, quien es una especie de heroína para mí en muchos sentidos. La correctora Susan Casel me salvó de un bochorno público por mi uso del punto y coma. Le agradezco el hecho de que no hubiera estallado al ver las rarezas estilísticas del texto. También quería darle las gracias a la correctora de pruebas Shelly Perron y a la editora de producción ejecutiva Janet Pascal por colaborar en que mi texto caminara por sí solo a través de las estrechas y estrictas reglas de la gramática y la coherencia.

El equipo de diseño de Penguin, formado por Linda McCarthy, Natalie Sousa, Dani Delaney y Nancy Brennan merecen mis felicitaciones, además de mi profunda gratitud, por crear este precioso libro. La imagen de la cubierta es una fotografía tomada por el joven, y extremadamente ingenioso, Alexandre Denoomay, de Montreal, Canadá. Le agradezco por compartir su talento con mi historia.

Greg Anderson, mi primer marido (y ahora casado con la doctora Sue, que he mencionado anteriormente) y todavía mi amigo, suele ayudarme a lo largo de la escritura de mis manuscritos para corregir errores gramaticales. No tuvo la oportunidad de hacerlo con *Frío*, y le prometí que lo mencionaría. Si encuentras algún error gramatical, no es culpa de Greg.

Gracias también a mis primeras lectoras, Genevieve Gagne-Hawes, mis hijas Stephanie y Meredith Anderson, Allison Sands y Maria Grammer, por sus valiosas sugerencias e inestimable apoyo. En particular, Meredith y Allison respondieron a la historia de la misma forma en que sueña un autor. No quiero olvidarme de dar las gracias a mis niños, Jessica y Christian Larrabee, por su eterno ánimo y por bajar el volumen de la música mientras yo intentaba desenredar los hilos del argumento.

Escribir libros como este suele conducir al autor a un lugar liminar entre la realidad y la imaginación. Por eso necesitamos la colaboración de gente práctica con los pies en la tierra. Gracias Amy Berkower; y a todos los que conforman Writers House, por seguir la pista de cada detalle y permitirme deambular en los bosques de mi mente. De hecho, me considero una autora muy afortunada, pues Amy, además de mi agente, es una buena amiga.

Este libro no habría visto la luz sin la fuerza y el amor de mi marido, Scot. No tengo palabras para expresar la importancia que supone su presencia para mi escritura. Confío en que pueda darse cuenta de la profundidad de mi gratitud cuando me mira a los ojos.

Y finalmente, un reconocimiento que debería haber hecho hace mucho tiempo.

Me concedieron una beca en la escuela Manlius Pebbe Hill en Dewit, Nueva York, cuando tenía trece años. No estoy del todo segura de por qué me la otorgaron. Era una estudiante que pasaba desapercibida y que la mayor parte del tiempo soñaba despierta en la última fila de la clase. Alguien, en algún sitio, debió de ver algún potencial en mí, pero también pudo haber cometido un error administrativo. Fuera cual fuese la causa, me concedieron una ayuda y tutoría más que importantes y pasé el año más significativo de mi vida educativa en esa excelente escuela.

Mi profesor de inglés en la escuela Manlius Pebbe Hill era un hombre muy mayor, un caballero que se llamaba David Edwards. Estaba a punto de jubilarse después de una larga carrera enseñando a jóvenes en una academia militar. No consigo imaginar una combinación de profesor-estudiante más inverosímil. El señor Edwards me enseñó mitología griega, con el clásico estilo de la vieja escuela. Me llenó la cabeza de historias de dioses, mortales, magia y transformación. Todas ellas crearon los cimientos de mi vida en la escritura. Siento que falleciera antes de que pudiera regalarle uno de mis libros.

Sospecho que defraudé al señor Edwards, porque él creía que no prestaba atención en sus clases. Pero no era así. Siempre estaré en deuda con él por sus enseñanzas.

E<small>STE LIBRO UTILIZA EL TIPO</small> A<small>LDUS, QUE TOMA SU NOMBRE</small>
<small>DEL VANGUARDISTA IMPRESOR DEL</small> R<small>ENACIMIENTO</small>
<small>ITALIANO</small> A<small>LDUS</small> M<small>ANUTIUS.</small> H<small>ERMANN</small> Z<small>APF</small>
<small>DISEÑÓ EL TIPO</small> A<small>LDUS PARA LA IMPRENTA</small>
S<small>TEMPEL EN</small> 1954, <small>COMO UNA RÉPLICA</small>
<small>MÁS LIGERA Y ELEGANTE DEL</small>
<small>POPULAR TIPO</small>
P<small>ALATINO</small>

\* \* \*
\* \*
\*

*F*<small>RÍO</small>
<small>SE ACABÓ DE IMPRIMIR</small>
<small>UN DÍA DE INVIERNO DE</small> 2015,
<small>EN LOS TALLERES DE</small> R<small>ODESA</small>
V<small>ILLATUERTA</small> ( N<small>AVARRA</small> )

\* \* \*
\* \*
\*